如果请深爱

追月逐花 / 著

IF IOVE
PLEASE DEEP LOVE

北京联合出版公司
Beijing United Publishing Co.,Ltd.

图书在版编目（CIP）数据

如果爱　请深爱 / 追月逐花著. — 北京：北京联合出版公司，
2016.1

ISBN 978-7-5502-6523-3

Ⅰ．①如… Ⅱ．①追… Ⅲ．①长篇小说－中国－当代
Ⅳ．①I247.5

中国版本图书馆CIP数据核字(2015)第252323号

如果爱　请深爱

出版统筹：新华先锋
责任编辑：崔保华
策划编辑：黎　靖　刘　柳
封面设计：孙丽莉
版式设计：王　玥

北京联合出版公司出版
（北京市西城区德外大街83号楼9层　100088）
北京雁林吉兆印刷有限公司印刷　新华书店经销
字数174千字　787毫米×1092毫米　1/16　14印张
2016年1月第1版　2016年1月第1次印刷
ISBN 978-7-5502-6523-3
定价：36.00元

目 录
contents

IF YOU LOVE
PLEASE LOVE DEEPLY

IF YOU LOVE
PLEASE LOVE DEEPLY

第一章　神奇闪婚

"哎哟，五十六度啊，真牛啊……"司雨懒懒地打开一瓶红星二锅头，下意识地朝窗外看了看。虽然天早就黑了，街上却是灯火通明。到处都是抱在一起的光鲜男女，就像一群五彩斑斓的鱼。他们一定是在庆祝情人节，一定会坐在高级餐馆里面，点上蜡烛，对着鲜花，拿着盛满红酒的高脚杯亲热、碰杯。司雨幻想着那种场面，然后低头看了看手里的二锅头，自嘲地撇了撇嘴。

他们成双成对在一起喝红酒，她却要一个人躲在这里喝二锅头，而且还没菜。有人说只喝酒不吃菜很快就会醉，她却偏要挑战一下。

她对着瓶口喝了一口，一下就被呛出了眼泪。天哪，太辣了，头也晕。乱乱不是跟她说二锅头很香吗？怎么是这个味儿？

说起来可能没人相信，司雨这是第一次喝白酒。第一次喝白酒就挑战这个度数，还不吃菜，简直就是准备往死里醉。是啊，她就是想把自己灌醉，醉了就没有任何烦恼了，她甚至想一醉不起，因为她连明天早上该干什么都不知道。

有人说人生就是一个茶几，摆满了"杯具"，而今年她的茶几上的杯具似乎太多了。她已经年满二十七，仍没有结婚，连能称为男朋友的人都没有。以前她还有个很不错的工作，可以聊以自慰——毕竟现在找个好工作不容易，很多大学生都在家里待着。她曾经的好工作应该可以弥补其他方面的缺憾——可惜她现在连这份工作都没有了，失业完全是因为她自作孽。年初的时候看到另一个公司条件更好，瞒着老板去面试，结果被发现，之后被炒了鱿鱼，而另一个公司也没进去。刚开始的时候她并没有太在意，心想金子到哪里都能发光，此处不留爷，自有留爷处。然而经过几个月的找寻，她赫然发现自己要长期待业了，顿时陷入了苦恼和惶恐的深渊。

司雨又咽了一口酒，感觉它正像火炭一样流向腹底。也许她现在更应该考虑工作问题，毕竟没饭吃怎么谈恋爱，但因为今天是情人节，她想到更多的还是感情上的缺憾。说真的，她小时候从来没想过自己长大后会嫁不掉，到现在也不相信，她不是那种外貌上的困难户，身材苗条，气质知性，脸蛋也称得上漂亮。至于她为什么嫁不掉，是一直没有要嫁人的想法，不知不觉就大了。老爸老妈已经急得像火上房一样，天天催她找男朋友，但找男朋友又不是买菜，就算找到了条件般配的人还得互相有感觉，哪能一找就找到呢？她就是为了逃避老爸老妈没完没了的唠叨，才逃出来自己一个人住的，但现在看来她又得回去听废话了，因为生活费快用完了。

　　司雨已经有些醺醺然了，说起来，她虽然被老爸老妈唠叨得很烦，但并没有真正恨过他们，因为她知道他们这样也是迫不得已。因为周围的那些叔叔阿姨辈的人早已把她看成了公害，连媒体都把她这种情况的女孩贴上"剩女"的标签。

　　司雨又吞了一口酒，忍不住在心里骂了句脏话。她不才二十七岁吗？又不是三十岁了，再说即使三十岁她也不觉得有什么。真搞不清这个社会怎么了，竟然把二十五岁当成女孩嫁人的警戒线，她可是八〇后啊……

　　司雨一边喝一边冷笑，仔细想来，八〇后这一代，还真是有意思。想当初，当八〇后的文学少年争先恐后向社会呼喊的时候，社会主流阶层或者应该说是长辈，简直把他们当成了妖魔鬼怪，一面恐吓一面惊呼，仿佛他们长大后会把天都掀翻了。而等他们长大后，才发现他们其实非常老实和保守的，竟然任由社会把二十五岁定成他们婚嫁的警戒线。在二十世纪八十年代，人们把年过二十八岁还没有嫁人的女孩称为大龄女青年，按理说三十年后的今天，应该把这个门槛提到三十八岁，没想到没有进步反而倒退了，真是活见鬼。

　　忽然感到一阵恶心，不知不觉她的胃里已经被酒填满，眼睛也开始发花。她揉了揉眼睛，忽然不由自主地倒在了床上，手里的酒瓶也翻倒了。她没有去扶，而是平躺在床上，看着天花板，视线越来越模糊。

　　虽然不怎么情愿，她还是得好好考虑接下来该如何生活，她的生活费已经快要花光了。看来得暂时回到父母身边，先因痛失工作遭他们一顿责骂，再因老大不嫁被他们唠叨，然后再被他们逼着相亲……天哪，她真的不想走相亲这条路，但现在看来不走似乎不行了。她的身边总是没有可以爱的男人出现，看来她要是待在自己的世界里等，也许真的会孤独终生。也许相亲并不像她想的那么可怕，她不一定会遇到什么恐怖的男人，也未必会遇到父母看着还可以就被逼着快速结婚的，她就把相亲当成认识男人的途径好了。好吧，现在她算是可以接受相亲了，接下来就是确定战略计划，至少得确定自己该找什么样的男人……

不知是不是不胜酒力的缘故，司雨觉得自己的心口烫了起来，瞳孔也开始扩散，虽然她知道自己要现实一点儿，但是她还是希望找个像雷耀那样的人。

她眼前已经迷糊得像一团迷雾，心口更加发烫，她想嫁给雷耀，大概是不可能的事情吧。不，说什么"大概"，就是"不可能"，一点儿悬念也没有！即使知道不可能，她还是想……

司雨闷闷地翻了个身，用体重来抑制自己的心跳。雷耀是她读 A 大学时的同系同学，是大学的顶级校草。据说他的经典程度在 A 大学历史上可以说是前无古人，也可能后无来者。一般成为校草都要满足四个条件：长相帅气、身材高大、家里有钱、富有才干。雷耀不仅满足这四个条件，而且达到了极致。论长相，他有一张称得上完美的脸；论身材，一米八的身高，绝对匀称、没有一丝赘肉的身材，绝对可以做美体广告；论家世，据说他老爸是改革开放后的第一代企业家，经过这么多年的积累，身家绝对有好几亿；论才干，据说他的成绩年年都是第一，还有多项才艺，简直完美到一定境界。

他既然如此完美，自然会有无数粉丝，听说当时他的女粉丝们为了追他，什么极品的事情都做过，司雨每次都是姑妄听之，从不认真去记，更没有加入她们的想法，她只是不想出丑。

然而即便知道自己与之差距悬殊，她的内心还是有过幻想的，各式各样如漫画般的幻想。幻想终究是幻想，她见到他的时候还是很清醒和克制，从来没有什么过激的举动，在大学毕业的时候更是催促自己把他忘了。

但是她根本就无法忘记，而且记忆更加深刻。在半醉半醒的时候她忽然发现，她这么多年没有恋爱，不仅仅因为接触面窄，更是因为她总是在潜意识中把身边的男人跟雷耀比较。因为是潜意识的活动，她自己都没有注意到，现在忽然觉察，才觉得瞬间崩溃。这简直是另一种非他不嫁的形势，天哪，她与他连恋爱的机会都没有，却已经在潜意识里非他不嫁……这世上还有比她更傻的人吗？

司雨苦笑了几声，眼中似乎有泪。算了吧，忘掉吧。明天她就把他彻底忘掉，找一个和自己相配的男人。她下意识握紧了拳头，忽然感到自己的左手无名指上有一截硬硬的东西。那是她新买的琉璃戒指，从小摊上买的，当时只是随手戴在了无名指上，现在想来这也许是她的内心给她的信息，或许是想结婚了。从明天开始，她就要努力去寻找一个结婚戒指来代替它了，希望她能尽快找到，最好在三十岁之前。

三个月后，司雨坐在装潢考究的新娘休息室里，看着手上的戒指傻笑。她穿的是镶嵌着钻石的顶级婚纱，手上戴着的是八克拉的钻石婚戒。按照西式婚礼的惯例，新郎新娘交换戒指之前新娘的婚戒应由伴郎保管，司雨却把婚戒先要过来，套在手指上过瘾。没办法，一方面是因为这是她人生幸福的象征，另一方面是因为她活这么大还没见过比绿豆大的真钻。她的想法是不是有点儿太虚荣了？不过这世上没有任何女人不食人间烟火，见到这么大的钻石，犯点儿痴也是情理之中。

司雨把戒指对着阳光，盯着它左看右看，忽然想起情人节那天，自己醉酒时的心境来。那时心里真是黑暗至极，若是把现在的境遇讲给那时的自己听，恐怕打死她，她都不会相信。是啊，当时自己在情场和职场上都失意，因为现实的黑暗而不敢对未来有任何幻想，连自己日后能不能找到一个条件好一点儿的男人都抱保守态度。怎么能料到三个月之后，她竟然能和自己心目中的白马王子雷耀结婚呢？

司雨握紧了拳头，感受着硬硬的白金戒托。嗯，一切都实实在在的，应该不会是一场梦，司雨到现在都不敢相信自己的经历是真的，即使是大白天也下意识地咬一咬自己的手指。因为她的境遇实在好得过分，不仅是她，连她的姐妹们听到她的婚讯，都觉得自己是在做梦。经过多方验证，的确是事实之后，她们全都惊叹不已，惊叹之后眼睛便也都齐刷刷绿了：她是怎么搭上雷耀的？雷耀到底喜欢她哪一点？

是啊，雷耀到底喜欢她哪一点？她也想问自己。至于她是怎么搭上雷耀的，听起来更像是天方夜谭。那天她只是去熟悉的公园散心而已，惊讶地在那里遇到雷耀，雷耀对她也有点儿印象，便过来和她叙旧，从她的话语夹缝中得知她还没结婚，而且连恋爱都没谈过。出于礼貌他和她交换了手机号码，之后便被一个电话叫走了。司雨以为这是她今生和雷耀唯一一次重逢，蔫蔫地回家，因为沮丧又买了一瓶二锅头，来了个借酒消愁愁更愁。没想到一天之后，雷耀竟主动打电话找她，之后便约她出去玩，一连几次。司雨根本不敢想象雷耀是在跟她谈恋爱，惊恐之余不知道他要干什么。每次出去玩她就紧张得像个机器人，直到雷耀向她求婚的时候她才猛然惊悟。

　　按理说被一直仰望着的人求婚应该能让一个女孩幸福到昏倒，但因为司雨从来不认为自己配得上雷耀，见雷耀向她求婚竟然吓蔫了，之后竟还傻傻地说自己根本配不上他，他怎么会有这种想法的。没办法，被吓糊涂了大实话全说出来了。听到这句话后雷耀开心地笑了，他说一听这话就知道她是个质朴的女孩，接着便拉着她的手郑重地告诉她，其实他是个很传统的人，希望能找到一个善良质朴、贤惠持家的好女孩。他说他上大学时便对她有美好的印象。对有些女孩子来说，上大学便是妖娆和开放的开始，而她却一直穿着朴素的服装，扎着简单而又清新的发型，静静地待在角落里看书，有男生跟她搭讪还会脸红。几年之后她竟然依旧如此，穿着朴素得体的服装，梳着简单清新的发型，见到奢侈品的时候也不会露出贪婪的目光，甚至在他准备买礼物送给她的时候也坚持不要。并且她到现在还没有谈恋爱，足以证明她是一个对感情慎重的纯洁女孩，她的这些优点在现代女孩当中已经不多见了，像她这样的女孩才是妻子的最佳人选，所以他准备娶她做妻子。

　　听到这些话司雨第一个反应就是想奔到孔子和孟子的庙宇去烧十大捆香：感谢他们树立的传统美德！她竟然能靠这些美德俘获一名超级金龟婿，这和他们的神通广大是分不开的……哎呀，这好像有点儿扯远了……不过，司雨在心里偷偷地苦笑了一下。其实，自己固然是个贤惠纯洁的女孩，这确实是，但是雷耀看到的那些并不全是真实的。有工作的时候她也喜欢穿奢侈的衣服，梳招摇的发型，但失业后没心情打理，也没有钱让她招摇过市，才会装扮得那么朴素。至于见到奢侈品的时候不露出贪婪的目光，是因为她知道自己根本买不起，露出贪婪的目光只能遭受鄙视，雷耀要给她买礼物她之所以会拒绝，是因为她觉得雷耀只是在说客气话，如果她收了礼物肯定会被他看不起。就算雷耀是真心想送给自己，她也没钱买回礼……没想到雷耀竟然凭她的这些"似是而非"的美德而选她做老婆，真是个无比美丽的误会。

　　想到这里司雨忍不住得意地窃笑了起来，偷笑片刻才惊悟这样肯定会让伴娘张美美鄙视，赶紧收住笑容抬起头来。

　　咦？张美美不在？是出去透气了还是……司雨顿时苦笑起来，难道是被她吓跑了？司雨刚才对着戒指傻笑的样子实在有些傻，更像是在歇斯底里地秀幸福。张美美和她同岁，和她三个月前一样的处境，见她现在这样多少肯定不舒服。哎呀，她竟然不小心把好朋友得罪了，她该怎么补救自己的错误呢？

张美美回来了，脸色果然不好看。

"哎呀，美美……"司雨赶紧笑着迎了上去。

张美美看似无意地把目光转向别处，没有和她对视，手里递过来一张叠好的纸条递给她说："这是一个女人让我给你的，她说她是你的朋友，想给你一个惊喜。"

惊喜？司雨充满疑惑，不知为什么还有些淡淡的不安。她赶紧把纸条接过来，飞快地打开，看了一眼便愣住了。

上面写着："你丈夫打算婚后不久就把你宰掉。"

第二章　纠结的婚礼

司雨呆呆地看着纸条，呆滞了几秒，接着便感到怒火如火山爆发一般喷了出来，全身都被烧得滚烫。她狠狠地把纸条撕成了碎片，揉成一团扔进垃圾桶，之后还不解恨，又狠狠踢了垃圾桶一脚。

"哎呀，你怎么了？"张美美吓坏了。

司雨没有理她，而是紧紧地闭上眼睛，用手按住脸颊，念咒语似的在心底劝诫自己：今天是大喜的日子，什么都不要往心里去，就当它没出现，从来没存在过！

然后她却不能当这个纸条没有出现。其实，在她的内心深处也怀疑过自己并不是真的那么好运。当然了，雷耀一定不是要把她娶回家杀了，这个纸条一定是哪个嫉妒她的女人送来的。然而问题就出在这里，女人不会无缘无故地嫉妒另一个女人。雷耀的婚前生活也许并不简单，尽管雷耀口口声声说自己喜欢传统的女孩，但司雨观察，没有男人不喜欢美丽风骚的女人。雷耀很可能是被哪个美丽风骚的女人伤害了，一时恼怒才走向极端，娶一个清纯传统的女孩为妻。当然，也可能他只是想娶一个本分的女孩为他持家，脑子里想的还是家里红旗不倒，家外彩旗飘飘……

呸！别想得这么邪乎！司雨下意识地拍拍脸，及时制止自己继续想下去。既然愿意和他结婚，就要对他有信心，就算他婚前犯过错，现在既然决定和自己结婚了，就应该既往不咎！至于他是不是存了婚后再出去风流的心思，现在没看到端倪更没有得到证据，她现在不该胡乱臆想……退一万步说，就算他存了婚后出去风流的心思，她也应该勇敢地面对，并努力捍卫自己的幸福。没有任何一种幸福会砸在人的头上，也没有任何一种幸福会粘在人身上不走，所有的幸福都需要通过战斗得来，也需要通过战斗来维护！她相信自己是一个合格的女斗士！对的，合格的女斗士！

司雨在心里暗暗地给自己鼓劲，终于让自己平静下来。有了"兵来将挡，水来土掩"的打算和决心后，她便不怎么害怕，也不怎么疑心了——一般来说怀疑都是由恐惧引发的。也许这张纸条只是个暗恋雷耀、嫉妒的女跟踪狂送来的，雷耀那么优秀，有几个变态粉丝也很正常，她不应该无根无据地怀疑雷耀。

司雨她用力地闭了闭眼睛，把刚刚想到的乱七八糟的事情全部塞进大脑里的垃圾桶，站起来深深吸了一口气，凉凉的空气冲进她的肺里，在慢慢地扩散开来，让她的身体也随之放松，她感到舒服多了，微笑着睁开眼睛，忽然看到张美美又惊又怕地看着她。

糟了，自己刚才的样子肯定像极了疯子，张美美一定在疯狂地猜测刚才的纸条上到底写了什么。司雨涨红了脸，坐在椅子上不敢看她。如果跟张美美说这是个恶作剧纸条，她八成也会想到自己刚才想到的那些事儿。这样司雨的幸福在别人眼里就会减分——女人的幸福不仅仅是萦绕在自己身边，同时也是活在别人眼里的。即使她并没有遇到不幸，但如果别人都以为她不幸福，她的幸福指数也等于降低了。可是不跟张美美说吧，她或许会想得更不堪，如果再把自己的猜测胡乱说，对司雨的伤害肯定更大，该怎么办呢？

司雨咬了咬牙，对张美美讪笑了一下，她准备先编个谎话遮掩一下，也许张美美不会相信，但总比不遮掩要好。

"哎呀，美美，刚才把我气死了，你知道纸条上写的是什么吗？"司雨做出愤怒和委屈的样子，"说我结婚穷奢极欲，必遭天谴……拜托，婚礼又不是我操办的，再说现在结婚大操大办的人多了，也没听谁说他们要遭天谴啊？真是的，干吗针对我啊？"

"是啊。"张美美僵硬地笑了笑，顿了顿后说，"大概是那些嫉妒你嫁得好的女同学送来的，虽然大家平时都是一团和气，但画龙画虎难画骨，知人知面不知心，肯定有人嫉妒你嫁得好……算了，小雨，别生气了，今天是大喜的日子，送这个纸条的人就是要让你在大喜的日子不舒服，你要是生气了，不真的中了她的奸计了吗？"

"哦，好吧！"司雨低下头来，偷偷地用余光打量张美美，她的脸虽然有些僵硬，但绝没有隐藏着鄙视，看来她真的以为纸条上写的就是自己跟她说的那些话，应该蒙混过去了。

司雨悄悄地松了口气，忽然感到非常凄惨和郁闷。真是的，明明已经受到了伤害和挑战，却不能跟朋友诉说，而且这个朋友可能还心怀叵测，从她僵硬的表情来看，她可能也是妒妇大军中的一员。说真的，她真不想让她当伴娘，真希望今天给她当伴娘的是乱乱，如果今天在这里的是乱乱，她肯定就能把纸条递到乱乱手里，看乱乱和她一起义愤填膺，再向她发牢骚、寻求帮助……天哪，为什么在这个时候乱乱不在呢？

乱乱本名华云，是司雨大学时的室友，肝胆相照的闺密，曾经和司雨约定，以后不管谁先结婚，另一方一定要给对方当伴娘。然而命运偏偏就是这么捉弄人，司雨先结婚了，乱乱却偏偏不能给她当伴娘。

乱乱是司雨的大学同学里在事业上混得最好的一个，她在一个跨国律师所里当律师，一个月前随大部队去国外见识国际大案（虽说也要参与，但其实是学习的成分居多，所以只能说是见识），短时间内回不来。一个月前司雨和雷耀的关系还没明朗，乱乱也不认为司雨和雷耀能有什么结果，所以便没有负担地去了。等到听到司雨的婚讯的时候，那边的案子已经进入了密集开庭的阶段，她是无论如何都回不来的，而且更要命的是，司雨结婚的这天日子正是开庭的日子，她只有在庭审结束后才能跟司雨联络。一想到这里司雨就觉得这是她的毕生之恨，忍不住唏嘘感慨，打住，今天是大喜的日子，不能胡思乱想，太过晦气。

婚礼开始了，司雨终于见到了穿着新郎服饰的雷耀，刚和他对眼就蒙圈了。啊，雷耀真是闪耀得令人睁不开眼啊……之后司雨脑子里就只剩糨糊了，不知是紧张过度还是兴奋过度，竟然对身边的一切都没了印象，所记得的只有一片模模糊糊的华丽和闪耀。真丢人，人人都说婚礼是女孩一生中最重要的记忆，她竟然什么都没记住，之后还得看婚礼录像来弥补。

等司雨从紧张中挣扎出来的时候，连交换戒指都结束了，剩下的只有开香槟、切蛋糕、喝交杯酒以及在开宴后向亲友们敬酒了。老实说这些并不是司雨最期待的部分，她不由得有些怏怏不乐，但是这也怪不得别人，谁让她自己在最重要的环节发傻了呢？

很快便到了向亲友敬酒的部分，这是司雨最担心的环节，因为她知道她那帮狐朋狗友肯定会追着雷耀灌酒。按理说西式婚礼不应该出现这种情况，但问题是他们为了热闹，硬是要求中西合璧。那帮男同学果然都端着酒蝗虫般地涌向了雷耀，他们端的全是白酒，咋咋呼呼也很不得体，看到这个情况司雨又是恼恨又是羞惭。他们的同学就是这种水准，这个班级就业时黑窝了，混得都不怎么样，几乎没有在大企业做事的，甚至还有人放弃专业，到现在还在做推销员。经济基础决定上层建筑，他们的阶层决定了他们只会玩这种粗俗的酒文化。不过如果真是如此，司雨还不怎么生气，她生气是因为她怀疑他们是存心想把雷耀灌醉。男人历来是喜欢争斗的动物，也喜欢把喝酒当成一种技能，他们见到身处上层的雷耀，难免心里会有所不服，想通过喝酒与他比试。

还好雷耀并没有介意，总是微笑着接受他们的敬酒，并优雅地喝干。他越是这样，那帮男同学就越是起哄，他已经被灌下不少杯了。司雨终于忍不住了，正打算出面说几句，忽然从眼角发现李纯又拿着两个酒杯来了、李纯历来是他们班里的闹将，今天也是灌酒的主将，他已经灌了雷耀不少杯，竟然还要继续，而且换了更大的酒杯。

"哎呀，兄弟，我跟你说，你很有福气啊！"李纯醉眼歪斜地往雷耀面前一站，说道："司雨在我们班里，那可是鲜花一朵啊！你看这身材、这气质、这容貌，咣咣的！被你娶回家了！你真是有福气啊！"

雷耀依然谦和地笑着，司雨却已经羞得挂不住了，李纯这说的都是什么话啊！她在班级里条件是算不错，但和雷耀比起来那真是差远了。他这样说不是给她增面儿，反而像是给她丢人来了。而且，他用的是什么形容词啊，还"咣咣的"，李纯不是东北人，是在《马大帅》里学到"咣咣的"这个词，之后便迷上了，什么都说是"咣咣的"。虽然是在说电视剧里的流行语，但是在这种场合却土气得要命。

"你这么有福气，哥们儿我真嫉妒，就凭这个，你就要再喝一杯酒！"李纯说着就把盛满酒的酒杯给雷耀递过去。

"等等！"司雨终于忍不住了，把酒杯抢了过来，"这杯酒我来喝吧！"

"你干吗啊？"李纯鄙夷地斜了司雨一眼，"这杯酒是我敬我大哥的，你一个家属来凑什么热闹？"

"什么叫凑热闹啊？"司雨才不吃他这一套，"人家都说夫妇一体，这杯酒我喝他喝都是一样的，再说咱俩同学这么多年，你也该敬我一杯。"说着便把白酒一饮而尽，骄傲且得意地对李纯说："你老实回座位上坐着吧，看你脸都喝成什么样了，如果今天再醉倒，当心嫂子叫你吃鸡毛掸子！"

李纯的老婆在同学圈里是出了名的泼辣。当初李纯和她在一起只是为了弥补情感空洞，不小心和她有了孩子。李纯本来想逃走，没想到她家亲戚是地头蛇一般的人物，她带着亲戚手下的兄弟找到李纯，说如果不对她负责任，她有本事让李纯全家到哪里都混不下去。李纯只得含恨成婚，之后更成了妻管严，如果李纯今天真喝醉了，别说是吃鸡毛掸子，回去跪搓衣板都有可能！

听到司雨提他老婆，李纯果然发怵，悻悻地转身往回走，忽然转过头来坏坏一笑："司雨，你不让我敬他酒，是不是怕他晚上喝多了不行啊？"

司雨没想到李纯会说出这么无法无天的话，忍不住提着婚纱追上去，狠狠地踢了他一脚，李纯怪叫着逃开，司雨看着他溜走，惊慌地偷看了一眼雷耀，怕他会介意。

还好雷耀没有丝毫不高兴的样子。

司雨松了一口气，忽然感到莫大的侥幸，幸好乱乱不在这里。也许她现在这样想有点儿自打嘴巴的意思，但从现在的情况看，乱乱还是不来比较好。乱乱之所以被称为乱乱，是因为一般情况下她不是个胡闹的人，但胡闹起来就不是人。如果今天她在这里，天知道她会怎么捉弄他们夫妻俩，那自己真要丢大人了，现在想起来，老天让乱乱回不来，也许是对自己的眷顾呢！

看到司雨为雷耀挡酒，女同学们之间立即小小地骚动了一下，接着便全端着酒杯涌向司雨，司雨看到她们那略带刃口的笑容便明白了，大概是不服气她嫁这么好，故意给她灌酒的。

喝就喝，现在是最需要她展示强者之姿的时候。其实，这群女同学听说司雨要和雷耀结婚，就七嘴八舌地让司雨为她们介绍上层社会的好男人。司雨不是那种自己发迹就不认朋友的人，但觉得这个媒人是坚决不能当的。因为她自己才刚刚迈进上层社会的门槛，以后能不能融进去还是个未知数，而且她那帮女同学的条件都不太好，没有一个好过她的，她要做媒人十有八九会失败，而且会变成笑谈。她要是刚结婚不久就招来了议论，以后恐怕就没法混了，所以她对她们的要求只是答应着，准备以后只以消极怠工应对。因此她们今天敬的酒她是必须要喝，这等同于赔罪酒。

女生们见司雨喝得爽快，显得非常开心，笑容里的刃口也更加锋利，更加卖力地向司雨敬酒，司雨来者不拒，很快便感到有些晕。

不能撤！坚持住！她暗暗地给自己鼓劲，不就是几杯酒吗？喝完就没事了！虽然想得很豪迈，司雨还是下意识地数起了她们手中的酒杯，接着这些杯子竟奇异地膨胀起来，很快便塞满了她的整个视野。

婚礼结束时已经是后半夜了，雷耀哭笑不得地把已经醉得人事不省的司雨抱进卧室。

雷耀把司雨放到婚床上，替她脱掉鞋袜，经过一天的折腾，司雨脸上的妆容大部分已经脱落，露出了她本来的面目。其实她不化妆更漂亮，有种新摘的百合一般的清新，浓妆艳抹之后反而没有那种气质了。不过，今天似乎不能再这么形容她了，因为醉酒的关系，她的脸上带着艳丽的红晕，就像含着绛纹的山茶花。雷耀静静地看着她，他的睫毛就像女人一样纤长浓密，轻轻地垂下来，遮着晨星一样的眸子。

他看了她好久，拉过被子替她盖上，自己则向浴室走去。

"哎呀，妈呀……"司雨终于醒了过来，觉得头像开裂一样疼痛。

眼前已是阳光一片，看来已经不早了。

"妈，几点了？妈……"司雨一边用沙哑的声音喊，一边用依然僵硬的手推开被子。

"呃？"司雨忽然发现身上是婚纱，这才想起自己已经结婚了，立即羞得缩成一团，天哪，自己现在雷耀家的新房里，还乱喊什么妈啊！

司雨惊惶地朝四周看了几眼，还好没人听见，她可不想在新婚就丢人，她想要下床洗漱，不小心被婚纱绊了一下，这才意识到自己要赶快把婚纱换下来，否则就要把它揉坏了，它可值不少钱哪！她正准备换婚纱的时候，忽然想起怎么会穿着婚纱睡觉，自己昨天晚上在干什么？她昨天的记忆好像只到喝酒为止，啊！天哪！这么说她昨天醉倒了？不省人事？有没有呕吐啊？

司雨抱着脑袋，拼命地回忆自己昨天的行为，却怎么都想不起来。越想不起来就越害怕，越害怕就越胡思乱想，自己昨天的行为会不会很不堪啊？

她正在胡思乱想，忽然听到有人敲门。陈妈（其实就是雷家的保姆，不知为何他家总喜欢用这个旧上海式的称呼叫她，每次听到时司雨都觉得自己仿佛回到了旧社会，而雷家的排场也和民国时期的大家族一样，有各式各样的服务人员，花匠、保姆、司机等，加起来竟然有十二人）手里拿着一叠衣服，请她赶紧沐浴更衣，原来雷耀已经在楼下的厅堂里等她一起吃早餐了。今天他们要出发去阿拉伯半岛度蜜月，还要快点儿去赶飞机呢！

司雨赶紧把衣服接过来冲进浴室，就在她手忙脚乱地脱婚纱的时候，忽然想起雷耀既然连婚纱都没帮她脱，就证明他昨天根本没碰她，为什么没碰她？难道她醉酒的样子真是很难看？

司雨的眼前顿时变得一片灰暗，赶紧洗完澡，穿好衣服匆匆下楼，雷耀已经在用餐间里的紫檀木大桌前坐好了，见她下来就露出了微笑。

司雨僵硬地回应了微笑，低着头走到雷耀对面坐下，据说他的父母为了养生，一般都在自己房里吃早饭。他们吃早饭也不是胡乱吃点儿东西就算了，而是在房间里摆席，派头大得很。当初司雨听说这一点的时候很是惊诧，除了为他们的派头大而感到惊诧之外，还隐隐地感到了一点儿不安，人人都说一家人的幸福就是坐在一起吃饭，他们却连饭都不跟自己的儿子一起吃，是不是他们和雷耀的关系并不太好呢？

不过，他的父母对她还是非常热情和慈爱的。爱屋及乌，他们一定非常喜欢雷耀才对她这么好的，算了，不要乱猜了，不在一起吃饭其实代表不了什么的，也许只是他们家人相处的方式不同而已。

第三章　尴尬

　　雷耀家的早饭很丰盛，不过即便配菜很多，主食仍是稀饭和油条，还是老百姓的习惯。

　　司雨僵硬地舀起一勺米粥塞进嘴里，米粥应该是烫的，在她嘴里却仿佛毫无温度，也许她该问问她昨天到底怎么了。虽然有人说做过丢人的事情，如果对方不介意，也不提，本人最好也不要提了，但她觉得还是问问比较好，因为只有清楚自己干了什么，才能相应地做出补救。

　　但是，她又僵硬地吞了一口炒鸡丝，天知道她昨天晚上干了什么，如果真是很不堪，知道后会不会羞得没脸见？正在纠结的时候，昨天看到的纸条忽然幽灵一般进入她的脑海，激起了她的斗气，她不是决定不管出现什么事都要捍卫自己的婚姻吗？如果连这点儿小事都做不到，她以后还能做什么呢？

　　"呵呵。"司雨笑着开了口，觉得自己的牙齿都在颤抖："我昨天晚上好像喝醉了啊？"

　　"是啊，很醉。"雷耀像想起一件有趣的事一样笑了。

　　司雨的心顿时凉了半边，笑容更加僵硬："那我有没有胡闹？"

　　"没有，你只是睡过去了，很安静。"雷耀笑着喝了一口粥，似乎对此事并不在意。

　　司雨这才放下心来，但同时又被一个恶魔占据了，她是不是也该问问他为什么不碰她？当然了，她也不想在人事不省的状态下度过人生最重要的夜晚，但是结了婚他还不碰她，是不是对她有什么不满？

　　想到这里司雨觉得天都要黑了，对妻子来说，最糟糕的事情莫过于自己对丈夫没有吸引力！

　　"我以前没喝过这么多酒。"司雨苦笑着说，根本不知道该怎么把话题继续下去。

"我也是，昨天一回到房间就睡死了，"雷耀随口应道。

司雨心里顿时舒坦了，原来昨天雷耀也醉倒了啊！

雷耀是个阿拉伯文化的爱好者，所以把度蜜月的地方定在了阿拉伯半岛。司雨对阿拉伯文化并不了解，但小时候看过《一千零一夜》，对阿拉伯的印象就是沙漠、骆驼、黄金、宝石和用面纱蒙住半张脸的美女、戴着缠头的美少年以及神秘动人的神话传说，尽管如此已经够迷人了，不是吗？

飞机起飞了，司雨忽然感到胃不舒服，大概是饿了。她记得昨天因为紧张过度，一天都没有好好吃东西，正巧空姐送来了食品和饮料，她便吃起来，不愧是头等舱，食物档次挺高。也许是因为吃得太快的缘故，虽然已经吃下了不少，司雨依旧不舒服。当然，她卖力吃东西也是因为紧张，坐在雷耀身边竟让她有些无措。虽然她和雷耀结婚了，但对他的感觉仍然停留在恋爱阶段。她一面大吃大嚼，一面从眼角偷看雷耀，他正静静地看着报纸，修长浓密的睫毛轻轻地垂下，是那么……

雷耀忽然朝司雨看了过来，司雨赶紧把目光对准食物，又拿起一小块蛋糕放进嘴里。

"你好像一直在吃东西，胃不舒服吗？"雷耀觉得有些不对劲，关切地问。

"没事。"不知道是不是刚才吃得太猛了，司雨的胃里有些鼓胀，"我只是有些……"忽然一股液体涌上来，便不由自主地张开嘴。

"哇！"

雷耀的脸顿时僵住了。

司雨更是吓得魂都飞了，自己竟吐了雷耀一身！

"对不起，我……"司雨刚想解释，忽然感到胃里又是一涌，又吐了一口。

"哎呀，天哪！"雷耀赶紧跳起来，把她往厕所扶，"你没事吧？"

"没……"司雨刚想回答，忽然感到胃里又是一阵翻滚，跪倒在地上呕吐起来。

"哎呀，天哪！"空姐赶紧跑了过来，全舱的人都惊骇地朝她看了过来，周围的人更是惊慌地站了起来，显然是怕呕吐物溅到他们身上。

司雨虽然在剧烈地呕吐，却也能听到周围惊讶的叫声，这人真是丢大了！

到达宾馆，司雨依旧神情恍惚。她在飞机上不仅把胃里所有的食物都吐了出来，还吐出了很多酸水，总而言之恶心至极。原来她胃里不舒服不是饿，而是因为晕机。她不仅没有想到找空姐要晕机药，还狂吃不止，后来竟然吐了雷耀一身。

雷耀正在浴室里洗澡，飞机上的服务很人性化，在飞机上他就把身上弄干净了，但那要命的味道还在。不知道他得用多少沐浴露才能洗掉她的过错，司雨静静地听着流水的声音，恨不得自己也变成水。

算了，事已至此，再责怪自己也没用，司雨打开了手机QQ，准备找乱乱倾诉一下。恰好乱乱在线，她立即给乱乱发了一个哭脸表情，乱乱自然非常惊讶，问她怎么了。

"我简直想杀了自己！"司雨飞快地把今天的丢脸事情说了一遍，接着一连发过去了三个哭脸。

QQ那边出现了短暂的停滞，司雨知道乱乱一定是震惊了，自我嫌恶感更加严重。

"哈哈哈哈哈……"乱乱忽然发来一串大笑表情。

"你！"司雨差点儿呛晕过去，"你怎么幸灾乐祸啊?！"

"不是幸灾乐祸，只是觉得怪好玩的。"

"什么好玩啊！我都要恼死了！"

"恼什么恼啊，没事的，你和他都结婚了，他不会因为这个事就退货的。"

"不是退货不退货的问题。"司雨又羞又恼又自责，激动得手指都不灵了，"我在他眼里的形象。"

"什么形象不形象啊，你们已经不在恋爱阶段了，婚后就是要暴露真实面目，否则那就不叫婚姻了。"

司雨僵住了，脸涨红得像熟透了的苹果，其实虽然已经结婚了，她还是觉得她和他还像是在谈恋爱啊！

"哈哈，没事的啦，你们现在已经结婚了，就算出点儿尴尬事也是可以补救的，不像是恋爱的时候，碰着勺子砸了碗都可能分手，放心，没事啦，你之后好好哄哄他就行了。"

司雨在乱乱的安抚下情绪渐渐平复，抿着嘴发了一个"嗯"。

乱乱放下心来，为了逗乐，又发了几句俏皮话，"不过你还是挺幸运的，只是在飞机上吐了，如果你在和他过夜的时候吐了，他恐怕真要退货了……

哈哈，我还有资料要看，先下啦！"

　　乱乱说完这些就嘻嘻哈哈地下线了，司雨却石化了，乱乱讲得很对啊！她和他还没过初夜呢，如果她和他初夜的时候再吐一床的话，就真的糟糕了。而且她现在因为晕机和宿醉，头还是昏昏沉沉的，胃也很不舒服，天知道会不会受到刺激吐出来，想想就汗毛直立。如果过初夜的时候再被她吐一身，说不定他真要退货了！

　　想到这里司雨就陷入了恐惧的深渊，一连打了好几个冷战。

　　不，不能乱了阵脚，司雨在心底劝诫自己，千万要稳住，绝对不能摆乌龙，肠胃翻涌的事情谁也不能控制住，得想个办法，把今天晚上混过去。对，今天晚上就装睡，如果身体养不好就一直装，直到状况好了再跟他过……

　　浴室门忽然一响，雷耀穿着浴袍出来了，一边走一边用浴巾擦着头发。

　　"我洗好了，你也赶快去洗吧！"

　　"呃，好……"司雨赶紧站起来往浴室走，动作僵硬如机器人，完了，怎么现在就开始僵硬了啊，等会儿装睡必须装得自然点儿才成，可是她现在这个样子，怎么自然啊？

　　司雨提心吊胆地洗完了澡，溜到门边往外偷看，如果雷耀坐在床上等着拥抱她，她自然躲不过了。还好，雷耀在看电视，她还有装睡的机会。司雨蹑手蹑脚地走到雷耀身边，小心翼翼地躺下，小心不造出任何一点儿动静。

　　雷耀还在专心地看着电视，他看的是当地的电视节目，全是阿拉伯语。司雨松了一口气，闭上眼睛开始装睡，按理说轻松过关她应该很高兴，却不知为何生出一丝怅惘，他竟然连妻子躺到身边都没发觉吗？那个电视节目就这么好看吗？

　　按理说接下来司雨只要快速睡着就 OK 了，但不知为何就是睡不着，也许他不会就此罢休吧，也许会不甘心地推推她，或者司雨越想越紧张，肢体僵硬得像石头，里面却有根神经在异常跳动。

　　雷耀关上了电视。司雨顿时紧张到了极点，感到他躺到了她的身边，并且拉上被子，说来有点儿丢人，雷耀弄出的这点儿微小的震动对她来说简直像有压路机在身边压过去一样。雷耀躺下了，之后便是紧张和暧昧的空白，司雨紧紧地闭着眼睛，心跳的速度达到了极限。

　　身边却很安静，而且是越来越安静，司雨犹豫着睁开眼睛，悄悄地翻身一看，发现雷耀竟然已经睡着了，司雨松了一口气，心里却忽然很不是滋味儿。他竟然这么容易就放弃了？连叫都没叫她一声，是他太体贴，还是对她没什么兴趣呢？

司雨越想越困窘，也越想越觉得害怕，却在这种情绪中稀里糊涂地睡着了。第二天醒来后依然觉得尴尬，雷耀却什么事儿都没有的样子。司雨又为自己的尴尬和窘迫而感到尴尬和窘迫，罢了，不要再想丢人的事情了，开始想旅行的事情吧！现在是在迪拜啊！对，是在迪拜……迪拜……迪拜到底是个什么地方啊？

雷耀会让她知道这里是什么地方，一大早就带她出去游玩，第一站要去的就是壮观辉煌的大清真寺。各国的宗教虽然大都讲究简朴贫素，但庙宇一律修得华丽辉煌，清真寺也不例外。清真寺外面圆顶白墙，气势恢宏，里面的墙上和柱子上到处都是精美的彩绘和珐琅工艺品，有种富丽和肃穆相结合的效果。

穆斯林已经开始礼拜了，他们跪在毛毯上，沉声祈祷，精神专注到了极点，仿佛除了他们自己、他们祈祷、他们心中的安拉之外，这世界上别无他物。近距离观看穆斯林礼拜是不礼貌的，给他们拍照更不礼貌，所以雷耀和司雨就远远地站着角落里，尽量不引人注意。因为穆斯林是禁止偶像崇拜的，所以在司雨看来，他们是在望空下拜。雷耀看着专心礼拜的他们，脸上有崇敬、激动、神往、惭愧和痛苦交错在一起的神情。司雨看不懂这种神情，但能感觉到他应该是对这种宗教气场有了感应。人们曾说高级知识分子都能触类旁通，对任何事物都能快速理解，雷耀大概就是这样的。司雨咬了咬嘴唇，感到崇拜的同时也感到一丝挫败，她怎么就对这种场合毫无感应呢？难道这就是所谓的对牛弹琴？

从清真寺出来之后就是迪拜博物馆。迪拜博物馆是迪拜的文化象征之一，据说之前是王宫，里面放着迪拜各个时代的文物，从器皿到铁炮。里面还有用影像的方式还原的古代迪拜人的劳动场景，如下海采珠等，帮助游客更全面快捷地了解阿拉伯文化。下海采珠的影像让司雨想起了辛巴达航海，饶有兴味地看了一阵。其他的东西她不太感兴趣，有些东西虽然看起来古韵十足，但一点儿都不对她的胃口，所以也无法吸引她的目光。至于让雷耀津津乐道的东西，比如用珊瑚和贝壳砌成的墙，据说这是迪拜传统的建筑方式，据说这种墙非常坚固，她却是没看出什么花样来，看起来就是灰蒙蒙的，一点儿也没看出珊瑚和贝壳的颜色和形状来。如果雷耀不解说，她还以为那只是普通的灰泥呢！哎呀，她现在才知道没文化真是可怕！

虽然司雨努力地装出感兴趣的样子，雷耀已经看出她其实意兴阑珊，但他并没有介意，只是一笑了之，吃完午饭便带她去逛迪拜的商业街。这次司雨不用穿黑纱了，她感到脚步轻快了很多，迪拜商业街的奢华是出了名的，满街都是高级化妆品和奢侈品店，其中最多的是金店。

迪拜的妇女，应该说是整个阿拉伯世界的妇女对金饰的迷恋是出了名的。对她们来说，一个女人拥有金饰的多少代表丈夫对她的宠爱程度，因此有钱有势的女人都要在身上戴满金饰，很多妇女买金饰时甚至论斤称。司雨在街上就遇到了几个这样的妇女，她们全身都笼在黑纱里，身上却戴得金光闪闪，有位妇女甚至还对着司雨炫耀她那对硕大的耳环，她看到那张脸轻轻晃动，虽然看不见她脸上的表情，司雨还是感到了一种针扎般的不适。什么啊，不就是金饰吗？你戴的那些未必有我的戒指值钱呢？司雨在心底愤愤地给自己鼓劲，心里却分明感到了一丝气沮，没办法，输了气场就是输了气场，金饰那辉煌的光彩是任何东西都无法比的，钻石的亮光虽然锋锐，甚至可以戳破一切，但还是抵不住那铺天盖地的金黄。

雷耀看出了她的不快，立即把她带进了一家金店，也许是特意为她解气，他给她挑了一串巨无霸级的项链，由无数的金片、金丝和金管串联而成，展开来活像一条坎肩，重量则是让人惊叫的两公斤。

"这，还是不要了吧！"司雨笑着婉拒，不仅仅是为了表示自己不贪慕虚荣，更是因为这项链实在太重。

雷耀坏笑了一下，把她拉过来，硬把项链戴在司雨的脖子上，一边给她戴一边对她说："这里的人以妻子佩戴金饰的多少来判断她是否得到丈夫的宠爱，既然来了这里，就要入乡随俗，如果你不戴点儿金饰，会让人觉得我是个不知道疼爱妻子的小气丈夫，会让我很没有面子的。"

雷耀果然很会说话，司雨要是继续推托，就是等于陷他于不义，司雨显然不能这样做，只好任由雷耀买下这条项链。

一出店门司雨就下意识地想把项链取下来，雷耀却让她戴着逛街，还笑着说："别担心，这里的民风淳朴，不会有人抢劫你的。"

"不是因为这个。"司雨红着脸小声嘀咕，她倒不只是怕被抢，而是这条项链实在太招眼了。

雷耀抿了抿嘴，似乎有些不悦，司雨立即不敢再说什么，强笑着满口答应，挽着他的手婷婷婷婷地向前走。

这条项链果然很招眼，从她身边走过的女性全都露出了羡慕的目光，虽然司雨仍然看不见她们的表情，但仍能确定她们是在羡慕她，女人在这方面是很敏锐的，甚至还有人在低声赞叹。司雨顿时有些飘飘然，下意识地昂首挺胸，但很快便"飘"不起来了。

这项链实在太重了，挂在肩膀上，简直像个大枷锁，司雨硬着头皮走了一会儿，很快连肩膀都挺不起来了，雷耀发现了她的窘态，有点儿心疼地问："是不是项链太重了？"

"不，没关系。"司雨赶紧强笑着摇头。

"算了，还是取下来吧！"雷耀坏笑着帮她把项链取下来，"要是把我的爱妻压坏了，我不更成了坏丈夫了吗？"

爱妻？听到这句话后司雨竟激动得一阵抽搐，之后却有些羞惭和惘然，他只说了这么一句话就能让自己这么激动啊？

天已经不早了，司雨也很累了，雷耀却玩兴正浓，还要到迪拜河上乘船。司雨只得咬牙相随，到了船上却发现这个选择其实很好，迪拜河上真是太美了。碧蓝的河水清澈无比，简直让人想投身其中，一洗烟尘。司雨即便只是站在船上，也能感到河水的潮湿和清爽，她感到碧蓝的河水正在慢慢地变成分子，随着风吹入她的肺腑，再慢慢地和她的身体融为一体。在这一瞬间，她觉得自己似乎变成了土生土长的阿拉伯人，已经陪着这条河度过了几十年。

迪拜河上的船只是用原木做的，露着本色的船身用五彩的颜料画了素雅的图案。和中国的渡船上面总卡着一个船舱不同，这里的船上只有木头建的凉亭，这些凉亭精巧雅致，坐在里面能看到岸边的全景，让人的心情无比开朗舒爽。

船在迪拜河上慢慢地前行，波浪在船下轻轻地鼓动，就像河里的女神在轻轻摇动摇篮。雷耀一直饶有兴味地看着岸边的现代化建筑，司雨却只是出神地看着水面。有人说母亲河是一个民族的灵魂所在，现在看来的确是这样。她似乎已经感到迪拜里有灵魅的脉动，感到这条河似乎可以把他们带到千年之前，去经历《一千零一夜》中的奇幻故事。

渐渐地，她似乎能看到穿着薄纱，眉心坠着红宝石，虽然遮住半边脸，但美得无以复加的阿拉伯女神缓缓地朝她走来，又似乎能看到穿着华丽的俊男美女乘着飞毯飞过，最后似乎能看到天堂的大门缓缓开启，这显然是阿拉伯神话中的天堂，有金光闪闪的殿堂，一望无际的鲜花，和无数穿着洁白衣服的天使……

第四章　不协调

乘过船之后雷耀带着司雨去逛市场，这个是为了吸引游客而专门按照古时候的样子保留下来的市场，一进去就感觉像在拍电影。这里还有不少街头艺人表演阿拉伯传统杂技，其中以一个穿着短褂、戴着缠头的年轻人表现最为出众，只见他拿出一个火把，从口里喷出火将火把点着，再把它放到嘴边任意吞吐，之后更把火把放到身上搓动。观众们看得惊叫连连，也似乎闻到了皮肤烧焦的味道，他自己却像什么都没感觉到一样。

表演完火技之后便是耍刀，只见他抓起几十把利刃，把它们全部抛上天空，一边抛一边接，几十把刀全在空中闪烁飞舞，竟没有一把刀掉在地上。

观众们眼都直了，忍不住大声喝彩，只有司雨除外。她一直把眼眯着，暗暗地调匀呼吸，"活动的乌龟"就是她今天给自己定的目标。她今天要戒劳累、戒嗔怪、戒大喜、戒大悲……在活动中运起龟息大法，一定要把最佳状态维持到晚上，完成她身为人妇该完成的事情！她原本是想给自己鼓劲，却不知为何得意起来，在心里发出了一阵嚣张的大笑。然而正在她在心底大笑的时候，忽然听到四周安静下来，接着便听到雷耀大叫："快躲啊？"

躲？司雨定睛朝前方一看，顿时吓得浑身僵硬：一柄明晃晃的刀朝她直飞了过来，正对着她的眉心！

"唰！"一只手及时地伸了过来，将刀子挡了开去。

"噗！"几滴鲜血溅到了司雨的脸上，司雨如梦方醒，从手伸来的方向一看，顿时吓得魂飞魄散，心也被割去一块一样痛了起来，她心疼地大喊：

"啊！雷耀！"

帮她挡了一刀的人正是雷耀！他的手腕直接撞上了刀锋，已经皮开肉绽了。耍把戏的人看到出了事，吓得连摊子都不要了，一抬脚就逃进了人群里。

"没想到是真刀啊。"雷耀苦笑着按着伤口，鲜血慢慢地从他的指缝里渗出来，"他表演的技术含量还真不低呢，不过一出事就跑，职业操守和他的技艺不成正比啊！"

"你就别幽默了！"司雨赶紧掏出一块手帕按向他的伤口，然而就在她的手碰到雷耀手腕的那一刻，雷耀竟像被烫到一样缩了下手，眼中也露出了紧张的神情。

司雨心头一凉，她倒没有想太多，认为雷耀只是认生而已，但认为即便如此也不可接受，夫妇之间怎么可以认生呢？便加倍用力地握紧他的手，把手帕按在他的伤口上，同时加倍温柔地对他微笑。

雷耀眼中的紧张神情消失了，目光也变得温柔。司雨舒心地笑了，又拿出一块手帕，把他的伤口简单地包扎起来。相对于纸巾，司雨更喜欢用手帕。她一直以为这是老土的恶癖，现在却觉得这个习惯太好了。

雷耀去医院处理伤口，幸好伤口不深，也因为司雨处理及时，没有受到感染。医生给雷耀上了药，包上绷带后就说无大碍了。因为受了伤，再加上时间也不早了，他们便回了宾馆。

因为对卫生有执念，即使受伤了，雷耀也坚持要洗澡。司雨蔫蔫地坐在床上听着水声，心里担心着他的伤口会不会被淋到，心头忽然一阵拥堵，真倒霉，怎么新婚就有血光之灾？不会是不好的兆头吧？

既然他受伤了，她似乎就不该再有"非分之想"。但是如果这一关迟迟不过，她实在是心慌害怕，实在受不了，就打开手机找乱乱诉苦，没想到乱乱对此觉得不可理解。

"这又有什么可纠结的？照做啊？"

"不行啊，他受伤了啊！"

"嗨……他手受伤有什么关系啊？管用的地方不受伤不就行了呗？"

"呸！你怎么这么猥琐啊？"

"我说的是实话啊！快行动！今天就把该办的事情办了！"

"哪有这么容易啊！"

"有什么难的？没吃过猪肉还没看过猪跑吗？你看的那些书呢？看的那些电影呢？照那样子行动，快！"

就在这时雷耀从浴室里出来了。司雨吓得手机脱手，又飞快地捡了回来，那速度完全可以用"迅雷不及掩耳"来形容。然而即便她再快，也一览无余地展现在雷耀面前。雷耀已经是第二次看到她对手机如此紧张，忍不住露出询问之意。司雨没有办法，只好红着脸解释："我在跟乱乱……呃，就是华云聊天呢！"

"哦？"雷耀坏笑了一下，"在聊小秘密吗？"

"呃，不是！"司雨赶紧辩解，"她是在戏弄我啦，说些没正经的话……"想起之前她们聊的内容，心顿时怦怦乱跳起来，脸更红了。

"哦，是不是因为没来得及闹洞房，觉得遗憾啊？"雷耀对此倒没有太在意，把头发吹干就躺到了床上。

司雨顿时感到一股玫瑰色的热流涌遍了全身，瞬间激动到了极点。她闭上眼睛，感到心里充满了期待，却也忽然感到了一阵恐慌。说来惭愧，她之前虽然没有经验，也不是那种精神圣女。关于性的书籍和电影也看了不少，也曾自己幻想过，早已把它看成人生的平常事。没想到轮到自己的时候竟然也像不谙人事的少女一样恐慌。嗨，什么少女老女啊，只要没有经验都一样。因为恐慌，她开始不受控制胡思乱想，竟然想到了某个名人说过的更"不靠谱儿"的话，他说即使是小白兔的心里也可能藏着一头大野兽。那么在雷耀这样的白马王子心里也会藏着野兽吗？一想到这里，司雨的心里便翻滚如沸，也分不清是激动还是恐慌。

雷耀伸臂搂住她，他的动作并不人，却让司雨觉得自己的灵魂都被震慑了。雷耀贴过来，轻轻地亲吻她的脖颈。司雨顿时感到一阵电击般的酥麻，深深地吸了一口气。说来也有趣，刚才她是恐慌与兴奋并存，分不清哪个是恐慌哪个是兴奋，现在却明显感到兴奋压倒了恐慌。而那恐慌却也让她感到愉悦。然而就在她集中精神去体味的时候，忽然感到下体一阵疼痛。

呃？司雨顿时有种不良的预感，赶紧讪笑着推开雷耀的手，跑去卫生间检查。

啊！啊！啊！在确认发生什么事情的时候司雨气得简直要撞墙，怎么会这么早啊！不是应该还有几天吗？为什么这次"汛期"会提早这么多天哪？

之后的事情就不难想象了。"汛期"已来，司雨当然不能完成自己的人生大事了。然而她就是这么倒霉，不知道是不是水土不服身体虚弱，她这次的"汛期"格外长，足足折腾了一个星期。之后雷耀带她去参加沙漠村落的沙漠晚会，她在看表演的时候不小心睡着了。她不知道沙漠昼夜温差大，没注意保暖，不小心着了凉，结果伤了风。伤风后的样子自然很狼狈，她也不想在这么狼狈的状态下过初夜。结果折腾来折腾去，到旅行结束的时候，她竟然还是处女。

回到家，司雨郁闷得几乎要喘不过气来，这个蜜月过得太失败了。虽然之后还有机会，但没有在蜜月里完成"婚姻的最后仪式"，她怎么想都觉得堵得慌。

司雨闷闷地想着，蔫蔫地往家的方向走。

"哎，你要去哪儿？"雷耀赶紧招呼她。

司雨如梦方醒，这才发现自己竟是往娘家的方向走，顿时感到一阵怅惘、一阵惊慌。她怎么忘了，以后雷耀的家才是她的家，她看了看娘家的方向，有点儿忐忑不安，她现在是真的要开启另一段人生呢，准备好了吗？

他们回家的日子也是乱乱回家的日子，乱乱为自己没能赶上司雨的婚礼而深感遗憾，说一定要司雨给她补一场喜酒，其实就是坐一起吃吃饭、喝喝酒。这个要求司雨当然不会不允了，还大方地说乱乱想到哪里吃都可以。不过，虽然嘴上这么说了，司雨的心里还是有点儿忐忑。她现在还在失业中，花的全是雷耀的钱。如果乱乱真的狮子大开口的话，还真尴尬。还好乱乱是她真正的朋友，并没有因为她的"阶层"改变而改变要求，选的地方依然实惠而廉价，也是司雨和她之前常去的地方——秀芬土鸡馆。

秀芬土鸡馆，顾名思义就是专门售卖各色土鸡菜式的地方。消费群体自然鱼龙混杂，既有尝鲜的儒商，也有满脚是泥的工头。当初司雨并没有对消费环境如何在意，之后却发现有些问题，雷耀走到店里的时候，感觉就和他们不一样，衣着似乎格外干净，头发似乎格外整齐，脸似乎还会隐隐地发光，总而言之，和他们就不是一类人。司雨的心里忽然异样地忐忑起来，雷耀不会因为她选了这个地方而鄙视她吧？

还好雷耀并没有在意什么，入座后就开始看菜单，司雨却莫名地紧张起来，要了杯饮料大口大口地喝。

"小雨子！"一个熟悉的声音忽然响起。

司雨赶紧抬头朝入口的方向看，刚看到乱乱就笑着皱起了眉头。这丫头真是的，又胡乱穿衣。也许是因为律师的标准着装太束缚个性，一旦到闲暇时期，乱乱就会发泄式地穿鲜亮花哨的衣裳。今天她穿的衣服上满是亮彩，活像一条热带鱼，头发烫成海藻般垂下来，刘海儿还夹了一个闪闪发亮的海星发卡，简直像个非主流……

司雨一面在心里笑着调侃，一面却深深地自惭形秽。说真的，今天的乱乱穿得虽然花哨，但也美得令人注目。如果换了她，穿这种衣服一定会显得庸俗和可笑，乱乱却能穿出美来。没办法，她底子好，别看乱乱是学法律的，长相却一点儿不像律师。她有着夏威夷女郎的身材，眉长、眼大，嘴唇丰腴，再配上她一直保持着的大卷发，稍微打扮就电力十足。司雨忽然感到了一阵不安，虽然知道雷耀喜欢的不是这种类型，但还是忍不住担心雷耀会把她和乱乱比较……

雷耀和乱乱已经寒暄完毕，各自落座了。乱乱对着雷耀打量了几眼，是那种毫不掩饰的直视，之后便嘿嘿一笑："近看果然比远看看得清楚，你果然是帅到爆。怪不得我家小雨子被你迷得神魂颠倒，当初说要跟你结婚的时候都要乐疯了，还不敢相信是真的，一天发八次短信问我她是不是在做梦……"

"哎呀！胡说！哪有那么夸张！"司雨吓得魂飞魄散。不仅因为乱乱讲起了她不得为外人道的糗事，还因为她的言行实在太豪放。天哪，乱乱，她就不能淑女一点儿，稍微淑女一点儿都不行吗？

还好雷耀只是微微一笑。

见他不接招，乱乱反而更兴奋了。司雨看到她的神情后顿时恐慌到了极点，完了，她要开始胡闹了。虽然她心里清楚乱乱是因为她们关系好，才会跟雷耀胡闹，但心里就是不安。她现在才发现，自己已经在潜意识里把雷耀当成了一个精美的水晶制品，一直小心翼翼捧着，不敢让他受到微震。

"呵呵……说起来我们也是同学啊，你还记得我吗？"乱乱故意朝雷耀挤了挤眼睛。

"当然记得。"雷耀礼貌地笑了笑。

"想也会记得啊！"乱乱忽然嘿嘿坏笑起来，"你还向我搭过讪呢！"

"呃？"雷耀一怔，司雨则差点儿把嘴里的饮料喷出来，完了，乱乱这分明是在胡说八道嘛！呃？真的是胡说八道吗？

虽然觉得乱乱很可能是在整蛊，司雨还是下意识地朝乱乱投去了询问的目光。

在两个人讶异的目光下，乱乱还是镇定自若，皱着眉头做出思考的样子："那是什么时候呢？好像是大二的时候，我在食堂的自动存款机里往饭卡里存钱，那时候你在我旁边，按理说早应该学会存钱了，却过来向我请教，哈哈，不是搭讪是什么？"

"啊？"雷耀顿时笑得十分尴尬，眼珠也在飞快地转动，看得出是在飞快地回想，"真是那样吗？那可真失礼……"

司雨虽然觉得雷耀可能是为了礼貌才不管真假先应下来，但还是忍不住起了疑心，怔怔地看了看乱乱。

乱乱一脸得意和狡黠地看着他们，忽然爆出一阵大笑："哈哈哈！骗你们的啦！想也是骗你们的！你们真可爱！"

"你！"司雨的下巴差点儿飞出去，忍不住狠狠地打了乱乱一下，"你真没正经啊！"

雷耀则是松了口气，讪讪地看了乱乱一眼，好像羞惭多于愤怒，大概是懊恼自己怎么会被这个女人的随便一句话骗了。

闲话说尽后自然是大吃大喝的时间，乱乱拿起菜单，点了一份烤鸡、一份炖鸡、一份红烧鸡，外加三个冷盘，又要了三个冷拌素菜和三瓶啤酒。丰盛而实惠。这种店铺因为没有"高品位、高水准"之类的噱头来招徕顾客，便会在味道上搏命，所以这些菜的味道都特别鲜美。三个人都吃得很开心，至少司雨是这样认为的。酒至半酣的时候，乱乱因为喝多了啤酒，起身去上厕所去了。司雨和雷耀面对面坐着，讲些鸡肋般的闲话。

"你这个朋友挺可爱啊！"雷耀忽然说。

"啊……哈哈，她就是喜欢胡闹啦，让你见笑了。"司雨以为他说的是反语，顿时羞惭起来。

"没有。"雷耀微笑着夹起一个凉拌黄瓜条，"我觉得她这样挺好啊，率真。也许你不知道，我天天面对的那些人，是有礼貌，但是待人却非常假，就像戴了面具似的。这张面具下可能藏着的一张张阴险的脸，有时甚至能戳出刀子来。"说到这里雷耀的表情微微有些凝重，微笑着喝了一口酒。

因为他讲得比较轻松，司雨并没有把这句话往心里放，只顾回头催菜，还有炖鸡没有上来。

炖鸡终于上来了，热腾腾的一大锅，司雨用勺子拨了几下，惊喜地发现里面竟然还有鸡腰子——鸡腰子，俗称针线包，是市井人颇喜欢吃的东西，也是司雨的最爱。话说现在的饭店，尤其是小饭店在做鸡的时候总喜欢把针线包扣下来，拿出去另做一个菜，因此在这里看到鸡腰子是非常难得的。

司雨想都没想就把鸡腰子舀给了雷耀。

没想到雷耀竟然一愕，皱着眉头笑了笑："我不喜欢吃鸡肾，鸡肾里面一般都有很多毒素和废物。"

"啊？"司雨顿时僵在那里。

"你不喜欢吃鸡肾吗？没关系。"雷耀拿起牙签就把鸡腰子挑出去，司雨像被人迎面抽了一鞭，一时间几乎要哭出来。天哪，她是把自己最喜欢吃的东西让给他，竟然被误会成把垃圾丢给他。

"不，还是给我吃吧！"司雨脸色惨白地把鸡腰子用牙签挑了回来，虽然很不甘心被误会，但现在说什么都很假，她现在的心情已经冷到了极限，全身的血液都似乎不流了。

因为心情郁闷，司雨不小心把鸡腰子掉在了盘子里，她正要再挑，忽然一根牙签飞快地伸过来，一下把鸡腰子挑走了。

司雨讶异地抬起头来，发现乱乱正站在桌子旁边，一脸调皮地嚼着。

"啊，你……"

"嘿嘿。"乱乱笑着露出了雪白的牙齿，"谁让你慢一步呢？"说着转头对雷耀坏笑着说："你不知道，这丫头最喜欢吃鸡腰子了，每次我要吃的话都要跟她抢，话说我已经有一阵子没抢到鸡腰子了，这次终于让我报仇了！"

"哦……"雷耀的脸顿时像被阳光照到一样明亮起来，略带羞惭地笑了笑，"原来你是把最喜欢吃的东西送给我啊！"

司雨全身的血液这才恢复流动，接着心里便开满了鲜花，羞涩地点了点头，心里对乱乱感激不尽，悄悄地从桌子下面用力地握了握乱乱的手。

第五章　不想吃现成的

一顿饭很快就结束了，雷耀开车先把乱乱送回家，然后再载着司雨回家。司雨怔怔地看着乱乱的家慢慢远去，心里忽然感到非常不舍，又觉得还有千言万语要跟她说，忍不住拿出手机。

咦？乱乱竟然在线，怎么这么快就上Q了？

"咦，你这么快就上Q了？"因为和乱乱亲密无间，司雨总是想到什么就问什么。

"当然了，有事问你啊！"

"有事问？"

"是啊……看你们今天这样子，是不是还没做啊？"

"啊？！你怎么知道的？"

"看你们那疏离样儿就清楚了，你在他面前还没在我面前放松呢！"

"唉，跟你说，这事儿忒倒霉了……"司雨把前因后果跟乱乱说了一遍，然后沮丧地问，"你说我一而再再而三地'失职'，他会不会生我的气啊？"

乱乱愣了几秒钟，这几秒后司雨的血压急速升高。

"我觉得应该没关系啦，如果这点儿小事都包容不了，夫妻就不是夫妻了。其实我倒觉得，如果问题真的全在你这边倒没什么，我只是担心……"

乱乱这句话触及了司雨最害怕的事情，司雨的身体紧绷，下意识地偷看了一眼雷耀，然后飞快地按下按键，手有些抖，"其实我一直在怀疑，他是不是觉得我不够好，根本不想和我结合，才故意躲开我。当然了，也许他娶我之前还没发现，否则就不会娶我了，在结婚之后才发现……没办法，我们的婚结得实在太仓促了，仔细想想这几天，虽然我这边的问题是主要的，但他那边似乎有些消极回避的意思。"

"不会的。"乱乱对这个问题倒回答得很干脆。

"为什么？"司雨倒有些诧异。

"男人不会那么矫情的，只要娶了你，哪怕觉得你有让他不如意的地方，也不会把你晾着，因为在两性关系中，女性流行往上看，男性流行往下看，男人可以凑合，我倒是担心……"

"担心什么？"在一瞬间司雨的血压几乎要爆棚了。

"算了，也许是我多虑了吧，算了，你不要多想，也许真的只是因为太凑巧，很多倒霉事凑一起，才造成这种局面的。你不要太紧张，放松心情，其实也没什么好紧张的，等一等也许就会水到渠成的。"

"这个我知道，你到底担心什么啊？跟我说说好吗？"被乱乱的话撩动了神经的司雨却紧追不舍。

"你又在和乱乱聊天吗？"雷耀忽然开了口。

"嚇！"司雨赶紧抬起头来，却发现雷耀依然目视前方，大概是从后视镜里看到她低头聊天的吧！

"是啊。我跟她好久没见面了。"司雨讪讪地关上了QQ，虽然雷耀不会知道她和乱乱谈话的内容，但在被他发现后还是心有余悸。

"你们的感情真是好呢，好羡慕。"

"呵呵，是啊，我们的感情最好了。"一提起这个司雨就很高兴，"本来我以为最好的朋友应该是那些小学时就在一起的发小，没想到我和乱乱只是大学同窗四年，感情竟也能这么好。哎，别看她喜欢胡说八道，在言语上欺负我，其实对我是真正好呢，我一遇到什么事，往往她比我还着急……"

司雨说到这里忽然卡住了，目光虚空地望着前方，心里忽然涌起一股难以言喻的愧疚感。是啊，乱乱把她的事情当成自己的事情，甚至在她的婚姻出现"麻烦"后也忙着帮她分析和出谋划策，可是乱乱自己还没结婚啊，她关心过乱乱没有？

别看乱乱说话很劲爆，一副什么都懂的样子，其实也和司雨一样，是黄毛丫头青果子，没谈过恋爱的处女。因为高考时失利，她在大学时学的不是法律，但她仍立志当一个律师，便决定跨专业考研。大家都知道，学法律只有苦背一途，她天天就坐在寝室的床上背书，几乎没有闲着的时候。后来虽然成功地考上了法律专业的研究生，但仍是背个没完。上班后更别提了，每天都要泡在琐碎的法律条文和资料里。在这种情况下她几乎没有精力去做别的事情，偶尔胡闹和胡说也只是一种无奈的宣泄。虽然她看起来像是一副没心没肺的样子，但司雨相信是女人就不会对婚恋毫无感觉，对自己的未来她一定也很忐忑吧！按理说先结婚的她应该先安慰乱乱才是，可她不仅没有这样做，还缠着乱乱诉苦求问，真是太浑蛋了！

司雨忍不住狠狠地捶了自己一下，就在这一刻，她决定以后一定要在上流社会里给乱乱找一个夫婿。就算要腆着脸到处求问，就算豁出去被人瞧不起，也要给乱乱找一个称心如意的！对！既然打定了主意，就不要拖延，明天就开始干！

有了这个想法之后，司雨暂时忘却了自己的事情，回家后还在暗暗地谋划，雷耀忽然接到了一个电话，之后便跟司雨说他要去公司一趟。

"呃？"司雨这才从思绪中惊醒过来，讶异而又委屈地说，"今天晚上还要出去吗？你才刚回来啊！"

"没办法。"雷耀一边说话一边把脱下的外套重新套上，"好像公司出了点儿事情，我爸爸应付不来。没办法，人老了，对新生事物的反应就有些迟滞，没事儿，我一会儿就回来！"说着便大步朝门口走。

司雨不好再说什么，呆呆地目送他出门，之后闷闷地回到房里坐着。其实即便雷耀走了，她也可以有很多乐子，比如听音乐、看小说、上网、看电视……但她就是什么都不想做。她换上睡衣，靠着床头坐着，她要等雷耀回来。当然不是要等他回来完成他们人生的大事，等他处理完事情，估计也会很累了，只是因为他不回来她就无法安心。司雨就这么静静地坐着，最后竟不知不觉地睡着了。

"呃？"等司雨再度睁开眼睛的时候，愕然地发现天已经大亮了。她赶紧看了看身边，却发现身边空空的，被子也似乎未被动过。雷耀到现在还没回来？竟然忙了一夜？

司雨意性萧索地走下楼，楼下大厅里已经摆好了早饭。她正要去吃，忽然想起自己也许该和雷耀的父母打个招呼。虽然不知道雷耀的家庭会不会像古装电视里的大户人家那么矫情，需要小辈请安，但醒了给长辈打个招呼也是应该的。

司雨走上雷耀父母居住的三楼的时候才想起雷耀的爸爸估计也在公司，她估计只能找到雷耀的妈妈，便朝李不言的居处走去。不知是他们感情不好还是各自爱清静，是各住一间房，两个房间距离还有点儿远。雷耀的妈妈的名字叫李不言，这名字听起来很高冷，而她的人也挺高冷，所以去见雷耀的妈妈的时候，司雨真有些紧张。

雷耀的母亲已经起床了，她显然是刚起来，头发散乱，睡衣也没有脱去，却已经是描眉画目，满脸敷粉了，但即便如此，也掩盖不住她脸上的岁月痕迹。

据说雷耀的父母是白手起家，苦干致富的。可能是年轻时太过劳累，雷耀的妈妈过早地苍老了，再保养也保养不过来。也许是少时吃苦的人待人都会有些隔阂，因此雷耀的妈妈对司雨又亲热又生疏。司雨对此并没有在意，她是个知道分寸的人。雷耀的妈妈现在对她生疏是正常的，以后日子久了大概就会自然而然地对她打开心扉，她没必要太着急。

司雨和婆婆打完招呼就下来了，随便吃了点儿粥和小菜就饱了。她吃完饭后到屋外转了一圈，又到花园里看了看花花草草，最终还是觉得无事可干，又回房间里。无聊地坐了一会儿，忽然觉得自己也许该开始找工作了，虽然嫁了个"大金矿"，但她仍希望能有份工作。她一直认为女人要出去工作，生活才有意义。即使不靠工作养活自己，有点儿事做也是好的。然而找工作谈何容易，就业市场可不会因为她变成了"阔少奶奶"而变得对她有利。司雨在网上查了半天，顺便也翻看了就业杂志，愣是没发现适合自己的工作。没办法，高不成低不就啊！好的她不敢去，差的她又瞧不起，现在就业市场不景气，不是找工作的良机啊！司雨坐在窗边发了一会儿怔，忽然想起自己的旅游纪念品还没整理，那些狐朋狗友说不定都望眼欲穿了。大概他们以为司雨现在"阔"了，给他们的纪念品也该是鎏金销银的。司雨才不会因为他们的想法乱花冤枉钱呢，不过也不能随便敷衍他们。她给他们准备的礼物是用玻璃盒装着的阿拉伯毛毯，不是那种大张的，而是每片只有烟盒那么大，属于一种纪念品，不仅制作精美而且文化范儿十足，用来做旅游纪念品再适合不过了（至少司雨是这么想的）。她把朋友按远近分类，准备把远处的人的份儿先寄出去，便打电话找她一送快递的同学。这位同学叫孙常伟，大学时学习还挺好的，但不知为何毕业后就是找不到好工作，不得已去做了快递员。现在勉强当了个经理，管着几个九〇后。

因为收拾旅游纪念品，她把旅游带回来的所有东西都整理了一遍。忽然想起在旅游期间，雷耀曾经给她买过一瓶香精，玫瑰色，装在瓶子里。雷耀对她说，这种香精可以养生美容和保健，叫她每天晚上都涂在太阳穴和人中上。他说的事情她全照做，结果每天晚上都睡得很香。本来她没觉得有什么，但现在想来却有种深深的恐惧和猜疑。这种香精不会有催眠作用吧？如果雷耀知道它有催眠作用，会不会是"特意"买给她的呢？

想到这里司雨的心头一阵抽搐，赶紧把那瓶香精翻了出来，现在只剩下了空瓶。司雨对着空瓶发呆，忽然觉得自己的怀疑实在是无稽之谈，如果雷耀真的这么做，当初干吗要娶她呢？也觉得有些对不起雷耀，他应该是好心好意买给她的，却被她如此猜疑。

就在这时雷耀回来了，说他昨天熬了个通宵，司雨赶紧给雷耀铺好床铺。雷耀和衣倒在床上，转眼就昏睡过去。司雨心痛而又爱怜地看着他，想替他宽衣，教唆自己半天却仍旧不敢。她苦笑着叹了口气，转身去厨房，准备给雷耀做点儿鸡蛋羹。她不知道什么养生的方法，但知道小时候自己一劳累了，妈妈就会给她做鸡蛋吃，她最喜欢吃的是鸡蛋羹，最拿手的也是鸡蛋羹。她要把鸡蛋羹炖得嫩嫩的、滑滑的，让雷耀大声称赞。

司雨来到厨房，从篮子里拿了两个鸡蛋，忽然发现灶边已经站了一个人，竟然是雷耀的老爸雷朔！

没想到雷朔也会下厨，司雨大大地吃了一惊。她不敢乱说乱动，且在一边静静地看着，看他到底在做什么。

雷朔竟也在做鸡蛋，不过做的是荷包蛋，难道他也是想给雷耀补身子？司雨对雷朔顿生好感，开始用欣赏的目光看他做事，顺便也仔细看了看他的长相，因为之前雷朔在她面前露面的机会少，也因为盯着长辈看不礼貌，所以司雨几乎还没仔细看过雷朔的长相。

仔细看了雷朔，发现雷耀的长相遗传了爸爸。因为现在的商人都喜欢往儒商的方向打扮，他打扮得也很斯文。戴着一副金丝边眼镜，头发梳得整齐，衬衫笔挺、一尘不染，皮肤也做过保养，气质也经过了锤炼。即便如此，他身上仍有种粗豪和苍老的感觉，是无法隐藏的。司雨静静地看着他，并没有觉得什么不好，反而觉得心里很温暖，和看着李不言时的感觉一样。没有他们，就没有雷耀。他们之前如果不拼死拼活地奋斗，就没有雷耀的今天。她应该感激他们，尊敬他们，他们所有的老态，都是光荣的徽章！

第六章　婚后烂桃花

　　雷朔静静地看着煮水的锅，似乎在凝思。等锅里冒出热气后，轻轻地拿起一个鸡蛋，放到手里慢慢地抚摩。司雨惊讶得睁大了眼睛：她从没有见过有人这样摸鸡蛋的！

　　雷朔把鸡蛋托在手里，像抚摩孩子的脸庞一样仔细而又轻柔地抚摩，不像是要吃它，像是在鉴赏某件艺术品。不，不对，准确来说是像在通过鸡蛋感受或追忆某件事情，甚至像在进行某种仪式，难道做荷包蛋对他难道有特别的意义？

　　水开了，雷朔小心翼翼地磕开鸡蛋，把鸡蛋打进水里。他看着鸡蛋在沸水里翻滚，长长地吁了一口气，目光迷离地转过头来，忽然看见司雨，顿时倒抽一口冷气。

　　司雨赶紧讪笑着和他打招呼。

　　"哦，是你啊！"雷朔的神情也瞬间转变如常，晦涩地笑了笑，"人老了，嘴馋，没让你见笑吧？"

　　"当然没有。"司雨赶紧笑着摇头，三步并作两步走到锅台边，"以后您要吃荷包蛋，就喊我给您做吧！"

　　"不，不用。"雷朔慈爱地摇了摇手，"我喜欢自己做。自己做的香！"

　　"哦，对啊，自己做的饭历来是最好吃的……"司雨赶紧笑着应和，走到另外一个锅台边开始倒腾鸡蛋羹。

　　雷朔吃完荷包蛋就走了，司雨有了种不祥的预感，该不会还要回公司吧？他回公司，雷耀会不会也要跟着去呢？赶紧把鸡蛋羹做好，端回房间里去，却发现雷耀已经走了，她还是慢了一步啊！司雨怔怔地坐下来，盯着鸡蛋羹看了一会儿，舀起一小勺，送进嘴里尝了尝，鸡蛋羹做得非常鲜美，可她尝来却没有滋味。

　　雷耀晚上也没有回来，第二天下午回来了，却忙着在电脑上查资料，一查就是很晚，司雨撑不住，先睡了，醒来后发现自己的身边还是空空如也。

司雨怔怔地看着空床，心里暗流涌动、翻江倒海——如果她之前还能为雷耀找理由，现在却显然不行了。雷耀似乎就是在刻意逃避！他为什么要这样做？

发现雷耀可能是在刻意避开她之后，司雨的心里就像压上了一块大磨盘，走路都步履蹒跚了，越是在这种时候就越需要朋友，司雨把特意给乱乱挑选的礼物送了过去，却在和乱乱见面的时候悬崖勒马，她必须学着坚强起来，不能再给乱乱添麻烦了。

乱乱的同事们似乎也知道了司雨的传奇故事，都对她投来了艳羡的目光，司雨低头躲避着他们的目光，心里颇不是滋味，这段豪门婚姻似乎中看不中吃，她讪笑着把礼物递给乱乱。

司雨给乱乱带的是用珍珠、贝壳、绿松石和沙金小花穿成的手链，乱乱平日最喜欢这类小饰品，戴上它的时候表情却很平淡，准确地说应该是注意力不在这上面。她意味深长地盯了司雨一眼，把司雨拉到僻静处，叹息着压低声音："你们又没做吧？"

"你怎么知道？"司雨失声道，之后却发现这一点儿都不奇怪，她这么阴沉悲戚，乱乱要是看不出来，就不是她的好朋友了。

"天哪，糟糕了，难道真让我猜着了？"乱乱的眉头皱成了一团。

"是啊，"司雨嗓子一哑，几乎要掉下泪来，"难道雷耀真在某方面嫌弃我……"

"不是这方面的事儿！"乱乱撇着嘴一挥手，不让她继续说下去，"我跟你说，男人绝不会那么矫情，只要你没有重大缺陷，不是丑得逮鬼，只要睡到他身边，他就不会不碰你。我担心的其实是……其实是……我其实……是怕他身体有毛病！"

司雨怔住了，顿时觉得四周一片黑暗，整个身体都恐惧得颤抖起来，她知道乱乱指的是什么，其实自己之前也隐约想过，但就是不敢具体去想，因为它意味着难言的灾难，也意味着难言的屈辱！

乱乱看到她的脸变成了死灰色，顿时后悔不迭，觉得自己太莽撞了，她盯着司雨的脸，小心翼翼地说："你先别急，这件事不是还没确认吗？这样吧，他晾了你这么多天，你问问他也不过分，你干脆找个时间，跟他打开天窗说亮话……"

"不行，"司雨凄然地摇了摇头，她虽然克制着没有流泪，但声音像被泪水泡过，"这种事情我问不出口……问不出口……"

"那这样如何呢？"乱乱咬了咬嘴唇，"那我有个朋友是这方面的医生，哪天你把他骗出来，我……"

"不行！"司雨粗暴地打断她的话，眼泪也坠了下来，"那样他立即会知道……我没法……"

乱乱不再说话了，只是同情地看着她。

司雨用力地一抽鼻子，把眼泪压制下去，压制眼泪是如此困难，致使她半晌都没法儿说话。

"对不起，"司雨终于可以开口了，声音就像冰冷的游丝，"我刚才有点……这样吧，先缓一下，我先想想……"

乱乱抿着嘴点了点头，她知道司雨现在需要时间缓一下，这种事情即使是猜测，也是个莫大的打击。

司雨呆若木鸡地站了一会儿，步履蹒跚地回了家，回家后也是无精打采。她坐在床上想了半日，越想越难过，最后竟决定先找这方面的医生咨询一下，她觉得自己至少得对这种病有所了解，或许在咨询的过程中还能有意外的收获。这个想法挺蠢的，司雨知道却还是忍不住去了。为了不被人认出来，还戴了口罩和墨镜，这样的打扮在大街上无疑是个异类，她实在受不了大家异样的目光，又把口罩和墨镜摘下来放到包里，等走到医院旁边的时候才戴上。

为了不被挂号人员误会而无法挂号，司雨在挂号时把墨镜摘了下来，口罩却依然戴着。挂完号在走廊里等待的时候又把墨镜戴上了。其他病人都用诧异的目光看着她，她也不肯把它们取下来，虽然被他们看得很难受，但她觉得以真实面目面对会更难受。

终于轮到司雨，她戴着墨镜和口罩就进去了。坐诊的是个五十多岁的女医生，看到她诧异地睁了睁眼睛，之后却没有说什么。司雨的心稍微放下了一些，佝偻着身子在她面前坐下了。

女医生假装在看资料，却从眼角注视着司雨，她知道来这里的人，不管是看病还是咨询都会很敏感，直视会让他们尴尬，即便如此，司雨还是感到了少许不适，下意识地扭动了一下身体。

女医生苦笑了一下，她的第六感告诉她司雨身上的事情一定异常复杂，面对这种病人的方法就是尽量不要说废话。

"你先告诉我你丈夫在哪些方面有问题吧！"

"问题？"听到这个司雨竟有大脑神经要停止摆动的感觉，"就是他一直躲着我，一直不肯做……"

"哦？"女医生苦笑了一下，"一般都会有这种问题，其实我是想问具体的方面。"

具体的方面？司雨怔住了，脸瞬间便涨得通红，哪有具体的方面啊？！她感到全身的血都涌上了头顶，恨不得夺路而逃，身体却像被钉在椅子上一样动不了，她就这样呆呆地看着医生，似乎已经停止心跳。

司雨就这样一声不吭、一动不动地和医生对视了半个小时。医生的表情先是惊骇，接着由惊骇转为无奈，又由无奈转为怜悯和慈爱。

"这样吧，也许还没到时候，今天你先回去。"医生从口袋里掏出一张名片塞给司雨，"等到你准备好了，就打电话给我，你可以跟我说任何事情。"

司雨看见上面有医生的手机号，赶紧揣进兜里，嘴唇动了动，想再说些什么，却什么都没有说出来，讪讪地走了出去。走出医院后她迅速找了个僻静的地点，把墨镜和口罩摘了，她不敢在马路上公然摘，那样更会引人注意。如果他们再往她来的方向瞧一眼，一段谣言就出现了。

司雨一深一浅地往家里赶，忽然发现自己全身都湿了。仅仅是咨询一下而已，她却紧张得汗流浃背，就像从水里捞出来一样。

"喂！司雨！没车坐吧！我送你！"身后忽然有一个人喊她，司雨讶异地回过头去，顿时像看到了妖怪一样，赶紧把头转了过来。

这个人叫梅若庭，对她来说是个非常麻烦且非常微妙的存在。他一直认为司雨是他宿命中的女人，司雨却一直不想和他扯上关系。是的，这家伙暗恋司雨，但没被司雨看上，之后却不知难而退，给司雨造成了很多麻烦。

这家伙不被司雨看上一点儿都不奇怪。首先他长得很丑，扫帚眉、三角眼、塌鼻子、一口乱牙，身材矮小、瘦弱，用乱乱的话说就是三根筋挑一个头。其次他的性格很猥琐，一点儿亏不吃，一点儿便宜都不放过。有时别人没对他怎么样，他却觉得别人在欺负他。如果真受了欺负，哪怕只是一点点，也会歇斯底里地报复别人，误伤无辜也不在乎。

发现自己被他喜欢的时候司雨简直骇异，甚至一度有种自我嫌恶感，自己怎么会被这种人看上？更郁闷的是纵观大学四年，她的崇拜者似乎就这么一个，不禁使她的自我嫌恶感更加严重，自己的魅力就这么差吗？只配有这样的崇拜者？既然如此，司雨自然不会对他假以辞色，天天想尽办法躲着他。这家伙偏偏自不量力，一天到晚追着她。司雨没有办法，只好对他说狠话。

如她所料，梅若庭抓狂了。他发了疯似的大叫大嚷，骂司雨嫌贫爱富（他的家也很穷），并用威胁的口吻说司雨以后一定会后悔，因为他是个了不得的潜力股，她绝对找不到比他更好的。

司雨当时气了个半死，且不提他凭什么对她吼，凭什么说她错过了他会后悔，凭什么说除了他她找不到更好的，她有差到那份儿上吗？这简直是赤裸裸的侮辱啊！

司雨当时气得恨不得破口大骂，却因为气愤过度什么词都想不出来，只朝地上吐了口唾沫便走了。过了很久才消气，每每想起依然耿耿于怀。

按理说依梅若庭这性子，毕业后应该混得一塌糊涂才是。可没想到天意难测，毕业三年后他竟然混出来了，做生意积累了百万家产，虽然称不上大富大贵，也是有车有房，吃香的喝辣的。他仗着自己有了钱便又来纠缠司雨，那架势就好像司雨除了他真找不到其他男人一样。而司雨偏偏又有一段漫长的空窗期，在那个时候被骚扰，真是又气又恨又无奈和自我嫌弃，谁让她不争气，拿不出成绩来还击他呢？后来和雷耀结婚的时候她真是觉得出了一口恶气，一度还想请他来参加婚礼，后来仔细想想还是算了，她可不想在婚礼那天找霉气。然而不知道他是不是她的克星，她竟然在怀疑婚姻出了大问题时又和他狭路相逢。

"哦，你好啊！"虽然司雨厌恶他，依然是彬彬有礼，有时候尊敬别人也是尊重自己。

"我去做生意了，在伊拉克呢，国际生意。"梅若庭骄矜地一仰头，咧开嘴笑了。他长了一口乱牙，却在牙齿上镶了一排钻石，被口水一浸都发灰了，一张口简直令人恶心。除了这副牙齿、打扮得过头之外，他的衣着和发型也有些搞笑，他按照时尚杂志上男模的方式打扮的，众所周知，这种打扮是需要气质和长相的，就梅若庭那样，穿上之后只能是侮辱时尚。

"哦，国际生意啊，真了不起。"司雨胡乱地客套了几句，转身就走，"我还有事呢，改天请你去我们家喝茶。"

转身的一刹那，她似乎听到梅若庭在身后嗤笑，就装作没听见，大踏步往前走，走了一会儿忽然觉得身后有些异样，回头一看，竟发现梅若庭开着车跟着她。

"还是让我送你一程吧！"梅若庭盛气凌人地说，"你家离这里不是还有三条街了吗？"

三条街？说的是她的娘家吧，司雨皱了皱眉头，这么说他还不知道她已经结婚了。不过这也不奇怪，梅若庭在同学中的人缘儿非常差，没人愿和他多说一句话，他不知道她的婚讯完全有可能。要是以前，她肯定会骄傲地告诉他她已经结婚了，现在却什么都不想说。

"不了，我现在需要锻炼身体……"司雨僵笑着推辞。

"坐上吧！"梅若庭更加盛气凌人，"不要瞎客气！"

司雨感到自己被他的目光刺伤，似乎以为是司雨错过他后悔莫及，便看到他自惭形秽，不敢坐他的车一样。一种逆反心理从心中腾起，司雨冷笑着大摇大摆地坐上了他的车。有什么了不起的？你以为你这破车挺好的？有本事你像雷耀一样开法拉利啊？

第七章　旧友很危险

司雨上了车，梅若庭更加得意，开始假装无意中提起司雨的"婚姻问题"。当然了，他并没有明说，只是说现在女人多难嫁，男人对年纪要求多么高，好多二十出头的小姑娘都忙着相亲，大龄女——比如二十七岁的女人嫁人更难之类的话。司雨静静地听着，基本上是一个耳朵进，另一个耳朵出。后来被他唠叨得太烦，便忍不住转守为攻："女人难嫁，也是因为现在好男人太少了，好多男人连工作都找不到，自然不能谈结婚。你现在的事业也算安稳下来了，也该赶快考虑结婚的事情了。"她的潜台词就是与其关心我，还不如关心你自己吧，就你那外在和内在的水准，恐怕也难找到优质女吧！

"这个啊，"梅若庭骄傲地一仰脖子，"现在还不考虑，因为追我的女孩太多了。"

追？司雨差点儿笑出声来，仔细看他却不像在说谎。司雨呆呆地看着他，觉得他说的话简直匪夷所思，仔细想了想后却觉得他可能没打诳语。现在有很多女孩，既无品位又无眼界，看到男人有一点点钱就贴过去，即使对方相貌丑陋内心猥琐也无所谓。想到这里司雨轻蔑地撇了撇嘴，心里却感到又沮丧又愤怒，都是一些女孩子不尊重自己，把女人在婚姻市场上的整个行市都带衰了。

梅若庭见司雨的脸色晦暗，不由得更加得意，他肯定以为司雨在为错过了他而黯然神伤呢！司雨猜到了他的想法，顿时无法再在车上待下去，立即要求下车。梅若庭得意地看着她，竟没有阻拦她，大概觉得是时候让她自己"反省"一下了。司雨大踏步离开了街边，一阵疾走后才发现自己已经来到家门口，她看着家门发了一会儿愣，咬了咬牙并没有敲门。她知道她现在的脸色一定很难看，她不想让妈妈看到后担心，便转身下楼，回了婆家。她在房间里坐下，忽然发觉身上湿腻黏人，不知何时身上已经积满了汗水。天哪，身上怎么会出这么多汗？

司雨走进浴室冲了澡，出来后稍微定了定精神，觉得自己还是整理一下思路，再去问问那位医生比较好，没想到一掏口袋，竟发现那张名片不见了！

司雨摸着空空的口袋，一股凉气从心底冒出来。糟了，大概是掉了，掉哪儿去了？难不成……她顿时感到头顶上打了个响雷，惊恐地掩住了嘴巴。天哪，不会是掉在梅若庭的车上了吧？要是让他知道她去找男科医生咨询，那还不丢死人啊！

司雨赶紧到处翻记事本通讯录，找梅若庭的号码。也许他还没有发现那个名片，她得赶快到他那儿，不动声色地把名片捡回来！

因为对梅若庭深深的厌恶，根本就没留他的通讯方式，她只好拐弯抹角地问了同学，才找到了他的手机号。她拿到手机号后先定了定心神，努力调整呼吸，然后拨通电话，不动声色地说："你好，我是司雨，哈哈，你住在哪里啊？到家了吗？我好像把一个东西掉在你车上了，能让我去找一下吗？"

梅若庭没有提异议，司雨立即打的去找他，第一件事就是审视他的表情。还好，他的表情很正常，不像是发现了司雨"丢人的隐秘"。梅若庭把司雨带到了车库，司雨一头就钻进了车厢。

"你丢了什么东西啊？"梅若庭看似无意地问她。

"哦，是一个耳环。"司雨随口回答，同时用身体挡住车门。她可不想在自己找到名片时被梅若庭看到。真是郁闷，她就坐在这里，怎么没有名片的踪影啊？

梅若庭站在她身后，喉结异样地抽动了一下，忽然从后面紧紧地抱住了她。

"哎呀，你在干什么？"司雨猝不及防，赶紧挣扎。

"你就不用再装了！"梅若庭抱着她不松手。

"我装什么？"司雨丈二和尚摸不着头脑。

"你今天来这里，要跟我重归于好，是不是？"

"你胡思乱想些什么啊？"原来这家伙还是自恋狂啊，司雨的下巴差点儿飞出去，同时更卖力地挣扎。然而，即便梅若庭"三根筋挑一个头"，却也是个男人，司雨一时半会儿挣脱不了他。

"你不用再否认了！"梅若庭动情地说，"我知道你心里一直在后悔，每次看到我时，你的目光都是那么哀怨，一定是渴望走进我的怀抱吧！没关系！司雨！虽然你伤害过我，但是我原谅你！只要你向我真诚地道歉，我就原谅你！"

"天哪……"司雨觉得自己都要被鸡皮疙瘩淹死了。

司雨感觉梅若庭搂在她腰间的手有往她胸部移动的趋势，赶紧用力去撕掰他的手："你别这样！我已经结婚了！"

"结婚？哈，跟谁？"梅若庭竟是一副不相信的样子，"我刚走几个月，你就结婚了？是前面有凤凰肉吃啊，还是后面有鬼追着？"

司雨被梅若庭不屑的态度激怒了，大声说："我和雷耀结婚了！"

"哈？"没想到梅若庭听到这话后竟然笑了出来，"你和雷耀结婚？开什么玩笑啊？"

"什么叫开玩笑？我就是和雷耀结婚了！"司雨全身的血都涌上了头顶，几乎气得要喷火，怎么？我跟雷耀结婚就这么不可信吗？

"哈哈哈！"梅若庭笑得更厉害了，"你要是能跟雷耀结婚，我就能跟安吉丽娜·朱丽结婚！"

"你……"司雨气得发晕，豁出去跟他死挣。

"好了好了，你就不要再说那不着边的谎话了。"梅若庭死死地抱住她，用安慰和调侃的语气循循善诱，"我知道你是脸上过不去，没关系，我们什么都不用多说，过去的事情就过去了，从今天开始起我就是你的男朋友。啊，你要是急着结婚，也没关系，我也不学那些人，搞什么试婚、订婚乱七八糟之类的，我明天就可以跟你领证！这可是千载难逢的好机会，你可不要再犹豫了，过了这个村可就没这个店！"

"去你的！"司雨愤怒到了极点，什么千载难逢的好机会？什么过了这个村就没这个店？你以为你是什么东西啊？她正要用指甲抠他的手，忽然感到他的手松了。

司雨讶异地回过头来，赫然发现梅若庭正尴尬地张着双手，讪笑着看向车库的门口。司雨立即有了一种不祥的预感，战战兢兢地往车库门口看。

啊！还好，站在门口的不是雷耀，也不可能是雷耀，雷耀和梅若庭根本没有交集，更不能知道她到梅若庭这里来了，那这是谁，啊！是个女人？还以一副愤怒的神情看着梅若庭，一副要问责的样子。

司雨忽然感到了一股火灼般的愤怒，脸顿时涨得血红，难道这个女人是梅若庭的爱人？！梅若庭这浑蛋，都有爱人了，还想诱惑她，是不是一开始就打算玩她？他以为自己是什么东西啊？

那女人气呼呼地走来，走到梅若庭面前，抬起手准备打他，最终却没有打下去，又转过身来想撕扯司雨，司雨却早已跑了出去。她在街上冲刺般地狂跑，感到脑子都要炸掉了，什么跟什么啊？竟然搞得像跟梅若庭偷情，然后被他女朋友发现一样，还有比这更冤屈、更丢人的吗？她怎么这么倒霉啊？！

愤怒、难堪加上狂跑，回家后司雨的身上又湿透了，司雨骂了句"倒霉"，钻进浴室里洗澡，洗着洗着觉得口渴难忍，出来后不擦头发就抱着水杯喝水。

一个人不声不响地走过来，把手里的一个东西轻轻地放在司雨面前。司雨光顾着喝水，没有发现。喝完之后一抹嘴，忽然看到视野边缘有个东西，定睛一看，顿时差点儿把水喷出来，这、这不是那个医生的名片吗？怎么会在这里？

司雨朝旁边一看，顿时感到脑中一阵酸麻，回过神时已经跳了起来，站在她身边的竟然是雷耀！

天哪！不管雷耀正不正常，她不问他就去找医生咨询都是件很冒失的事情。如果雷耀没有病，她这样做，无疑是对他最恶毒的质疑！一想到这里司雨不禁抖动起来，吓得脑子一片空白，一时竟紧张得看不清雷耀的表情。

雷耀的表情倒很淡定，不像是发怒或是发过怒的样子。司雨稍微冷静了一下，傻傻地朝他笑了笑，刚一咧开嘴就觉得自己傻透了，这是什么意思啊？是表示自己没心没肺还是不以为然啊？

见她笑了雷耀也苦笑起来，尴尬地揉了揉鼻子："其实我一直在等你问我来着，没想到你一直没有动静，我还一直以为你不在意，没想到你还是挺在意的，为什么不问我呢？"

司雨像被人打了一锤，脸"唰"地变白了。雷耀这句话让她彻底陷入了被动。但她现在已经来不及纠结这个，她现在只关心雷耀晾着她的真相！

"我其实也想问来着，只是问不出口。"司雨一面低声说一面惊惶地偷看他。

"哦。"雷耀晦涩地笑了笑，牵过她的手，放到手心里，郑重地握住，"是的，这的确不好问，其实我也有错，我该一早告诉你的，只是事情发生得太突然了。"

司雨心头一凉，心跳的速度猛地到达了极限，他是什么意思？难道是想说他在结婚前夕遇到了什么意外，导致……

雷耀见她一副极度恐惧的样子，愣了一愣后苦笑道："哦，我明白了，你是不是以为……放心，没那回事儿，我的身体没有问题。"

司雨猛地松了一口气，身体软软地几乎要往下瘫，但心里仍有一根弦绷着，不是身体的问题，那是为什么？难道真是嫌弃她？

雷耀看出了她的心思，笑容愈加晦涩，轻轻地咬了咬嘴唇："这是一件挺复杂的事情，我要慢慢跟你说，你听过之后，一定觉得我很封建，或者是个老古董。"

司雨越听越迷糊，愣愣地看着他：怎么还和封建搭上关系了？到底是什么事啊？

"其实……"雷耀迟疑着开了口，"我们家祠堂里供着的爷爷的牌位，不是我的亲爷爷，我奶奶是带着我爸爸嫁到我爷爷家的，我的亲生爷爷另有其人。"

"哦。"司雨低低地应了一声，依旧是一头雾水，爷爷辈的事情啊，隔得好远，这和他又有什么关系呢？

"我奶奶改嫁的时候我爸爸还很小，但是父子亲情是剪不断的，所以他还偷偷地和亲生父亲保持联系，并时常和他见面。后来两个爷爷的家里起了纠纷，奶奶又是因为和亲爷爷闹了矛盾，含恨改嫁的，所以和亲爷爷接触就成了这边的禁忌。父亲只好尽量减少和亲爷爷联络的次数，但我那时候还是见过他几次。"说到这里雷耀顿了顿，露出难过的神色，"和我奶奶描述的不同，我的亲爷爷其实是个很慈祥的老人，按理说人的年纪越大，对以往的仇恨就应该越淡漠才对，但不知为什么，随着岁月的流逝，奶奶对亲爷爷的仇恨反而越来越深，考虑到奶奶的身体状况，我们谁也不敢在她面前提起亲爷爷的事情，更别说公开和他见面，做和他有关的事情了。"说到这里雷耀露出了忌惮的神色，司雨则表示理解地点了点头。她见过雷耀的奶奶，住在郊外的别墅里，由很多用人伺候、疗养，脾气古怪得要命，活像一个老巫婆。说真的，司雨真不想用这个词来形容自己丈夫的奶奶，但是除了这个词实在找不出更恰当的词来形容她，她就是像个老巫婆，非常非常像，如果忤逆这个老巫婆的意思，天知道她会怎么大吵大闹。

雷耀苦笑了一下，眼圈微微有些泛红："就在我临近结婚的时候，我的亲爷爷死了，虽然在现代社会，因亲人逝世而禁止嫁娶的习俗已经不复存在，但我就是无法装作不知道，他是我的亲爷爷，我却没有为他做过任何事情，所以就格外地想为他守孝。然而那个时候婚期已近，奶奶依然很恨他，如果我提出推迟婚期，奶奶肯定会大吵大闹，对你也不公平。所以我就没有吭声，但之后一直有负罪感……"说到这里他难堪地清了清喉咙，声音反而更含混，"我知道这样对你很不公平，也知道我这种想法在现代人看来一定很荒唐，所以就没好意思对你说，只是小心翼翼地看你怎么做，然而你一直都不是很积极，我就一直逃避到了现在，也不好提起这个话题，就一直等你问我。没想到你这么在意，竟然还去……归根结底还是我的错，对不起！"他一边说一边小心翼翼地偷瞄她，就像一个做错事的孩子。

"你不用跟我道歉，我也有错……"司雨红着脸说道，感到十分为难。她知道雷耀的话还没有说完。他一定不是只想征求她的原谅，一定还希望她能配合他守孝。她知道无论如何自己都不能拒绝他，不管她多么不愿意，多么爱他。她想如果因为自己的原因，阻止雷耀为他亲爷爷守孝，那就显得太不懂事了。

"你就尽管为爷爷守孝吧，没有关系。"司雨异常艰难地吐出了这句话，"这是天理伦常，我理解，你不用担心，我会慢慢地等。"

"谢谢你！你真善解人意！"雷耀感激地握紧了她的手。

司雨勉强地笑了笑，又不甘心地补了一句："没关系，反正你守孝的时间一定不会太长的，对吧？三个月？"

雷耀的脸色瞬间僵硬，神情又变得晦涩起来："放心，我会掌握分寸的。"

"哦。"司雨没想到自己一不小心又造了次，红着脸点了点头，心里却格外不放心，看他的意思，难道不是守孝三个月？还打算守一年或者更长不成？

第八章　不靠谱儿的孽债

不过即便他要守一年，也比有毛病强得多。司雨立即把这个"喜讯"告诉乱乱，乱乱听了她的转述后就沉默了。司雨刚刚亮起来的心顿时又暗了下去，苦笑着对着电话说："怎么，你不相信？"

"嗯，不相信。"乱乱犹豫了片刻后说，"我说实话你别生气，这个理由，在我听来，简直像扯淡……"

"是啊，我也这样想过，不过我后来想，一听起来就像谎话，反而可能是真话。"司雨慌忙地解释，"因为没人会撒这种谎，我觉得他说的是真话，我相信他。"她用的是抗辩般的语气，就像她真的相信雷耀的话，其实与其说她相信他的话是真的，倒不如说是希望他说的话是真的，她可不想再度变成担心丈夫无男性功能的可怜小女人。

"你说的倒也是，而且如果他真的有病，这样瞒下去也没什么意义，还不如直接说，毕竟你总有一天会发现真相的，而且如果是在很久后才发现真相，对他的愤怒只会更猛烈，也可以在离婚时据此要求多分财产，甚至索要赔偿。当然了，我不是说你在意钱财，只是说他应该会考虑这件事情，也许他真的没什么毛病，只是……"

司雨敏锐地感到乱乱可能想到了其他重要的事情，心猛地悬了起来。

"算了，不说了。"乱乱却把后面的话咽了回去。

"说吧，你尽管说没有关系！"司雨赶紧叫她打消顾虑，还顺便给她施加了点儿压力，"再说我的胃口已经被你吊起来了，如果你现在不跟我说，我之后恐怕会变本加厉地胡思乱想，更加伤神！"

"好吧。"乱乱迟疑着说，"我担心的是他在为别人守身，我怎么想都觉得他过不过婚姻生活和他爷爷实在扯不上什么关系。"

司雨的心头"突"地一跳，接着整个心都翻滚起来，连忙说："你的意思是……他是……"

"是啊。"乱乱沉着嗓子说，"他是不是在为自己死去的女朋友守身？如果他有一个曾经非常爱却无法在一起，又在他结婚临近忽然死亡的女朋友，他为她守身还靠点儿谱儿！"

司雨的心里一下子黑了，接着便彻底乱了。老实说这个想法她也一直有，但是一直没有成形，或者说她不敢让它成形，乱乱的话就好像一把火，把她一直不敢承认的想法照亮了，让它们无处躲藏。天哪，怎么还会这样啊，虽然这件事还没有确认，但有这种猜测就够她受了。别人只羡慕她嫁得好，谁又知道她的苦楚，不说别的，就这一惊一乍的怀疑和猜测就够她痛苦的了！

司雨打开了首饰盒，把首饰一字排开，又拿出钱包，数了数里面的现金。她在想拿什么贿赂陈妈比较适合。说真的，要想弄清少爷的私生活，最好的方法就是贿赂家政人员，他要是和女人交往，一定会把她带到家里玩，陈妈应该知道一些。只是陈妈看起来有点儿深不可测，又有一副贪得无厌的样儿，她现在手里还没什么私房钱，除了那串意义非凡的黄金项链。去贿赂其他小保姆？不行，那些小保姆似乎对雷耀心怀不轨，如果发现她在偷偷调查雷耀之前的私生活，怀着挑拨离间的想法，去告诉雷耀就糟糕了。

司雨正在苦恼之中，忽然听见手机铃响了。她不耐烦地拿起手机，发现是个完全陌生的号码，她小心翼翼地拿起电话。

"喂……"

"你好。"电话那边的女声冰冷锋利，"我叫新兰，梅若庭的爱人，我们出来谈一谈吧！"

什么？司雨听到这话的时候简直想把电话摔了。怎么？她以为司雨在勾引她的梅若庭？她没长眼睛啊？还以为梅若庭是什么东西啊？简直对司雨是莫大的侮辱！

但即便这样想，司雨还是压住火头，细声细气地和她对话，问明见面的地方。没办法，不能不理她，这女人不明真相，说不定会胡搅蛮缠，如果闹到让雷耀产生误会，那就倒霉了。

新兰约她见面的地方是一个咖啡厅。司雨逃离梅若庭家的车库时曾匆匆地瞄过新兰一眼，因为慌张并没有往脑子里记她，因此对她长什么样，竟完全没有概念。

一个女人朝司雨的位子款款走来，大概就是新兰了。出乎司雨的意料，她打扮得并不俗艳，看起来也并不嚣张，不像是在乎梅若庭的钱的那种女人。她穿着一件米色的连衣裙，布理中有若隐若现的银丝；脚下蹬了一双乳白色配钻的皮凉鞋，除了一对珍珠耳钉和一条细细的水晶项链之外，全身上下没有别的饰物；一头直直的披肩长发清爽亮丽，上面只别了一个软陶发卡。总而言之，从打扮来看，还是很有品位的。

她跟司雨打了个招呼，慢慢地坐下，看起来有点儿教养，不过仔细看看就会发现她的动作有些僵硬，似乎是刻意做出来的。她乍一看长得还不错，但仔细看看却发现姿色平平，脸上的瑕疵都是靠化妆遮掩。她坐下之前表情还颇谦和，坐下后却猛地倨傲起来，以一副地位稳定的正室的神情居高临下地看着司雨。

司雨不屑地撇了撇嘴，拿起点好的冰饮料喝了一口，用它压住心里的火头，这算什么事儿啊？

"我已经听说你和梅若庭的事情了。"新兰微笑着说，态度客气但饱含锋芒，"你们之间的情爱纠葛是很深重，互相错过也很可惜，但是那都是以前的事情了。现在他已经有了我，也很爱我，对你假以辞色，可能只是稍微怀旧，你明白吗？"

司雨没有回答，暗暗地撇了撇嘴，心想：没文化就别装，你以为你这话说得很文艺啊？用词不当语意不顺，还不如说市井俚语呢！

新兰见司雨没有答话，以为她对自己的话不以为然，两条精心描出的眉毛微微蹙起："怎么，不相信我的话？我告诉你，他已经被我罩得死死的了，你已经没有机会……"

"我想你搞错了。"司雨猛地打断了她的话，"关于我的事情你都是从梅若庭那里听来的吧，对不起，是他骗了你。我和你的梅若庭从来没有什么纠葛，我和他从来没有恋爱过，一直都是他自己自作多情，单方面纠缠我，现在也是一样。我现在已经结婚了，有个比梅若庭强很多倍的丈夫，而且就算我没有结婚，我也不会对梅若庭有任何兴趣。今天我来这里，是怕你误会我和梅若庭有什么关系，闹出不必要的麻烦。请你以后不要再联系我，我不想再和梅若庭、与梅若庭相关的人和事扯上任何关系！"

司雨这句话宛如高山流水，势不可当，全都拍在新兰脸上，活脱脱把她拍愣了。新兰直着眼看着司雨，双眉缓缓地立起，接着脸上的肌肉也缓缓舒展，司雨知道她的下一个节目肯定是跳起来大吵大闹，于是赶紧一口喝光面前的可乐，转身离开，没想到刚转过身就看到梅若庭走了进来，顿时一愣。

梅若庭看到司雨后也是愕然，张了张嘴想说什么，看到司雨背后的新兰，忽然暴怒了："你这个臭不要脸的，谁叫你来找司雨的！"

"你才臭不要脸呢！"新兰暴怒了，龇牙咧嘴顿时像个泼妇，"我怎么不能来找她？她是你亲妈还是怎么的？你这个臭丫挺的，老娘跟着你这么多年，什么时候对不起你了？你竟然还想偷吃，你的良心被狗吃了?！"

梅若庭听到这些话后哪里还忍得住，立即冲过去和新兰打成一团。司雨立即抽空溜走了，她憋足劲儿快步走，走了半天还能听到新兰在店里扯着嗓子叫。真是厉害的娘们儿啊，梅若庭有她管着，应该不会再来纠缠她了。也许事情就这么结束了吧？司雨抬头看了看天空，深深地吸了一口气，在心底默默地祝祷，但愿能结束吧！

怎么可能结束啊，这天半夜，司雨忽然被手机铃声吵醒，起来一看是梅若庭的电话号码，顿时吓了个半死。还好雷耀不在身边，自从跟司雨说明他是在守孝后，便大模大样地和她分床睡，离司雨这边还有点儿距离。司雨赶紧拿着手机冲进卫生间，接起后朝他低吼："你到底想干什么啊?！"

"呜呜呜……"电话那头传来的竟然是梅若庭的哭声，在黑夜中听来，简直令人头皮发麻。

"司雨啊，你竟然真的结婚了，竟然真的跟雷耀结婚了，你怎么可以跟雷耀结婚，我还没来得及娶你……"

"是啊！我已经结婚了！"司雨心头起火，就好像他拥有跟她结婚的第一顺位一样，他以为他是谁啊，"是的！我已经结婚了！所以请你不要再纠缠我了！"

没想到梅若庭置若罔闻，继续自说自话："你知道吗，你把我的生活变得毫无意义了，你知道这些年我奋斗的动力是什么吗？就是和你结婚，我要赚得很多钱，让你后悔抛弃我，再求着和我结婚……"也许是因为过于激动，他把一些说不得的想法也说了出来，司雨听了之后更加火冒三丈："你奋不奋斗和我有什么关系啊？呸，还什么求着你结婚，你当我是……我告诉你，就算我五十七岁还没嫁人，就算你拥有亿万家财，我也不会求着和你结婚！"

"啊，对不起！"梅若庭知道自己说错了话，赶紧道歉，"我知道你有志气，我那只是妄想，不，即使是妄想也有错，我先向你道歉，其实我是很敬重你的，真的。你听我说，雷耀他配不上你，他只是一个花老子钱的公子哥，自己根本没本事挣钱，而且他娶你可能只是想弄个管家婆在家里放着，外面肯定还包养着三个、四个……"

"去你的吧！"司雨彻底火了，"他有没有包养别人我不知道，但是你却已经包养了一个了！别以为别人都和你一样?！"

"你是指新兰那臭娘们儿吗？没关系，我立即把她甩了，只要你愿意到我身边……"

"你甩谁跟我有什么关系啊？"司雨觉得梅若庭已经不可理喻，几乎要忍不住大吼出来，"我从来都没有喜欢过你！就算全世界的男人都死光了我也不找你！你能不能认清现实啊！"说完就把手机挂了，挂断手机后才反应过来自己的声音可能太大了，不知道雷耀会不会听到。想到这个她就感到十分惊恐，赶紧把门推开一条缝，朝雷耀那边看。

还好雷耀没有动静，她便蹑手蹑脚地爬回床上继续睡觉，却因为动怒久久睡不着，然而她现在不仅仅是需要生气而已，看梅若庭的样子，他似乎已经走火入魔了。虽然她和他之前什么都没有，但男女关系这种事是最说不清楚的，而且人们都更喜欢相信坏事。如果他一时冲动，做出想找雷耀打架这样的出格的事情，她该怎么办？

司雨提心吊胆地过了几天，并没有发现梅若庭有什么动作，然而她并不敢掉以轻心，因为她知道，以梅若庭的个性，是绝不会善罢甘休的，而且时间越久，仇恨就会越深，他越没有动静，她反而越要在意。

因司雨愿意成全雷耀的孝心，他对司雨很是感激，因此对她格外好，这好当然只是多陪她玩玩，给她买点儿东西。即便如此司雨已经很满足了，甚至还有些感激，因为她知道，雷耀的工作可是很忙的……

然而就在一天逛街时，司雨和梅若庭不期而遇。当时雷耀正带着司雨挑选雪花水晶球，不知为什么雷耀总是想当然地以为她喜欢那种很小女生的东西，也总喜欢给她买，她也只有微笑着接受。当时雷耀拿起了一个有标准瑞士风味的雪花水晶球，微笑着问司雨喜不喜欢。其实司雨对这些东西早就不感冒了，但还得装成感兴趣的样子，把它凑到眼前仔细看。

水晶球里忽然出现一个膨胀的人形，司雨吃了一惊，抬头一看，顿时心头一凉，是梅若庭？糟了，是梅若庭！他怎么会在这里？逛商场？不像啊，因为这家伙一看到他们就阴笑着走了过来，难道是为她而来的？

虽然知道现在装不认识没用，司雨还是下意识地别过头去，然而让她惊讶的事情出现了，梅若庭没有奔向她，而是径直奔向了雷耀，微笑着和他打了个招呼。

雷耀竟然微笑着回应，就好像他们关系一直很不错的样子，看着司雨讶异的目光，雷耀微笑着向司雨介绍："这是梅若庭先生，是我生意上的朋友。"

"呃？"虽然知道梅若庭是为了她才刻意接近雷耀，司雨还是下意识地盯了梅若庭一眼，因为她觉得诧异，就他那样儿，配跟雷耀做生意？

梅若庭脸上掠过一丝愠怒，但仍然笑着说："我和司小姐认识，她还是我的校友呢，原来你们是夫妻啊，这世界真小呢！"

司雨愠怒地笑了笑，不仅仅因为他接近了雷耀，还觉得他肯定忽悠了雷耀，就他那资本，能帮雷耀做什么？她本着不让雷耀受骗的心态，微笑着对梅若庭说："我也感到很意外呢，真是士别三日当刮目相看，你最近的业务是不是大大地拓展了？"

梅若庭一下子没听出来她是什么意思，雷耀却听出来了，赶紧微笑着解释："梅先生很有能力，能弄到很多不好弄的东西，在这一点上，我是很佩服他的。"

"哦。"司雨轻轻地垂下了眼皮，这下明白了，梅若庭根本不会做什么有档次的生意，他干的那行当，说难听点儿就是个倒爷。国内倒、国外倒，天南地北到处倒。大概因为他这次能为雷耀倒来什么稀缺的物资，所以才有机会接近他。

"哪里哪里，我哪够资格让雷先生佩服啊，我就是一个'倒子'。"梅若庭抽动着鼻翼笑了，从他故意没用倒爷，而用了"倒子"这个似是而非的词来看，他已经很愤怒了。什么叫"倒子"啊，捣乱闹事的人才是"倒子"呢！他这是不是等于向司雨宣战，会把她的婚姻倒得乱七八糟？

司雨暗暗咽了一口唾沫，感觉自己的喉咙已经变得像石头一样僵硬。

梅若庭和雷耀寒暄了几句就离开了，司雨也没有了挑选东西的兴致。她随便要了一个雪花水晶球，就催雷耀离开。在车上看似无意地跟雷耀提起了梅若庭，她提醒雷耀和他保持距离。她含蓄地说梅若庭只是个倒爷，雷耀没必要和他多打交道。

"这可不一定啊！"没想到雷耀对她的话并不赞同，"你没做过生意，可能不明白，其实归根结底，做生意就是倒卖东西，他能从中国往伊拉克倒卖东西，已经算挺有本事了。"

"呃？"司雨的感觉就像被人糊了一嘴的马粪，不敢再多话。她悄悄地瞥了一眼雷耀，看着他一脸阳光，没有一丝担忧，心里暗暗担心。糟了，听他的口气，倒像对梅若庭挺赏识的。难道是因为太单纯了？梅若庭说几句漂亮话他就信吗？唉！他这么单纯，让她怎么放得下心啊？谁知道梅若庭会对他耍什么手段？他这么单纯能识破吗？

第九章　诱惑

果然之后梅若庭频频对雷耀耍起了手段。他隔三岔五请雷耀出去玩儿，司雨一开始以为他是想用吃喝玩乐来和雷耀套近乎，之后在做生意时占他的便宜，后来却猛然发现这又不是在演韩剧，雷家的企业树大根深，梅若庭绝不会笨到先把他家的企业啃掉，再来夺走她。要想破坏她的婚姻，有一个最快捷的通道，那就是引诱他出轨……天哪，这些天他一定是频繁带雷耀去色情场所，若是这样她还坐在家里干什么？

一想到这里，司雨简直有拿把刀子把梅若庭捅了的冲动，在雷耀又被梅若庭请出去时，她便偷偷地跟在后面，叫了一辆的士，让女司机"偷偷"地跟在他后面。司机是个乖觉的人，一看就知道司雨的目的是什么，在跟踪上做得甚妥。然而她又不足够乖觉，开车不久便打开了话匣子："太太，你这是在跟踪老公吧？"

　　司雨的脸色顿时灰了。

　　女司机知道她默认了，便滔滔不绝起来："唉，你做得对！对男人啊，就不能太放心，我之前就是实心眼儿，对我家死鬼太放心了，被小三儿钻了空子。所以啊，我们女人，这辈子不能太相信男人！太太，你这是调查他有没有外遇？还是已经发现他有小三儿了，准备去拿证据啊？"

　　司雨没有回答，她已经生气了——当然会生气。她就是怕雷耀会被其他女人勾引才出来跟踪的，现在听到这种话，能不又怒又心乱如麻吗？

　　女司机见司雨没有回答，便又自顾自讲了下去："不管是去捉小三还是拿证据，大妹子，我告诉你，对小三儿不能轻饶，见到她就要狠狠地打，大妹子，你可能不会打架，我跟你说个制胜的法宝，那就是一上去就抓住她的头发，之后就对她狠狠地扇狠狠地踹……"

　　女司机就这样没完没了地讲了下去，纯属口头泄恨，司雨只顾看着前面雷耀的车，恨不得把耳朵堵起来。

　　雷耀的车果然停在一家夜总会的门口，司雨如电击一般，呆若木鸡地藏在后座看着雷耀和梅若庭走进了夜总会，之后便下车准备跟过去。现在她已经没有心情跟女司机算钱，随便掏了几张大票便塞到女司机的手里，没想到女司机一抬手就挡了回来："大妹子，我不收你的钱，今儿算我们有缘，我们又同病相怜，姐姐我送你一程！如果要打架，你也尽管喊我，我可以帮你拦着你老公，让你狠狠揍那娘们。"

　　司雨没想到会遇到这么一个"热心肠"的女人，不禁哭笑不得。她笑着对女司机说声"谢谢"便转身跑进夜总会，进去后司雨感到很不适应，里面的音乐响得震天，还有酒气、菜香和香水味混合在一起的奇怪味道。司雨拿着钱贿赂了侍应生，找到了他们所在的包厢。据侍应生说，除了雷耀和梅若庭，里面还有两个男客，估计是梅若庭找来陪吃的，主要的任务就是营造气氛。司雨看着镶着红色的不透明玻璃的包厢门，似乎关住了无尽的暧昧，还是忍不住向侍应生问了她最关心的问题："他们叫小姐了吗？"

侍应生犹豫了一下，但还是回答说："那位梅先生叫了四个，不过目前只是陪唱、陪喝。"司雨感到心头有点儿堵，正想说些什么，忽然看见包厢的门开了，司雨赶紧躲到角落，听到梅若庭在那里扯着嗓门儿大叫："这个小姐不漂亮！雷先生不满意，换一个换一个！老马也太不像话了，怎么拿这种货色来敷衍我们？我告诉你，这位雷先生可是稀客，是你们请也请不到的！"

什么？听到这些司雨浑身的血液都涌上了头顶：雷先生不满意？难道是他在挑？

一个浓妆艳抹的女人悻悻地从包厢里走了出来，几乎是和司雨擦肩而过。司雨闻到她身上浓烈的香水味，顿时感到头晕和恶心。她往靠向旁边，让那女人走过去，然后朝包厢里看，希望能看到雷耀的脸，看看他现在是怎样的表情，门却"砰"的一声关上了。

司雨感觉门扇就像打在自己的心上，呆呆地看着门，真是匪夷所思，她明明感觉自己的脑子都要被怒火烧爆，她已经臆想自己如怪兽一般在这个狭窄的空间里乱冲乱撞，打碎所有能碰到的东西，身体却像被胶水粘住了一般动弹不得。

一个女人兴冲冲地来了，司雨迷迷糊糊地站在旁边让路。大概已经有人向这个女人描述了雷耀多么有钱，她丝毫没有注意到门旁边的司雨。她穿着素雅的旗袍，脸上的妆也淡了许多，香水的味道也清淡一些，果然是更好的货色。

她走进包厢后，司雨神经质地在门口踟蹰，就是不敢进去。她非常想看看雷耀此时在做什么，他不是说他要为爷爷守孝吗？她真想进去质问他，至少也该把他揪出来，但是她就是不敢！不敢啊！

不仅仅是因为他们的条件悬殊太大，而且因为……直到现在，她和他之间，依旧非常生疏！

门忽然开了，司雨条件反射地退出去好远，雷耀被梅若庭他们簇拥着出来，脸一晃便转过去了。司雨茫然地想要走近，却被另一拨往外走的客人挡住了。等她绕过去的客人的时候，雷耀他们已经不见踪影了。司雨的脑子里"嗡"地一响，忽然撒腿就追。因为她记得，跟在雷耀身后的，还有几个女人！

司雨冲出夜总会，梅若庭的车已经开了，大概雷耀喝了酒，不能开车，只好把车寄存在这里，司雨现在根本没空管他的车放在哪儿，只是到处找出租车。幸亏"热心肠"的女司机还在等她，女司机以过来人的经验已经预料到司雨会不止"追一程"，她看到司雨后大为兴奋，施展车技追赶雷耀，一面开车一面跟司雨说"打小三儿秘籍"。司雨一个字也没听进去，只是紧张地注视着梅若庭的车尾，目光简直要在上面擦出火花。

哎呀，红灯！他们在红灯的前一秒钟驶过了路口，她们却被拦在了这边。司雨急得直敲座位，女司机却显得比她还急，绿灯终于变亮了。女司机沿着街道加速，终于在街尾看到了梅若庭的车。还好没有跟丢，不过依旧隔了很远的距离。女司机加速想要缩短距离，却总是被前面的车阻碍，梅若庭的车在一家宾馆的门口停了下来，等司雨冲到宾馆门口，已经是数分钟后，他们早就不知道进哪个房间了。司雨故技重施，逮到一个服务员连贿赂带吓唬，问出他们在五楼的一个套间，点了几瓶叫什么"斯"的酒，最重要的是，带了几个女人……

司雨疯了一般冲到套间的门口，却又在套间门口站住了。这件事太突然了，太丑陋和恐怖，已经超过了她的承受极限，她现在已经可以确定，雷耀是在骗她，从头到尾都在骗……她该怎么办？是冲进去，还是默默地离开？不，现在已经不仅仅是要不要进房间的问题了，而是她之后该如何生活……

"哎呀，大妹子，你怎么了，害怕了？"司雨被吓了一跳，这才发现女司机已经也站在了她的身后。天哪，她跟过来干什么？

"是不是怕你老公打你啊？"女司机上前一步，"没关系，我告诉你，男人在这个时候最是心虚的，你尽管进去踹那贱女人，保证他不敢对你怎么样……"

"不，不是……"司雨哭笑不得，本能地想把她赶走，却又不知道怎样才能让她走。天哪，这是哪门子的"三八大侠"，怎么搞得比她还激动，她简直要疯了！

"没事的，进去！踹！实在不行有我呢！我帮你讲理，必要时再帮你喊！"女司机竟激动得要替司雨踹门。

"哎呀，不行！"司雨差点儿晕过去，赶紧阻拦她，却听到手机铃声响起来。

听到手机铃后，女司机也冷静了下来，司雨用颤抖的手拿起手机，发现竟然是雷耀的号码。

呃？他？司雨的脑中顿时一片空白，接起后喉咙都不当家了，声音又抖又弱，像病危的人的心电图："喂？"

"你在哪儿？"雷耀的语气很平稳，背景也极安静。

"我……"司雨一时不知道该怎么回答，同时下意识地朝房间的门看了看。

"你到底在哪里？我在家。"雷耀似乎有些着急。

"啊？"司雨像脑子进了水，开始怀疑自己是不是在做梦，他在家？他什么时候回去的？

"怎么了？"女司机一头雾水，也看了看房门，"还进不进去找你老公了？"

司雨如梦方醒，为了防止女司机再说什么怪话被雷耀听到，对雷耀说了句"我马上就回去"便挂断了电话。她本来不想对女司机说什么，但大吃一惊后忽然变得异常无助，竟向女司机求助："天哪，怎么办？我老公竟然在家。"

"什么？"女司机也感到匪夷所思，"我们不是一路追过来的吗？他怎么抽身飞回去的？"看见司雨脸色晦暗，表情迷惶，便不在这件事上纠结，催司雨赶紧回去："不管怎样你先回去吧。回去问问怎么回事，唉！"

司雨一咬牙，转头就往楼下冲，因为太慌张，她竟忘了还有电梯，女司机拉她进入电梯，问清楚她家的位置，又把她送回了家。临分别时女司机又拉住她，塞给她一张名片："我叫张茉莉，大妹子，我们也算有缘，又同病相怜，就交个朋友吧，这上面有我的号码，有事就打我电话吧！"

司雨没有感到反感，郑重地把名片揣进了口袋，跟女司机告别。

她惴惴不安地走进房间，发现雷耀正倚在椅子上看书，看见她微微一笑："回来了？"

虽然雷耀似乎没有追问她的去向的意思，司雨还是讪笑着编个谎："我去找乱乱了，跟她好久没见面了，便到她家里吃了个饭……"

"哦。"雷耀微笑着翻过一页书，忽然抬头注视她。

司雨觉得他的目光中有棱角，被看得发怵，下意识地避开了他的目光，然而她刚把目光移开就感到一个高大的影子靠了过来，转头竟发现雷耀已经站到了她的身边，朝她的头发上轻轻一嗅。

司雨愣住了。

"你的头发上，有夜总会的味道。"雷耀不可名状地笑了，一双眼睛炯炯有神而且深不可测，"那种味道很特别，也很顽固，人进去之后，衣服和头发多少都会染上一点儿，而且不容易弄掉。"

司雨宛如高楼失足。

"你是去夜总会了吧？"雷耀依然是笑着，目光中却似乎有了刃口。

司雨差点儿瘫倒在地，天哪，她怎么会这么被动，身上有夜总会的味道，还撒谎说自己去乱乱家玩了。天哪，怎么搞得好像自己不安分守己，瞒着老公到夜店玩乐一样？这可不行，她绝不能背上这个罪名，但她还能怎么办？跟雷耀摊牌，说是自己是因为跟踪他才去的？

她的思绪在脑中剧烈地翻滚，但外表却呆滞了，看起来更像犯了错一样。

雷耀审视着她，目光非常沉郁，忽然粲然一笑："是不是去跟踪我了？"

"呃？"司雨猝不及防，下意识地说了实话，"是……"却又因为紧张茫然而立即否认，"不是……"

"哈哈。"雷耀戏谑地一笑，"不放心我啊？怕我被夜总会里的那些狐狸吃了？"

"不是。"虽然雷耀说的就是司雨心里想的，她还是不能这样说，"我不是不放心你，我是不放心梅若庭，他是个不正经的人，上学时就是这样。"话出口后忽然觉得这样会让人怀疑他和梅若庭很熟，又赶紧补了一句，"同学们都这样说。"

"哦。"雷耀晦涩地一笑，"我理解你的想法，不过到娱乐场所谈生意联络感情，已是这个社会的常态，如果你和别人格格不入，恐怕就不好做生意了。"

他这句话绵里藏针，乍一听很委婉，仔细听听却觉得很重。司雨赶紧投降："对不起，我知道了，下次绝不会再去了。"

雷耀偷睨着她，轻轻地叹了一口气："你的心情我可以理解，但是请你相信我有自控能力，我是个有原则人，绝不会跟那些女人缠到一块，你为我担心无可厚非，但也请你信任我，好吗？"

司雨脸上浮起一层湿红，咬着嘴唇点了点头，她相信雷耀有自控能力，真的。但实在无法不为他担心，不为别的，就为这世界太复杂。有时候，越是单纯的人反而越抵挡不了风月老手的诱惑，理由很简单，没经历过。但现在雷耀已经这样说了，就由不得她再说什么。

因为"理亏"，她也没敢问雷耀到底是什么时候回来的。后来从陈妈那里辗转问出雷耀回来的时间，推断出雷耀在梅若庭他们离开夜总会的时候就离开了。雷耀既然离开了，梅若庭为什么还带女人去宾馆呢？哦，大概是他因为阴谋没有得逞，心里不爽，才带女人去泄闷气的吧！真是太猥琐了！

雷耀上了会儿网就睡了，司雨在床上辗转反侧，终于忍不住打电话质问梅若庭。为了方便自己斥骂他，司雨特意跑到了储藏室里。

第十章　老手

"你到底想干什么？"电话一接通司雨就朝手机低声咆哮，电话里隐约能听到女人的笑声，似乎梅若庭还和小姐们在一起。司雨觉得非常恶心，忍不住对着手机破口大骂，然而她也只是骂他的做法卑鄙下流，并说他们的夫妻感情很牢固，叫他以后不要再来纠缠他们夫妻之类的话。梅若庭一声不吭地听着，等她骂够了才开口，语气竟很是沉稳："你听我说，不要被雷耀蒙蔽，他可能是老手，所以才会对今天的小姐没兴趣……"

听到这话司雨的头都要爆炸了，恶狠狠地吼出一句："我才不听你胡扯呢！"

"不是，我没有胡扯，是真的！"梅若庭斩钉截铁地说，"你没什么阅历，可能看不出来，但我确定雷耀这个人一定不简单，你等着，我一定会把他的真面目揭开给你看的！"

司雨觉得他简直不可理喻，愤怒地挂断了电话。回到床上躺着，心还跳动得厉害，糟了，看梅若庭的势头，恐怕是不拆散他们誓不罢休，下一步，他还会出什么阴招？

之后的几天司雨一直惴惴不安，连找工作都没了心情。梅若庭还是频繁地找雷耀出去"聚"，她不放心，但也不敢跟踪他，倒不是为了信守诺言，而是她发现雷耀挺敏锐的，贸然跟踪说不定会被他识破。还好雷耀每次回来都神色如常，不像是发生过什么事，但这也只是表面现象而已，不能代表什么。

几天后雷耀要出差，大约三天的时间，不知道和梅若庭有没有关系。司雨在家待着，表面沉静，心里却像动物园里的狼。她几乎数秒过日子，终于盼到了最后一晚。就在她以为自己的磨难快要结束的时候，忽然来了一个陌生电话。

司雨一见到陌生的号码心里就发怵，听到里面的声音更震惊，这不是新兰的声音吗？她想干什么？

"喂，是司雨吗？"新兰很着急，"快联络你丈夫，梅若庭这次不安好心，他要把你丈夫骗到地下赌场去，教他赌博。快！赌博是个无底洞，任何大富之家都会因为赌博而倾家荡产，你得赶快啊！赌瘾就像毒瘾一样，染得快、去不掉！你快联系你丈夫！"她今天在跟梅若庭互发短信的时候意外得知了这件事情。当然，梅若庭还没有对她推心置腹到把自己的阴谋全盘告知，而是在短信中漏了一句：我马上带雷耀去赌场。新兰立即猜出了梅若庭的险恶用心，赶紧通知司雨，她这样做倒不是出于好心，而是怕万一雷耀被梅若庭整倒，梅若庭就有把司雨弄回来的资本。如果司雨回心转意，回到梅若庭身边跟她争宠，那就麻烦了。

司雨听后吓得麻木了，赶紧拨打雷耀的手机，偏偏没人接。司雨顿时像陷入了冰潭，把什么可怕的事情都想了出来，就差请雷朔帮忙打给雷耀。后来想想也许雷耀什么事都没有发生，更不是见了她的号码故意不接，只是忘带了手机或是把手机调成了静音。如果是那种情况，就算是叫雷朔打电话也白搭。再说雷耀未必会被梅若庭引诱去赌博，如果什么事都没有，她再把一大家子都折腾起来，显然是没事找事。也许她现在该冷静下来，慢慢地等……不成啊！刚才那些只是她的主观愿望，事实可能很糟，甚至南辕北辙……雷耀啊雷耀！你为什么不接电话？！你到底怎么了啊？！

司雨一夜都没有睡觉，只是坐在床上，抱着手机，神经质地一遍又一遍地给雷耀打电话。天快亮的时候，雷耀终于回电话了，语气竟然很惊慌："你怎么了？出什么事了吗？"

"你为什么不接电话？"司雨的眼泪夺眶而出，搞不清是因为紧张还是忽然放松。

"我把手机调成静音了，今天早上看到这么多未接电话，你怎么了？"

"不是。"司雨本来想问他有没有被梅若庭引诱去赌博，却在千钧一发之际吞了回去，她咬了咬牙，迟疑着换了一种说辞，"本来也没什么，只是给你打了一个电话，见你没接又不回，很担心，又打了一个，结果你还是……于是一个接着一个，你都不回，我就越来越担心……"

"哦！"雷耀松了口气，笑了出来，"原来是这样啊，你也真是的，不过这也可以理解。哈哈，我没事，只是忘了看手机而已，你不用担心！"

司雨听他的语气异常轻松，既不像发生了什么也不像隐瞒了什么，便犹豫着放下心来。她这才觉得自己整个人都软了，放下手机倒在床就昏睡了过去。雷耀回来时她还没醒来，雷耀见她这样觉得又是惊诧又是好笑，把她叫醒后一个劲儿地问她怎么了。司雨只好编说辞敷衍他，一边说一边偷偷地注视他的脸。他一脸阳光，看来是真的什么都没有发生，这才真正地放下心来。

说来奇怪，从那次以后，梅若庭便再也不露面了。司雨以为他是在策划什么更大的阴谋，仔细想想却觉得不像，太安静了。安静得就像一切都结束了，越是这样司雨越是保持警惕。

直到有一天看见新兰，那天她穿了一条裙子，挽着另一个男人的手。这个男人穿着高档的衣服，满手戴的都是金戒指，一看就是没有品位的暴发户。司雨奇怪她怎么这么快就换男友了，但也没有特别纳闷儿，好像她就是这类人，因此只朝她瞥了一眼。然而没想到的是，新兰竟然在她去洗手间的时候追了过来。

"这下你得意了吧？"

"呃？"司雨丈二和尚摸不着头脑，"什么得意？"

"你不用装蒜！"新兰逼近她，牙齿咬得几乎要冒火星，"你还真狠心啊，他不就是纠缠你了吗，你竟然狠心把他整垮，不过你也只能整垮他而已，根本奈何不了我！我又找了个比他更好的，想让我和他一起完蛋，做梦！"

"我怎么了？"司雨怒了，她这说的都是什么跟什么啊？

新兰怔住了，半晌才迟疑着问她："你难道不知情？不是你指使你丈夫去做的？"

"我丈夫？他干什么了？"司雨依然是一脸茫然。

新兰更惊诧了，朝她注视了半晌，发现她真的不像是在说谎，才把事情的真相告诉她。

　　那天梅若庭要带雷耀去地下赌场赌博，没想到雷耀的手笔更大，直接把他带去了澳门。澳门的赌场世界一流，里面有很多梅若庭见所未见、闻所未闻的花样，凡是会赌的人都无法抗拒新式赌博的诱惑，梅若庭忍不住下手赌了一把，结果一下就输了个精光。输光不要紧，澳门的赌场允许你借贷，结果梅若庭无法自制，竟一夜之间把自己的所有家产都输了。

　　身无分文的梅若庭没脸再来纠缠司雨，也没有能力再供养新兰。新兰便离开他另找了一个，她离开后就没有再过问梅若庭的生活，不过听说他现在为了生计，在街上摆小摊。

　　司雨呆呆地听着新兰的讲述，脑中竟像被塞满了木屑，又是混乱又是刺痒，心里也像被揣进了一个跳动的大象，既重得要命又跳得厉害。说来有些奇怪，她听说梅若庭一败涂地之后，竟有些怜悯他。当然，她现在最关心的不是这个，而是雷耀这么厉害，不动声色就把梅若庭给办了？

　　雷耀可能只是无心为之，之后司雨询问他的时候他也是这么说。他说自己只是在听说梅若庭对赌场有兴趣后一时兴起，便带他去澳门见识见识，没想到害他输光了家产，对此他也很愧疚。司雨听后半信半疑，她很希望事实就是雷耀讲的那样，却本能地觉得事情不会这么简单。也许雷耀真是个不简单的人，他是从梅若庭的态度中意识到了什么，才会用计谋整倒他。

　　司雨心里很是沉重，却极力劝说自己不要大惊小怪。商场如战场，雷耀在商场上混，有点儿手腕也未尝不可。但她心里就是不舒服，因为雷耀和她所了解的形象越来越远了。

　　司雨现在才把这件事情告诉乱乱，因为不想给她添麻烦，所以当时即使心里很乱也没有找她商量，等一切都结束了才对她讲。乱乱听后也是唏嘘不已，司雨的心和喉咙都像被什么东西卡着，想说什么却又什么都说不出来，准确地说是不知道该说什么。乱乱也似乎也想说什么，却一直欲言又止，最后她意味深长地说了一句："司雨，老实说，我觉得你现在要纠结的不是这个，你还记得雷耀说他要'守孝'那件事吗？你还是好好留意一下吧！"

　　乱乱这句话是重点，将司雨的心彻底地砸到海底。是啊，她要清楚什么才是重点，从雷耀现在的表情及行为来看，他当时说的"守孝"极有可能是在骗她！

司雨开始不显山、不露水地调查起雷耀的婚前生活来。不调查犹可，一调查觉得处处可疑。他们的婚房并不是雷耀以前的房间，雷耀以前的房间在四楼。他几乎没有带来之前的任何东西，连衣服都是新买的。以前所有的物品全被他锁在了原来的房间里，这让司雨怀疑他是不是刻意要消除之前的生活痕迹。她到他之前的房间门前转悠过几次，有一次终于忍不住趴在地上，从门缝里往里看。

出乎司雨的意料，里面很明亮。所有的东西都被有序地摆放在该放的地方，就像屋子的主人还住在里面。他为什么要这样做？难道这样的陈设对他有什么特别的意义？

"你在干什么？"

司雨赶紧爬起来，回头一看顿时魂飞魄散，糟了，是雷耀的妈妈！

"你在干什么？"李不言一脸的狐疑和鄙夷，"怎么趴在地上？"

"啊，没什么。"司雨慌忙地编理由，"我的戒指滚进去了。"

"戒指？"李不言朝司雨的手上瞥了一眼，发现婚戒还在她手上，便问，"是别的戒指吗？"

"是，是我从小摊上买来的玉戒指……"司雨只好继续编。

"小摊上买的？"李不言深深地皱起了眉头，就像是听到了什么恶心的事情，"估计也是菜玉一类的吧？你怎么还戴那种东西？要注意品位！"

"哦，好，好……"司雨唯唯诺诺地回应着，心里却大叫不平，小摊怎么了？她还是第一次听到"菜玉"这个名词，大概是指小摊上的低档玉石。你又不是没穷过，还能从没在小摊上买过东西吗？

"既然是从小摊上买的，掉了就掉了。"李不言转身准备走，"雷耀不喜欢别人随便进他以前的房间，如果你喜欢玉戒指，我可以给你几个。"

"哦，不用了，我只是买来玩玩。"司雨巴不得她赶快走，在心里盘算着怎样才能找到其他方法进去看看。

李不言忽然一下回过头来，目光如电。

"呃？"司雨吓了一跳，下意识地看了看自己身上。

"那是蟑螂吗？"李不言竟然大叫起来。

司雨一惊，赶紧顺着她的目光看过去，果然看到一个小小的黑影迅速地从雷耀房间的门缝钻了进去。

"天哪！怎么会有蟑螂？陈妈她们干什么吃的？到底有没有用心打扫啊?!"李不言连连暴叫，立即找来陈妈，叫她马上开门"追杀蟑螂"，自己则站在房间中央"坐镇指挥"。

见她如此司雨简直哭笑不得，如果她从小就是千金小姐，这样矫情还情有可原，但她也是穷苦之人出身，也住过大杂院、筒子楼，还这么矫情，就有些匪夷所思了。不过听人说，暴发户对自己未发迹时的落魄都是不愿提及甚至不愿承认，所以在享受荣华富贵的时候特别喜欢讲究，有时甚至到了过分的地步，从李不言现在的行为看，的确如此。

因为蟑螂是会到处钻的东西，所以陈妈他们把所有能打开的地方都打开了。其间一个小保姆拉开一个抽屉看了看，又把它推了进去。就在这一闪眼，司雨看到里面似乎有一张照片，便趁大家不注意，悄悄把它拿在手里。

是雷耀的，但旁边的女人好像不认识，这是条大线索！赶紧揣起来！

第十一章 乌龙

揣好照片后司雨朝四周偷瞄了几眼，确认已经没有其他的线索。还有几个抽屉是锁着的，看来陈妈也没有钥匙。李不言还站在房间中央，大有不找到蟑螂绝不罢休之势。司雨朝李不言偷看了几眼，趁她不注意的时候溜了，回到自己的房间仔细看照片。

照片的质地很新，却是黑白效果，也有些模糊。大概是拍摄的需要，雷耀穿衣服也有点儿复古的味道。两个人笑眯眯地看着镜头，看起来非常和谐和甜蜜。司雨端详着照片，心里涌起了浓烈的酸意，很快便如黄河泛滥一发不可收。

门忽然开了，司雨赶紧把照片藏到床单下，抬头发现是李不言进来了，顿时一激灵。

"喏，这些给你。"李不言递给她一个丝绒盒子，司雨狐疑着打开，眼前顿时一亮。只见里面有三个戒指，分别是白玉、玛瑙和翡翠的，都是用金丝编的戒圈，油亮亮的。司雨听人说过，这种光叫水头，对于玉石之类的东西来说，水头越多越值钱。这些东西一看就是价值不菲，司雨受宠若惊："啊，这些太贵重了，我不能要……"

"我说过要给你的，"李不言脸上这才有了淡淡的笑容，"我老太婆了，这些东西拿着也没用。"

司雨感激地收下，她把戒指戴在手上细细地端详，一股暖流从心底涌动，李不言虽然看起来很龟毛，其实人还是很不错的。

李不言走后司雨就开始盘算自己该找谁打听这照片上的女人的信息，直到现在她才发现自己在雷家孤立无援，似乎没有任何可以商量事情的对象。她非常郁闷，垂头丧气地走到花园，想呼吸点儿新鲜空气换换脑子。

雷朔正坐在花园里喝红茶看晚景，他的穿着用度也很讲究，却一点儿也不让人觉得矫情。他随意地一转头，发现了司雨，立即微笑着招呼她过去。

"你尝尝这个。"雷朔给司雨倒了一杯红茶，这红茶色泽红美，香气扑鼻，显然不是普通的红茶，盛在白玉般的瓷杯里，更显档次。

司雨不由得有了喝琼浆玉液的感觉，双手捧着茶杯喝了一口。果然很香，雷朔看到她的表情很享受，微笑着问："怎么样，好喝吗？"

司雨用力点了点头。

"哈，我也觉得它好喝。"雷朔眼睛一眯，似乎想到了什么可笑的事情，"这茶是我一个生意上的伙伴介绍给我的，他说喝这种茶能找到法国皇帝般的感觉，而我只是觉得好喝，没觉得有什么皇帝般的感觉。哈哈，喝茶就喝茶吧，搞那么矫情干什么？矫情的人我可看不上。"

"嗯！"司雨如小鸡啄米般点了点头，雷朔这句话太合她的心意了。就因为这句话，她觉得自己和雷朔的距离拉近了不少。

也许雷朔也觉得司雨亲切，他微笑着打量了她几下，忽然说："别动！"

司雨一惊，正要说些什么，却见他已经伸手在她的脸上捻了什么东西下来。

"睫毛。"

"哦。"司雨脸一红，下意识地抹了抹脸，糟了，不会显得很脏吧？哎哟，说起来她已经好久没照镜子了，眼里不会还有眼屎吧？

"上面没别的了，你不用紧张。"雷朔被她逗笑了。

司雨赶紧把手放下来，脸更红了。

"你真可爱。"雷朔用温和的目光端详着她，"说真的，我以前一直希望能有一个女儿，怔雷耀他妈不愿生，国家政策也不允许。现在好了，你来我家就像家里多了一个女儿，人又这么好，我算是如愿以偿了，哈哈！"

虽然知道可能是谬赞，司雨还是很高兴，都有些不好意思了，然而雷朔夸过她之后又给她提起了建议。

"既然把你当女儿，我就要多说几句，你的眼圈有点儿黑了，皮肤也有些暗淡，是不是最近没有注意保养自己？"

司雨又下意识地想要抹脸，总算在手抬了一半的时候止住了动作，对着雷朔苦笑。是啊，她这几天是没有注意保养自己，魂都差点儿被梅若庭吓出来，怎么会记得保养呢？

"哈哈，我这不是吹毛求疵，"雷朔的目光渐渐变得深沉起来，"这也是对你好，雷耀那小子可矫情呢，以前在高中的时候，见若曦脸上有几粒青春痘，都觉得不爽，你说女孩子在青春期，有点儿青春痘不是很正常的吗？他竟然受不了。"

"呃？"听到陌生女孩子的名字司雨愣住了，心想"若曦"会不会就是照片上的女孩子啊？

雷朔发现自己失言了，赶紧尴尬地笑笑："若曦是雷耀小时候的玩伴，小孩子在一起玩罢了，做不得真的。"

"哦！"司雨僵硬地笑了笑，心跳突然加速，从刚才的表现来看，雷朔对她是又坦诚又爱护，她可不可以找雷朔问问雷耀的过去呢？

因为这件事比较难以启齿，司雨没打算立即张口，雷朔却已经看出了她心里有事，委婉地问她是不是有事要说。雷朔的主动询问让司雨勇气大增，也有些冲动，就把照片掏出来了："爸爸，其实我是想问你这个照片……"

雷朔看到照片后竟然脸色剧变，把照片抢过去紧紧攥住："这是从哪儿来的？"

司雨吓坏了，结结巴巴地说："这是……这是我从雷耀以前的房间里……捡……捡到的……今天妈妈开他的房门打蟑螂来着……"

"雷耀他妈看到了吗？"雷朔更加紧张，脸色几乎变成了青色。

"没，没有。"司雨惊得几乎都要不会说话了。

"还好。"雷朔稍稍松了一口气，把照片揣进口袋里，脸上忽然罩了一层寒霜，"小雨，这个照片就交给我保管，你别对任何人说你捡到了这张照片，这个照片不应该存在的，我们说好了，说好了啊！"

　　司雨被吓得只敢点头。

　　雷朔的脸色稍微缓和了些，把照片压进口袋的底部，又警惕地看了看四周。

　　"那，爸爸，我先回去了。"雷朔的反应让司雨很是发毛，她恨不得立即溜走。

　　雷朔表示默许，司雨立即走开。她茫然地回到自己的房间，觉得脚下都要虚空了。天哪，雷朔的反应怎么会如此激烈？到底有什么样的内幕啊？

　　雷耀回来了，司雨的第一个反应就是避开他的目光。虽然她之前告诉自己一定要放平心态，放松心情，深藏不露，但一见到他还是本能地表现出了不快。

　　雷耀倒没有在意，和她一边闲聊一边打开电脑。司雨偷偷地看着他，心里的感觉异常，他既然和照片上的女孩有感情，现在怎么还能若无其事地跟她谈笑？呃，好像还没证据证明他们之间的感情还在进行时，她现在就这么想，是不是有点儿早啊？

　　"你有事吗？"雷耀发现了她，赶紧转向她。

　　"哦，没事。"司雨讪笑着说，"我只是觉得你这个痣长得……"说到这里她忽然僵住了，惊慌地朝雷耀的额角上仔细看了看，脑中顿时一片空白。这是怎么回事？照片上的雷耀这里明明有颗痣，他额头上怎么光光的什么都没有啊？是做了美容手术还是？

　　司雨忽然想到了一个极可怕的可能，顿时吓呆了。

　　"什么痣？"雷耀被她说得摸不着头脑，"我脸上长痣了吗？"

　　"不，不是，我看错了。"司雨讪笑着溜出房间，快步走到雷朔的书房门口，朝里面快速地偷窥了一眼，接着便烂泥般顺着墙壁瘫了下来。完了，她搞错了！照片里的人不是雷耀，是雷朔！那张照片不是复古，而就是在那个年代拍的！之所以会显得质地很新，恐怕是因为经过了翻拍和处理。天哪！怎么会有这么悲剧的事情啊？！

　　司雨恍惚地往回走，一时连死的心都有了。历来小辈过问长辈的私生活都是禁忌，她却偏偏把照片拿到了雷朔的面前，还做出了询问的样子，搞得像在调查公公的私生活，她给雷朔留下的印象还能更差一点儿吗？不，这不能怪她，谁让雷耀把那张照片藏到自己房间里，害得她……

呃，司雨忽然一激灵。对啊，雷耀干吗要调查他父亲的私生活呢？说起来儿子好像都会对父母的感情生活特别敏感，不过这张照片这么老了，雷朔和那个女人的感情说不定早就结束了，他调查来干什么呢？难道说……

司雨忽然感到了一阵凉意，本能地截断了思绪，不能再往下想了，再往下想她指不定能想出什么来。唉，可能是因为这些天思虑太过，她非常敏感，竟觉得雷耀此举有阴谋的气息，还是不要胡思乱想了吧！

不胡思乱想是不可能的，静下心后她还是忍不住揣度起雷朔和李不言之间的感情状况来。这张照片虽然很老了，但并不能代表雷朔和这名女子的感情已经结束了。从雷朔看到照片后的紧张程度来看，他们之间的感情也许还是进行时，难不成李不言一直处在"三人婚姻"里？想到这里司雨的心猛地沉了下去。雷朔和李不言也算是患难夫妻，一步一脚血共同打拼到现在。按理说这样的感情应该比任何东西都坚固、珍贵，没想到雷朔竟然还记挂着另一个女子，难道是因为李不言不够漂亮吗？可是她为他付出了一辈子啊！难道男人就是这种生物，即使你为他付出了毕生的心血，也抵不上给他温婉情怀的美丽女人？

想到这里司雨突然很同情李不言，也很为她鸣不平，一旦如此就会下意识地注意她，不知不觉已经成了跟在她身边偷窥的局面，这也是人一闲着就会做出很多无聊的事情。李不言每天早上起来先花两个小时化妆，再吃厨房给她特别调配的营养餐点，然后自己开车去公司，（雷耀家的主干企业有三个，他们一家三口一人管一个），检查一下工作情况，中午回家或是到酒楼吃饭，下午再在企业待一会儿，接着便去健身和购物——标准的富婆生活。

在被司雨盯梢期间，李不言经常去一家名叫海上鲜的酒楼，和名字一样，它是一个以海鲜为主的酒楼。李不言最喜欢吃的是炒蟹，再加个凉拌海参，用红酒配着，一口一口地慢慢品尝。她的动作很优雅，却无处不透出生硬，甚至显得矫情。配上她敷满脂粉却仍遮不住风霜纹路的侧脸，那效果的确让人不敢恭维。然而司雨不再觉得恐怖，她只是觉得心痛。

李不言购物的地方不太固定，健身的地方也不是一定去，却每天都要去一个公园。每次都要坐在一棵枫树下的椅子上，托着腮遐想。在这个时候，她的表情和气质就像少女一样，司雨忍不住揣测她在想什么，但她的样子似乎已经明白地告诉了她。

她一定在想初恋吧，只有对初恋的回忆才能让一个女人的神情如此旖旎和美好。

这天李不言依旧坐在枫树下遐想，神情却显得格外落寞，甚至有些苦涩。她一直坐到夕阳沉没，忽然站起来转到树后，在枫叶堆积的泥土下挖了一个坑，把一个东西埋了进去。她走后司雨就从藏身的地方溜了出来，把泥土挖开。

咦？是个笔记本，很有厚度啊！

司雨赫然发现笔记本里的每一页纸上都贴了一张枫叶标本，因此显得厚度异常。这些枫叶的颜色和头顶上的枫叶很像，大概就是捡这棵树的枫叶做的，李不言捡这些枫叶做什么？

司雨满腹狐疑，一页页翻了下去，发现笔记本里竟夹了九十九片枫叶。第一百页上用蓝笔潦草地写着几行字：从那之后，每一个枫叶落下的季节我都会来等你。从枫叶开始变红，到枝干光秃。我每捡一片落下的枫叶，心里期盼着你一定会出现。然而，很多年了，我已经捡了九十九片枫叶，你却一直没有出现……如果明天你再不出现，我将不会再等你。

司雨呆呆地合上了笔记本，眼圈已经红了，她很震惊也很感动。多么凄婉和哀怨，难以想象李不言的心里还有着如此凄美的情怀，自己以前真是错看她了。

司雨正在唏嘘赞叹，忽然想起一件很要命的事情，差点儿把本子扔了，让李不言如此想念的人应该不是雷朔吧？谁见过老夫老妻还玩这个？这么说她在外面也有人？原来她和雷朔都是"家里红旗不倒，外面彩旗飘飘"。既然如此，他们干吗不离婚呢？

第十二章　暗恋与威胁

司雨满腹疑惑地回了家，怎么想都想不明白，终于忍不住偷偷地问了乱乱。乱乱思忖良久，给了她一个法律人士分析的比较站得住脚的答案：他们不离婚，可能是因为怕伤害雷耀的感情或被人笑话，也可能是因为财产分割上的不便。像他们这种白手起家的有钱人，很可能出现巨额的个人财产和共同财产合并到一起的情况。如果通过官司进行分割，不仅操作上会有困难，还会使关联企业元气大伤。打官司是件费时费力的事情，通常要耗费几个月的时间。如果在此期间夫妻两个人反目成仇，很多的业务处理，比如某些需要夫妻共同签字的担保和贷款就无法办理，给企业造成的损失恐怕无法估量。经济上的麻烦可能是扼杀他们的离婚想法的主要原因，次要原因恐怕是他们年纪已大，觉得再折腾也没意思，更可能因为这么多年的相处，彼此之间已经有了亲情，便不想再分开了。

司雨对乱乱的话并不很懂，却感到异常沉重。她现在发现，也许自己真的还是一个小孩子，同样小孩子不应该管大人的事。司雨决定不再管李不言和雷朔的事情，以后即使发生什么她也捂上眼睛，现在最重要的是搞清雷耀的婚前生活，不过真有必要弄清吗？她是不是太敏感多疑了？

司雨不打算帮助"雷耀"守孝了，因为继续守下去，她有种随时会被扫地出门的感觉。她跑到内衣店，买了一套性感的黑色内衣，真的很性感，好多地方都是透明的。司雨买了这个后就觉得脸上发烧，心理压力很大，为了转移注意力，又去逛时装店，给李不言买了一条连衣裙，也是时候表示一下孝心了，再说前阵子她还送了好几个价值不菲的戒指呢！

司雨拎着衣服回到家的时候，天已经黑了。她把房门关严，准备试穿一下内衣，却意外地发现自己的发型好像过时了，便又出去理发。

理发回来司雨忽然想起自己还没把礼物送给李不言，赶紧拿了个衣袋跑了过去。李不言正坐在桌前黯然神伤，没怎么招呼她。司雨知道她心里有事，就没有多说什么。她回到自己的房间，深深地吸了一口气，正准备掏出内衣解封的时候，忽然听到一声门响。

司雨条件反射般把手缩回去，糟了，是雷耀回来了！

他例行公事地和司雨打招呼，司雨也讪笑着回应，借着身体的掩护，把衣袋藏进了被子里。完了，连袋子都怕让他看到，之后还怎么穿给他看啊！

"你有事吗？"雷耀发觉了她的异样。

"没事，我……"司雨继续讪笑，红着脸想说些什么，忽然又是一声门响。

司雨本能地站直了身子，李不言直挺挺地站在门口，一脸严肃，难道是来答谢她的？不像啊！难道是发现她挖走了她的笔记本，前来质问她的？

想到这里，司雨全身的汗毛都立了起来，不敢再直视李不言的脸，却又忍不住偷看她。糟了，李不言面若冷霜，越看越像是要质问她啊！

"妈，怎么了？"雷耀觉得气氛有些异样，忍不住站了起来。

"小耀，你出去一下。"李不言的表情绷得像石雕，只有嘴边的肌肉在动。

雷耀狐疑着出去了，司雨死死地盯着他的背影，在他关门的一刹那有种自己被抛在了险地，她重重地咽了口唾沫。

"你坐吧！"李不言凝视着她，轻轻地叹了口气。

司雨赶紧坐到床上，上身还很僵直。

李不言继续凝视她，目光中似乎有种东西在慢慢地融化，忽然叹了口气，从口袋里掏出一团织物："你送我这个做什么？"

"呃？"司雨赶紧朝李不言手里看去，差点儿晕过去，这不就是她选的那款性感内衣吗？怎么会在李不言手里？难道她刚才一时疏忽拿错了？

"你是不是发现我们的感情不是很亲密？"李不言的脸上浮起一层淡淡的酒红色，同时也带了种难言的羞耻，"所以才送我这个？"

"呃……"司雨本想解释几句，喉咙却硬硬的，什么都说不出来，说自己是一时疏忽拿错了？听起来就像是谎话。天哪，怎么会有这么"杯具"的事情啊？这下她成什么了？想插手公婆性事的三八儿媳？

"我不想责备你。"李不言的脸越来越红，连皱纹里面都红了，"我知道你也是好意，只是你们还年轻，对我们的……我们的想法并不了解，对我们来说，有些问题不是这么容易就能解决的。"

司雨觉得自己都要窒息了，想要大呼冤枉却又喊不出，一时只想找个地缝钻进去。

"好了，我把它们还给你。"李不言苦笑着把内衣塞进司雨的手里，"你的心意我领了，但以后千万不要再做类似的事情了，好吗？"

司雨小鸡啄米般地点着头，李不言一出门她就瘫倒在床上，抓起被子蒙住头，恨不得把自己捂死，简直没脸见任何人了！

还好李不言没有把这件事说出来，把它变成了她们婆媳间的小秘密。雷耀对此事也没有太在意，之后更没有盘问她。事后司雨盘问了用人，才知道在她走后，保姆清荷进来打扫卫生。大概是她在无意中调换了衣袋的位置，司雨恨不得把清荷叫来痛打一顿，但事已至此，她这样做只能讨人嫌，只好作罢。

因为连闹了两个大乌龙，司雨又疲惫又丧气，暂时没有精神继续查雷耀的情史。为了恢复精神，她就去逛街，没想到刚出门不久就遇上暴雨。真丧气，刚才还艳阳高照呢，突然就暴雨倾盆，好像在专门挤对她，最悲剧的是雨点砸下来的时候她正在公园的凉亭里，想打出租车也没辙，谁见过出租车进了公园？

司雨在凉亭里怔怔地站着，雨越来越大。司雨彻底绝望了，掏出手机想叫陈妈她们来接她，忽然看到远处有一个人撑着伞走了过来。

司雨刚朝那边望去，那个人却已经惊喜地叫了出来。

"哎呀，司雨，怎么是你啊？"

"哎哟喂，这不是李纯吗？"

"你在这里避雨啊，真巧！"李纯三步并作两步跑了进来。

"大雨天你到公园里来干吗？"司雨一见到他就想笑，并不是因为他多搞笑，而是因为他是她最要好的哥们儿，一见到他心情就好。

"我来拍雨景啊！"李纯指了指胸前的照相机，撇着嘴苦笑起来，"我那臭老婆最近又抽风了，报名参加了一个网上的摄影大赛，自己又摆弄不好相机，所以把这烂摊子踢给我了。我觉得拍普通的景色没意思，所以就来拍雨景，你来是做什么的？也是看雨景？"

"什么啊，我是逛公园的时候中招了。"司雨撇了撇嘴，看了看他胸前的相机，忍不住又笑了出来，"话说你还真体贴啊，你老婆真幸福！"话刚出口忽然感到了一种难言的落寞，表情也僵住了。

"什么体贴啊？我是迫于她的淫威……"李纯大声否认，忽然瞥见司雨表情落寞，不由得愣了一下，虽然呆滞的时间很短，表情却异常错愕，就像被惊雷轰顶一样，赶紧把头转回去，假装没看见司雨的表情。还好，司雨落寞之时目光是虚空的，没有看见他的表情。

凉亭里就这么静下来，司雨轻轻地叹了口气，把落寞的心情收回，这才发现气氛变怪异了，顿时尴尬地说："你怎么忽然不说话了？"

"没事。"李纯晦涩地笑了笑，瞟着司雨，小心翼翼地问，"你很寂寞吗？"

"呃？"司雨一惊，下意识地低下头，用强辩的语气说，"什么叫寂寞啊，我只是失业了，没事做而已。"

"那雷耀没有陪你吗？"李纯的目光渐渐聚焦。

"他陪我做什么？"司雨本来想若无其事地混过去，她也认为自己该若无其事，但是喉咙里依旧发出异样的声音，"他有工作啊！"

"哦。"李纯晦涩地笑一下，下意识地捏了捏拳头，"可是他不是普通的上班族啊，既然娶了这么漂亮的老婆，就应该抽时间好好陪着啊！"

"什么啊？"司雨嬉笑着看向他，她觉得他应该在开玩笑，"我哪有这么好啊？"忽然看见他竟是一脸认真的表情，顿时惊呆了。

"如果我是他的话，"李纯盯着她的眼睛，一字一顿地说，"我就会一直陪在你身边，一刻也不离开。"说到最后眼中似乎有火要喷出来。

司雨一惊，下意识地退后了两步，忽然感到身上冰凉。啊！她退到雨里去了！她茫然地掸了掸身上的雨滴，忽然转头朝公园外面跑。对！此时就该跑！再不跑恐怕就要出事了！

"哎呀！你做什么？"李纯追了出来，"你会被淋湿的！"

司雨没有理他，咬紧牙关只顾跑，却不慎被一条凸起的树根绊了一下，扶住树干差点儿摔倒。就这一眨眼的工夫，李纯已经追了上来，抓住司雨的手臂，用力地把她扳了过来，不由分说把她抱在怀里。

司雨能感觉到他剧烈的心跳，在这一瞬间，她的心也剧烈地跳动了一下，之后便感到一种难言的排斥，猛地推开他跑了。她逃命般冲到公园外，挤上了一辆公共汽车，等车开出好远后才敢往后看。

公园已经离得很远了，在大雨中变得像一处海市蜃楼。司雨重重地出了口气，捋了捋淋湿的头发，这才发现心还像打鼓一样打个没完。她好笨哪，原来李纯不只是把她当哥们儿，而是一直在暗恋她。

　　司雨面无表情地回到家里，洗澡换衣，抹干头发，坐到窗前发呆。雨仍下个不停，之前是点，现在是线。司雨轻轻地垂下眼帘，重重地叹了一口气。到现在才知晓李纯的心意让她有些负罪感，却没有丝毫分他点儿感情的意思，她已经把所有的感情给了雷耀，而且也已经跟他结婚了。

　　结婚？司雨下意识地看了看空空的婚房，忽然感到了一种难言的心酸，结婚就是这样的吗？

　　手机忽然响了，司雨以为是李纯打电话来跟她解释，犹豫着不去接，却又不由自主地拿起了手机。

　　咦？这不是李纯的号码。

　　司雨赶紧接通电话，里面传来一个女人低沉的声音："我已经发现你的事了，刚结婚不久就和别的男人幽会，一个人无法满足你吗？"

　　司雨的脑中顿时出现她被李纯抱住的场景，差点把手机摔了。天哪，难道被这个女人看到了？她怎么能看到的呢？难道在跟踪她？

　　"你是谁？"司雨下意识地握紧手机，压低声音问。

　　那个女人没有应答，接着便把电话挂断了。司雨呆呆地握着手机，感到一股凉意从心底慢慢溢到身体各处，接着便发现自己汗出如浆。这个女人应该是嫉妒她和雷耀结婚吧，就是和雷耀有着感情纠葛的女人。难道那个纸条也是她送来的？司雨想起那张差点儿毁掉她婚礼的纸条，惊慌中又添了几分愤恨，这个臭女人，我是光明正大地和雷耀结婚的，你凭什么对我做这些事情？既然雷耀没选择你，你就应该乖乖地认输。

　　想到这里司雨身体一震，接着露出了愤怒的苦笑，自己算赢了吗？不是吧。雷耀可是一直没和她……嗯？那件事和这个女人有什么关系吗？雷耀的婚前生活到底是怎样的呢？

　　司雨的心底忽然涌起一股勇气，狠狠地下定决心，如果这女人再打电话，她一定要说服她和自己见面，好好地谈谈！

　　司雨长吁了一口气，用力捋了捋头发，忽然想起自己该打扮得靓丽一点儿迎接雷耀。雷耀？！司雨像被雷击一样停住了所有的动作，那个女人会不会直接打给雷耀呢？

　　想到这里司雨几乎要站不稳了，如果雷耀轻信了，她在他眼里岂不成了新婚不久就要偷腥的无耻妻子？

　　司雨立即陷入了巨大的恐慌之中，即使之后几天什么事儿都没有，她依旧丝毫不敢放松，终于在一天下午又接到了这个女人的电话。

　　"你过得还好吗？拥有一个完美的丈夫，又拥有一个……"

　　司雨不等那女人把话说完就连珠炮般地说："我已经猜到你是什么人了！你恨我我知道！但是这样不能把事情解决吧！我们找个地方见见面好不好？好好谈一谈，看怎样解决这件事情？"

　　那女人似乎被惊到了，过了半晌才冷笑着说："好啊，我们出来见见。雨东路的水苑咖啡馆，怎么样？"

　　"好，你等一下！我记一下！"因为那个女人说的地名司雨很陌生，她立即找了纸笔把地址写了下来，写的同时还下意识地念出了声，"好吧，我记下了！我马上就去！"

　　"那就好！半个小时后见！"那女人冷笑一声挂断了电话。

第十三章　面具的缝隙

　　司雨赶紧整理衣装，准备把自己打扮得漂亮，好去迎战，之后却觉得这样反而更显慌张，索性就穿了一身休闲服。

　　她一进咖啡馆就有个女人向她招手，司雨微微一惊，小心翼翼地走了过去。那是一个三十岁左右、打扮得很入时的女人，正用客气却又隐含嚣张的目光打量着她。

　　"请坐。"那女人朝她微微欠了欠身，司雨立即闻到一股浓烈的香水味，这股香水味满含侵略性，让司雨很是不爽。司雨把这份不爽隐藏，微笑着坐下来，同时仔细打量那女人。和新兰一样，虽然看起来很艳丽，但大部分归功于妆容，不过她比新兰的水准可高多了。

　　那女人也在不动声色地凝视她，之后轻蔑地一笑："原来近看也不好看啊。"

　　"什么？"司雨一怔。

"没什么？"那女人笑着摇了摇头，笑容迅速转向邪恶。

司雨忽然省悟她这是在说自己不仅没有资色，也不耐看，忍不住冷笑了一下。虽然她不自负，但对自己的容貌还是了解的。她并不比这女人差多少。这女人如果卸了妆，不比她强多少。人妻就是靠素颜定胜负的，没有人能一直大浓妆面对丈夫。

那女人见司雨只是小小地愤怒了一下，之后迅速转为轻蔑，也微微有些怒，她不动神色地把怒气咽下去，继续微笑着说："我先自我介绍一下吧。我叫墨清，雷耀的爱人。"

司雨悄悄地翻了个白眼，怎么现在小三儿在自我介绍的时候都喜欢自称是爱人啊？不觉得是在侮辱"爱人"这个词吗？

墨清看到司雨仍对她感到不屑，更加愠怒，冷笑着吐出一句话："我看你的脸色很不好，是不是晚上没睡好？啊，对了，他就像一匹种马，对不？"

听到这话司雨的下巴差点儿飞出去，她咬了咬牙，忍住自己摔杯、拍桌的冲动，心里却抑制不住地燃起了熊熊怒火。

墨清不是普通的"开黄腔"，她这样说，恐怕是提醒司雨，她和她的丈夫有过什么，或者是看出了司雨和雷耀的关系并不亲热的事实，故意讽刺她。司雨咬着牙，感觉自己的心都要被怒火烧化了。不过，司雨的心头忽然掠过一丝窃喜，这也证明雷耀不是性无能，其实她一直没有彻底相信雷耀的话，一直记挂着这个问题，直到现在才算放了点儿心，然后她感到了猛烈的愤怒，恨不得踹自己几脚，竟然会因为这句挑衅中带着侮辱的话开心？自己到底怎么了？

司雨把各种想法都咽下去，冲着墨清微微一笑："我们还是不要说这些没用的了，你到底想做什么？"

墨清不屑地动了动鼻翼，然后嚣张地抬起下巴："我怀孕了。"

"什么？"司雨万万没想到会是这种情况，顿时如遭惊雷轰顶，脑袋一下蒙了。就在这时，忽然有一个人"一言不发"地坐到了她的身边，她朝旁边一看，顿时惊得三魂出窍，雷耀怎么来了？

墨清见到雷耀后倒有些发怵，对他勉强笑了笑："你怎么来了？"

雷耀从鼻子里哼了一声，声音冷得足以把人冻僵："我不是跟你说过我们已经结束了吗？谁准你骚扰我老婆的？"

听了这话司雨心头顿时涌起一股暖流，骄矜地看了墨清一眼，然而窃喜的同时，她也感到了一丝不安。今天的雷耀似乎太犀利了，让她有些不适应。

"啊，还不能结束呢，"墨清赶紧摸了摸自己的肚子，"在那之后我才发现，我怀了你的孩子。"

司雨的心猛地悬了起来，紧张地注视着雷耀，看看他会有什么反应，没想到雷耀只是鄙夷地一笑，朝墨清的脚瞥了一眼："少胡扯，谁见过孕妇穿着高跟鞋走来走去的？你这鞋跟可真高啊，足足有十厘米吧，还尖得可以戳死人，如果怀孕了还穿这种鞋，说不定早就流产了吧！"

司雨没想到雷耀能这么利落地揭穿她的谎言，心里不仅大呼畅快，却也颇受震惊，他一点儿都不留情面啊！

"不，不是。"墨清的脸色已经白了，却还在僵硬地笑，"我承认我不小心。"

"你不会不小心的。"雷耀冷笑着说，不给她留一丝情面，"我了解你，你要是真怀了我的孩子，绝对会小心保护他，因为他对你来说就是钱！你是不会让这个大钱袋溜走的！"

虽然是说给别人听的，司雨听到后也不由自主地打了个冷战。

墨清面如土色，说话已经带了哭腔："你坚决不愿相信我怀孕了，是吗？我只是穿的鞋跟高了一点儿而已。就算我看起来不像孕妇，但你有没有想过，万一我真怀了孕，你这样就会错过自己的亲骨肉！你不后悔吗？"

"好啊。"雷耀丝毫不为所动，反而笑得更加轻蔑，"如果你真敢一口咬定，说你肚子里的就是我的孩子，那就把他生下来好了，生下来后你带他去跟我做亲子鉴定，我奉陪！"说完就站起来，头也不回地走了。

墨清看着他离去，忽然崩溃一般趴在桌上大哭起来。司雨本来也想走的，见她这样，倒不便走了，虽然她是妄图破坏她家庭的狐狸精，落到这个田地也是咎由自取，但看她哭成这样，司雨还是动了些许恻隐之心。不仅仅是因为她心地好，更有甚者——发现自己有这种想法的时候她也觉得匪夷所思，但觉得的确有可能是因为"兔死狐悲"。因为她知道雷耀可能并不怎么爱她，以后如果她不遂他的心意，他会不会也这样待她？

"我也知道会是这个结果。"也许是心里太难受，感情太脆弱，墨清竟然对司雨倾诉起来，"只是想赌一把，因为我实在舍不得离开他，实在舍不得……"

司雨轻轻地咬住嘴唇，越来越有"兔死狐悲"的感觉了。不过即便让她和墨清调换位置，她也不会做打骚扰电话和假装怀孕的事，更不会送那个匪夷所思的纸条。

　　想起那个纸条司雨的心中便重新燃起了怒气，冷冷地对墨清说："我理解你的想法，不过即便如此你也不能随意伤害别人吧，我结婚时的那个纸条也是你送来的吧？"

　　"什么纸条？"墨清茫然地睁大了眼睛，"我从没有给你送过纸条啊！"

　　"呃？"司雨呆住了，仔细看墨清的表情，觉得她不像在说谎，已经到了这个地步，她也犯不着说谎啊！但是如果不是她，那会是谁？难道在雷耀婚前和他有纠缠的女人不止一个？对了！墨清是否知道其他女人是谁呢？她肯定知道，就凭她这死缠烂打的劲儿，之前对自己的竞争对手也一定不会不管不问吧！

　　司雨咽了口唾沫，正想开口问墨清，却见雷耀又转了回来。他面若严霜，用近乎训斥的语气对司雨说："你还在这里做什么？跟我走！"

　　司雨有些害怕，却迟疑着没有动，她还想问墨清关于其他女人的事情呢！

　　雷耀撇了撇嘴，忽然抓住司雨的肩膀就往外拖。司雨被吓到了，他的动作非常粗暴，没有一点儿怜香惜玉的感觉，便不敢再违背他，跟着他走了出去。

　　雷耀把司雨塞进汽车后座，然后黑着脸发动了汽车，司雨通过后视镜偷窥他，发现他的脸阴得可以滴出水来。司雨从来没见他这样，吓得噤若寒蝉。她低着头，拼命想让自己冷静下来，心却越来越乱，乱得让她想哭。

　　雷耀黑着脸回到家，径直上楼回房间，把楼梯踏得"砰砰"直响，司雨紧紧地跟在他后面，忽然觉得这声音非常"震心"，终于不由得流下泪来。

　　雷耀走进房间后才想起回头看，看到司雨正在抹眼泪，一脸迷惑："你这是干什么？"

　　"没什么。"司雨赶紧把眼泪往下吞，却感到格外难过，眼泪像断了线的珠子一样滚下来。

　　雷耀幽然道："你这是什么意思？我可是站在你这边的！你还有什么不满？"

　　司雨被这句话呛到了，忽然有些愠怒："你说我有什么不满？任何妻子知道自己的丈夫在之前有女人都会不高兴吧？"

"什么？"雷耀就像听到了荒唐可笑的鬼话，"简直搞笑，现在恋爱不等于结婚，现在很少有人初恋就结婚的吧，如果照你的说法，我就该跟墨清结婚吗？如果我跟她结婚，还有你什么事？"

"我不是这个意思！"司雨急了，脸涨得通红，忽然她觉得特别委屈，用颤抖的声音低低地说："我不是说你不能有过去，我之前没和其他人谈过恋爱的。"

雷耀冷笑着"哼"了一声，表情既轻蔑又恼怒："好吧，在这一点上，算我亏欠你，不过我告诉你，过去的事情永远找不回来。我和其他女人交往，都是和你在一起之前的事情，你无权管也没法儿管。我只能保证以后对你忠诚，如果你硬要想不开，我也没办法！"

"不是，我不是这个意思。"司雨想要解释，说自己不是想追究以前的事情，喉咙却像被石头堵着一样，什么都说不出来。越想解释越难过，眼泪像开闸的洪水，见她这样雷耀更生气和不耐烦，他说："你到底想怎样啊？"

"到底想怎样？你认为我是在无理取闹吗？"司雨怔住了，感到撕心裂肺，接着便感到一股怒火从她空虚的心里直蹿上来，很快便把她全身都烧得滚烫，"我并不觉得我是在无理取闹，我并没有要求你什么，我只是自己难过而已，连这个都不行吗？"

雷耀的脸色稍微缓和一些，却依然觉得不解："我并没有说你不能不高兴啊，任何女人发现自己的前任存在的时候都会不高兴的，这我也知道。但是你这样有些夸张，竟然哭成这样，就好像我要和你离婚一样。"

"我当然会哭。"司雨依旧哭得厉害，雷耀这样说，分明还是不理解她的想法，"因为我没有安全感啊，我们到现在都不是真正的夫妻，你让我怎么有安全感呢？"

雷耀的神情猛地僵住了，他盯着司雨冷笑一下，脸色迅速升起邪气，也因此更有魅力："原来你在苦恼这个啊，那就做呗！"

"呃？"司雨一怔，回过神已被雷耀推倒在床上。她下意识地想坐起来，却又被雷耀按了回去。

"你，你做什么？"司雨吓坏了。

"给你安全感啊！"雷耀邪魅地一笑，抓住司雨推向他胸口的手，撒开来按在枕头上。

"不要。"司雨更加慌乱，下意识地想要挣脱，雷耀手上加力，司雨不仅没有挣脱，还被扭痛了。

虽然疼痛微小，但让司雨感到了一种难以言喻的惊慌和不适，连忙哀求雷耀："别，别这样。"

"为什么？你不是一直想做吗？"雷耀笑着，但瞳孔深处似乎很冰冷，"再说我们是夫妻，做这些很正常吧？"

"不，不是。"司雨羞红了脸，心里更加窘迫和惊慌，她是想要尽快和他做真正的夫妻，但是不想以这种方式！

雷耀不想再跟她废话，低头吻住她的唇，他吻得相当用力，以至于让司雨感到了窒息，接着便用身体把司雨压牢。

司雨惊慌到了极点，雷耀的这两个动作让她忽然省悟，他根本不是在半开玩笑打打闹闹，而是有强迫的意味！

雷耀伸手去解她的衣扣，便暂时放开她的双手。司雨慌忙把手伸到床头的梳妆台上，用力把一个化妆瓶推下去。她做这件事完全是本能的驱动，把化妆瓶推下之后才省悟自己是想引起别人的注意，引起别人的注意又能怎样？雷耀又不是在强暴，就算是强暴，但他是她的合法丈夫啊！

化妆瓶破碎时声音很大，清荷惊叫着冲了进来，门本来是虚掩着的，她竟然没有敲门直接进来，看到这种情景，顿时惊呆了。

没想到雷耀在这种情况下依然镇静，微笑着对清荷说："你先出去一下，我们在忙。"

司雨慌了，对清荷说："等一下，别走，我有事跟你说。"她说这话也是本能的驱动，丝毫没发现她现在说这种话是多么搞笑。

"哈？"雷耀被逗笑了，在这种情况下他已经不能继续，只好放开司雨坐了起来。司雨赶紧坐起来整理衣服，其实雷耀也没解开她几颗扣子，她慌张之下不仅把被解开的扣上了，甚至还把原本就没扣的扣子也扣上了！

雷耀一开始还是笑嘻嘻地看着她，大概觉得她这样很好玩，之后见她如此，便站起来拂袖而去。

司雨只顾着稳定心神，等想起来抬头看的时候却发现雷耀已经离开了。她心头一凉，惊慌到想要抓狂，雷耀这不是生气了吧？想到这里她异常自责，却忽然感到非常委屈，委屈得几乎要哭了。清荷小心翼翼地朝她瞄了一眼，然后一声不响地退了出去。司雨感受到了她的目光，朝她瞄了一眼，没想到就是这一眼让她心头一凉，怎么觉得清荷的目光中有些揶揄和鄙夷的意味？

因为不明白雷耀怎么会忽然出现在咖啡馆，她和墨清是秘密联系的，司雨不动声色地问了几个人，赫然发现是清荷向雷耀告的密。原来她跟墨清通话的时候清荷正在附近，见她一副神神秘秘的样子，又念出一个可疑的地点，便"很不放心"，"忠心"地对雷耀说了这事。听到这话后司雨想到了"内衣事件"，顿时又惊又疑又不安。说起来，上次她错把内衣送给李不言，也是因为清荷"无意中"动了她的东西。一件事可以是凑巧，但两件事就不会了。清荷一定是故意偷听她打电话的，上次摸她的东西也是刻意想翻看她的东西，而且清荷偷听她打电话后又向雷耀告密，证明就是在刻意监视她，否则她不会想起来告密的。想来她一定是以为司雨在和男人通话，告诉雷耀想让雷耀去捉奸，难道她有问题？

司雨猛地想起电视剧《大红灯笼高高挂》。她现在的境遇跟里面的四太太颂莲很像，颂莲的身边也有一个觊觎颂莲的丈夫的家政服务人员，时时刻刻对颂莲使绊子，甚至想取而代之。她感到背后丝丝泛凉，清荷为什么会对雷耀抱有妄想呢？是她自己一厢情愿？还是有更深层次的原因？

第十四章　女人的心

司雨开始调查起清荷的资料，清荷的资料很简单，是个从乡下到城里讨生活的半文盲女孩，仗着自己长得漂亮而对未来有着不切实际的幻想，并因此引来了众人的厌憎。面对无聊的人大家总是八卦的，司雨从花匠口中意外得知雷朔的司机喜欢清荷，还给清荷送过礼物，却被清荷无情地拒绝了，听到这个后司雨暗暗地笑了。

她已经想到了一个把清荷踢出局的好办法，就利用这个司机呗！想办法把他们撮合成一对或是让他们生米煮成熟饭，再公告于天下，事情就解决了。

也许现在想这个有些早，她还没弄清楚清荷和雷耀的关系呢！不过不管怎样，最后还是要踢清荷出局，现在想也不算无用。

晚上雷耀又出现了，见到司雨时拉着脸，一副爱理不理的神情。司雨自觉理亏，便小心地陪着，之后却越想越不对，这件事怎么看都是他的不对多一点儿，心里气不过，便也冷脸相对。

冷战是最伤人的，因为你用冷脸气别人的时候，自己先得在心里气个半死。司雨心里有气，以至于在洗澡时无心搓洗，自己坐在浴缸里生气。忽然，听到浴帐外有声音，拉开后发现雷耀在外面，顿时惊叫一声用浴帐遮住身体："你在那里干什么？"

雷耀倒被她吓了一跳，看了她几秒后才冷冷地说："我牙齿不舒服，进来刷牙啊！"

"哦。"司雨的脸红了，往浴帐后缩了缩，低低地说："你以后进来的话，最好先敲门。"

雷耀露出了诧异的神情，盯着她看了一会儿，忽然露出愠怒的神情，冷笑着走了出去。司雨有些不解，片刻后忽然想起自己的这些反应都是不正常的。他们可是夫妻啊！她却搞得跟……为什么会对他有这种反应？难道是因为他今天白天想要强行……仔细想来他白天做的也不算什么，她有这样的反应还是有些过火了，难道其实她根本没做好"完全接受他"的心理准备？

司雨颓然坐倒在浴池里，郁闷地用手指在浴池底部画着圈，看来她低估了他们之间的问题呢！

她回房间的时候雷耀已经睡了，他把大床让给司雨，自己睡在沙发床上，像个雕像一样背对着司雨。司雨小心睡下，第二天想和他说话，他却总是爱理不理，看来他已经认真开始和司雨怄气，司雨后悔不迭，却也无可奈何。内乱既已生，外患更堪忧。司雨害怕清荷趁这个时候来插一杠子，连忙加紧调查起清荷和雷耀的关系来。

经过仔细观察，司雨发现清荷和雷耀的关系果然不一般。每次只要雷耀在她身边经过，她都会给他一个无比灿烂的笑容。要是能和他说话或是长时间面对面站着，她的笑容简直比阳光都耀眼，雷耀对她似乎也亲近些，不过也只是相对于用人而言。清荷暗恋雷耀，是肯定的，雷耀是否喜欢清荷却又得另说。司雨决定再观察一阵子，却又怕自己贻误了战机，便打电话找张美美咨询。之所以找张美美咨询，是因为她是个"失恋高手"，而且每次都是先被劈腿再被甩。因此她对男人劈腿时的种种蛛丝马迹和劈腿事件的走向可以说是了如指掌。当然，司雨不能明说自己怀疑老公有外遇，这些人一定都渴望看她的笑话。所以她要迂回出击，用看似无关的话套出她的经验。打定主意后司雨就打电话，张美美正好在家，周末还在家，说明她大概又失恋了，否则她周末绝不可能在家的。司雨跟她寒暄了几句，正准备编话，没想到张美美语气怪异地问："你听说了没有？李纯被他老婆下了追杀令。"

"呃？"司雨眼前顿时浮现出李纯和自己雨天的拥抱的场景，心里顿时"咯噔"一下，"怎么了？"

"好像是李纯有外遇了。"张美美一副忧虑无比却又似乎是想笑不敢笑的样子，"他老婆发现后差点儿跟他拼命，把他打出家门，并通知他所有的朋友，如果敢收留他，她就带着绳子到他们家去，吊死在他家门头上，不过李纯倒也没去找任何朋友，也不知道他在哪里。你难道还没听说？"

司雨心跳加速，她觉得自己没有听到消息并不是偶然。因为经济地位的差距，朋友和她之间有了隔膜。李纯的老婆之所以不敢和她生事，恐怕也是因为她的"社会地位"较高。没想到嫁了个有钱的丈夫，竟会让她和自己之前的世界渐渐剥离，也许有些女人会喜欢这种感觉，但她不喜欢。

听说了李纯的遭难，司雨自然没了套话的兴致。她细问张美美整件事情的来龙去脉，尤其是李纯外遇的始末。作为"哥们儿"，她很担心李纯的境况，但也有种被玷辱般的愤怒。原来在说爱她的时候，李纯还和另一个女人交往，或许他和另一个女人交往，是那件事之后的事情，但他刚说过爱她就和另一个女人交往，不更证明他对她的感情全是假的吗？虽然她并不想接受他的感情，但是发现他对她的告白其实是虚假的，她还是感到很受辱，大概女人都会这样吧！

然而张美美对事件的经过并不清楚，司雨没有办法，只好换人打听，终于从李纯的另一个好朋友——郝磊那里知道了大致的经过。

原来李纯属于"不慎失足，一失足成千古恨"。据说那天他跟他老婆吵架，心情郁闷，出去喝酒。他和一个很小的饭店的老板娘有点儿友谊，真的是很小的饭店，只能放下四张桌子。因为店小，那天晚上店里又凑巧没什么人，老板娘便把店门掩上，和李纯对饮。老板娘虽已近中年，但风韵犹存，又善解人意，对李纯来说是温柔的大姐姐。李纯先跟她哭诉生活的烦恼，寻求安慰，接着便糊里糊涂地和她上了床。李纯醒来后惊恐万分，本想就此结束关系，没想到老板娘不愿意，还找机会和他联络。结果不小心被李纯的老婆发现，后来的事情就人尽皆知了。郝磊在李纯失踪后几乎急疯了，拼命找他，却找不到他的踪迹。郝磊问司雨知不知道李纯还有什么常去的地方，司雨的脑中立即浮现出一片槐树林，嗓子却突然不舒服，什么都讲不出来，郝磊以为她不知道，便沮丧地挂断了电话。

司雨呆呆地坐在电话前，紧紧咬着嘴唇，胸口剧烈地起伏，脸越来越红，李纯会去什么地方，她是知道的。严格来说，那个地方只有她和李纯知道。城乡接合部的一个小树林，旁边有一个小饭馆，也是个小旅馆。大学时司雨和几个要好的同学到那里玩过，也在小饭馆吃了饭。那个小树林的景色没什么特别之处，饭店里饭菜的口味也一般，李纯却大为倾倒。回来他就跟司雨说，他以后要在小树林旁边建个房子，和心爱的人一起住。可见那里对他来说有着避风港般的意义，而且那里还有价格低廉的房间和饭菜，李纯极有可能去那里躲避了。司雨觉得他十有八九在那里，却怕惹人怀疑而没敢说，怕人质问为什么只有她知道他的去向，他们之间是不是有什么特别的关系。其实她没必要这么紧张的，她自己也知道，但就是不敢说出口。她到底该怎么办呢？

夕阳西沉，司雨戴着墨镜坐着客车赶往城乡接合部。她决定去小树林找李纯，如果他在那里，就把他劝回来。司雨之前怕惹嫌疑，连他的去向都不敢说，此时却要亲自去找他，似乎有些匪夷所思。司雨却已经管不了这么多，她不喜欢别人因她而出事。

司雨到达小树林的时候天色已经有些黑了，司雨摸了摸藏在包中的防狼剂和手电筒，鼓起勇气进入。李纯最喜欢树林里的一棵歪脖树，他说这棵树能让他感到人的感情，所以司雨猜他十有八九在那里。转过几棵纤细的树干，司雨果然看到有个人影在那里打转。司雨心头一热，却下意识地停住了脚步。就在这个时候，在那里晃悠的人转过脸来，竟把司雨吓了一跳，这个人不是李纯的悍妻罗敏吗？

罗敏的脸上露出了一丝诧异，但很快便释然了。司雨却诧异地瞪着眼睛，久久无法回过神。老实说，她以为李纯和罗敏基本上是没感情、不交心的。所以她几乎一直没把罗敏当李纯"身边的女人"看待。没想到罗敏竟然也知道李纯心灵的港湾，他们之间其实很有感情的，是吗？

罗敏看出了司雨的想法，晦涩地笑了笑："你也是来找李纯的吧？"

"是的，我们是好哥们儿！"司雨连忙说，她必须及时撇清自己。

"哦，知道，他经常提起你。"罗敏笑得更晦涩了，露出一种不可名状的神情，伸手轻抚那棵歪脖树，"我是从他的日记里知道这里的，他说他喜欢站在歪脖树下看夕阳，我觉得他大概会来这里，便来这里等他，这几天我天天都来，一直等到夕阳西下，却每次都等不到。"

司雨的心里升起一种异样的感觉，以前听李纯和其他人的描述，她总觉得罗敏是个母夜叉孙二娘一样的人物，现在看来却不是这样，心思如此细腻，天天晚上都来等丈夫，简直让她感觉凄美了！

司雨对她萌生了几分好感，怜悯之情油然而生，便走近她柔声说："嫂子，你也不用太担心，他一定很快就会回来的！"

"回来？"罗敏的脸上忽然掠起一丝狠笑，让她的表情显得有些狰狞，"他以为我会跪在门口求他回来呢？回来后照样是一顿笤帚疙瘩！"

司雨吃了一惊，剩下的话也噎在了喉咙里。

罗敏见她露出张口结舌的神色，凄然而又嘲讽地一笑，又下意识地伸手抚摩着树皮："假的，如果他能回来，我也许会假意吆喝几句，但心里还是欢喜的，你们一定以为我不让你们收留他，是想让他走投无路，其实不是，我只是想让他快点儿回来而已。"

司雨说不出话来，她发现罗敏的心中对李纯的确满是柔情蜜意，只是不知道为什么生活中她会对李纯这么凶。她苦笑了一下，考虑再三后说："你放心，李纯一定会很快回来的，我了解他，他这个人很感恩的，只要你之后对他温柔点儿，他就一定不会再跑了。"

罗敏冷笑了一下，转过脸盯住司雨的眼睛："你以为光靠柔情蜜意就能留住男人？真是太天真了。"

司雨一怔，感到不解也不服气，人们不都这么说吗？你还能有其他理论吗？

罗敏笑了一下，轻轻地抠着树皮："其实男人这种东西，是不会把女人的柔情蜜意当回事的，就算你对他再好，他也只会心安理得地享受你的奉献，之后继续风流。说什么男人有外遇，女人只要格外温柔就可以挽回男人的心，那都是男人编出来的谎话。他们是想自己有外遇时老婆还能对他们格外好，占双份便宜。所以我是不会做这种傻瓜的，我用'严刑峻法'，虽然这种办法也不是很高明，但至少比冤枉付出高明。"

这种方法听起来很愚昧，司雨本想提出异议，但仔细想后竟发现自己和她"心有戚戚"，顿时呆了。

罗敏看出了她的想法，微笑着继续抠树皮："我知道你们肯定觉得我丑，就应该对李纯加倍讨好，根本就行不通。男人一般都不可靠，就是再好的东西，只要长时间拥有，他们就不会把它当回事了。就算我是个美女，和他在一起时间长了，在他眼里照样像个猪扒，他也照样会找其他女人。男人其实一直都没有对一个女人忠诚的概念，他们心里都幻想着家里红旗不倒，家外彩旗飘飘，而且都认为这是一个成功的男人应该做的事情，我丑不丑，其实关系不大。"

这句话听起来很偏激，却偏偏击中了司雨的心。她对自己会对罗敏的话产生共鸣而感到诧异，难道她怀疑她和雷耀的关系之后也会变成那样吗？不，也许不用等以后，现在他们的关系已经一团乱了……

想到这里司雨的胸口如遭锤击，差点儿滴下泪来，还好天色已晚，她又及时低下了头，罗敏并没有看到她的表情。罗敏又自怨自艾地抠了会儿树皮，瞥见司雨脸色晦涩，凄然而又自嘲地一笑："不好意思，让你见笑了，你婚姻幸福，我不该对你讲这些的。"

司雨勉强笑了笑，又把头低了下去。罗敏朝四周环视了一下，深深地叹了口气："夕阳已经没有了，大概那小子今天不会来了吧！也许他来过了，只是看到我在这里，不敢靠过来，我们走吧！听说这里晚上不太平，我们可不能因为这个没良心的男人把自己搭进去！"

司雨朝四周看了看，赶紧用力地点了点头，这四周阴影重重，一看就是要出事的地方。罗敏伸手挽住她，拉着她快步朝林外走，司雨一开始有些不习惯，但很快便适应了，不知为什么，罗敏给她的感觉，已经像是多年的好朋友了。

然而她们没走出几步，就有两个流里流气的青年走了过来。

"美女们上哪里去啊？"他们嬉皮笑脸地说，因为罗敏长得不漂亮，他们就都往司雨身上瞄。

"别，我可以给你们钱。"司雨哀求着往包里摸去，流氓们很高兴，没想到司雨掏出的竟是一瓶防狼剂，朝其中一个人的眼上狠狠一喷。

"嗷！"一个流氓顿时捂着眼蹲了下来，另一个流氓朝司雨怒喝，挥拳要揍她，却被罗敏奋力一脚踢中裆部，立即倒在地上打起了滚儿。

司雨和罗敏立即拉着手朝林外跑去，直到截到一辆出租车，坐上去后才松口气。罗敏一直把司雨送到家，自己再坐车离去，司雨站在门口看着罗敏离去，心中隐隐有股温暖在滚动。看来她已经和罗敏建立了深厚的友谊。

她回来的时候雷耀正在看书，看似无意地问她做什么去了。

司雨说自己和朋友出去玩了一下，说的时候下意识地挺直了腰杆。反正大家都看到送她回来的是一个女人，清荷就算想栽赃也没有办法，对了，清荷那小丫头呢？

司雨下意识地寻找起清荷的踪影，却发现她根本不在家里。

电话铃忽然响了，陈妈跑过去接，之后竟吓得声音颤抖，用近乎惨叫的声音喊雷耀："少爷，不得了，清荷出事了！"

等他们赶到医院的时候，清荷已经被送进了手术室，站在手术室外的还有一群警察。原来清荷在司雨去过的树林里被强暴了，身体多处被打伤。大概是司雨和罗敏把那两个流氓修理得太惨了，他们把怒气撒在清荷身上泄恨。是的，强暴清荷的就是那两个流氓，大概清荷又觉得司雨的行踪诡秘，便偷偷地跟踪她，一直跟到了那片树林里。树林里树根盘根错节，她又光顾着盯司雨，不小心被树根绊了，扭到了脚。之后司雨和罗敏打倒流氓后就跑出树林，她却因为行动不便而滞留在树林里，被那两个流氓逮住。之后的事情就惨得没法儿说了，虽然司雨觉得她是咎由自取，但仍忍不住动了恻隐之心。又想起这件事牵连不小，不知道会不会引发什么不可测的事情，心头又不禁惴惴不安。

还好，清荷对自己遇难的原因并没有多说，只说自己是去那片树林采蘑菇，不巧遇上了两个流氓。大家对此也并没有多加怀疑，司雨稍稍放心了些，便给清荷送汤送水滋补身体，不仅是善心使然，也是顺便窥视她的状态。她总觉得清荷不说真相另有蹊跷，还是再观察一阵子比较好。然而令她始料不及的是，雷耀因清荷受了伤害，对她格外好了些，经常去看她，竟似有怜生爱之势。司雨很是不安，却也不能阻止他们见面，他们之间又没怎么，而且现在雷耀还对她冷冷的，她要是贸然阻止，肯定会遭到鄙视。

第十五章　和好

司雨心情郁闷，在花园里闲走，雷家的花园里有一个大游泳池。就算没什么人用，也由专人每天打扫换水，清澈见底，很是喜人。司雨见水光清亮，便走到游泳池边以手戏水，忽然感到脑后一紧，头竟然被人按在了水里。

"唔！"司雨大惊，赶紧用肘向后猛捣，似乎碰到什么东西，按在她后脑的手也松了。司雨赶紧把头抬出水面，刚吸一口气，又被人扯住头发而被迫仰头，接着脖子就被一把锋利的刀架住了。

"不许动！"一个沉闷的男声呵斥道。

司雨第一个反应就是这是抢劫的，慌忙说："大哥，要钱是吗？我房间里有，还有一个两公斤重的金项链，你放开我，我拿给你……"

"呸！"那人竟然愤怒起来，"你以为你有钱就能摆平一切？我告诉你，清荷受到的伤害，是无法用钱弥补的！你就算搬来一座金山，我也不会原谅你！"

"呃？"司雨这才想起这个声音是那个暗恋清荷的司机发出的，好像是姓王，顿时骇然地笑道，"你是要为清荷报仇？你找错人了吧？"

"不要装蒜！"司机把刀子往司雨的脖子上压了一压，像受了伤的小兽一样吼道，"是你派人设局强暴清荷的吧！这是清荷亲口告诉我的！你怕她跟少爷好，所以才派人毁了她！你的心也忒毒了！"

司雨大惊，原来清荷以为那两个混混是她派去的，才会隐忍不说，可能是怕贸然发难会引来更可怕的迫害，也可能是因为没有证据，想等到证据再指控她。司雨骇然失笑，却也感到怒气勃发，这丫头也太自恋了，谁犯得着专门找人用这种卑鄙的方法对付她？她以为自己是谁啊？

虽然司雨对清荷有些忌惮，但从不认为她有能力拆散她的婚姻，因此根本没怎么把她放在眼里。听到司机这样说，她恼火的成分远远大于震惊的成分。

"清荷误会了！那两个人不是我派去的！等警察抓到那两个人的时候，我可以跟他们对质！"被冤枉后司雨自然大声辩解。那两个混混还没有被抓到，关于清荷被强暴的前因后果都是司雨的推测，不过就当时的情况看，这些推测应该就是事实真相。

"那两个人恐怕早就拿了你的钱跑了吧！"司机咬牙切齿，一副愤恨欲哭的样子，"清荷不会说谎的！她说是你就是你！"

司雨听后觉得又好气又好笑，他还真把清荷奉若神明。看这情况她再解释也无用，只能恐吓他："你别这样，我告诉你，这里是雷家，又不是荒山野岭，你杀了我之后很难脱身的，而且就算你能脱身，我小舅舅也是刑警队的一号神探。"其实司雨的小舅舅只是在刑警队门口开小卖部的，她这样胡编只是想吓倒司机，好让他不敢轻举妄动。

"呸！"没想到司机根本不吃这一套，"就算你舅舅是局长我也不会放过你！不过你倒提醒了我，不能在这里杀你，我们出去！"

司雨立即明白他是要把她带出去，如果被他带出去她可真是九死一生了。她下意识地想往逃跑，却因明晃晃的刀锋不敢轻举妄动。没想到刚才的恐吓竟然引出这种后果，司雨真是后悔不迭。她被司机拖着慢慢地往外走，知道自己不能这样坐以待毙，赶紧换个方式劝说他："小王啊……"

"我姓汪！"司机更加愤怒。

"啊，对不起，小汪。"司雨没想到自己开口就犯错，顿时更加紧张，"你听说我，你不能杀我，这也是为了你和清荷好，你要是杀了我，白白把自己的性命搭进去不算，以后清荷也没人照顾了。"

司机微微有些犹豫，却仍催司雨往前走。转眼间他们就走到了花园的角门。司雨想要反抗，却不敢轻举妄动，刀就贴在她的肉上，即使司机不动手割，她自己挣扎几下，恐怕都得让自己的喉咙开个血口了。

司机慢慢地打开门，挟持着司机左顾右盼地出了门。然而就在他回手关门的时候（门是朝外开的），门后忽然窜出来一个人，左手拿着一个空花盆往司机头顶重重一砸，右手就去夺司机手里的刀。司机惨叫一声，不由得放开了司雨。

司雨猛地向前一扑，跑开了几步，回头看见救她的人竟是雷耀，顿时惊叫起来。一来是因为高兴，二来是因为惊慌，雷耀和一个亡命之徒搏斗，太危险了！

也许司机是豁出了性命来讨公道，表现得极为悍勇，被花盆砸头后刀子竟没有脱手，还在和雷耀死命厮打。雷耀费了好大劲都没有夺下他的刀子，手还被刀划破了一个口子，看到雷耀受伤司雨失声惊叫，看到门边墙角还有一个空花盆，便拿起来朝司机的头上砸去。

"砰！"花盆砸在司机的头上，碎成了几块。司机挨了这两下终于支持不住，软软地瘫倒。雷耀赶紧夺走他的刀子，又把他的皮带抽下来将他反绑住。他做这些事的时候手上的伤口一直在流血，把司机绑好后皮带上已染了一道红痕。

"哎呀！"司雨赶紧扑上来用手帕按住他的伤口，"你别再乱动了，得赶紧消毒！"

"没事。"雷耀看着手帕上不停地渗出血渍，竟是愤愤不平的神情，"看来我得加紧锻炼了，可能因为最近没运动，竟然连这个家伙都没拿下来，真失败！"

司雨没有理他，只顾着按压他的伤口止血，忽然看到他的手腕处还有一道刀疤，顿时一阵心痛一阵愧疚："对不起，又害你受伤了。"

"没事，"雷耀满不在乎地说，"只是一个小口子而已，你不用这么内疚，我们是夫妻啊，我不救你谁救你？"

司雨的心里顿时涌起一股暖流，正要说些什么，忽然听到脚步声。她一转头，赫然发现雷朔正在陈妈的引领下急急忙忙地赶来，如果闹出了这么大的动静雷家的人还没有知觉，他们真可以去跳河了。

司雨看到他们竟打了个冷战，下意识地朝司机偷看了一眼，心想这件事已经不能悄悄地结束了，清荷那番胡说八道也会一块曝光。虽然她问心无愧，但这种事情容易胡牵乱扯，看来她得拭目以待了。

因为司机是雷朔的战友的孩子，所以雷朔知道司机做了这种事后非常痛心。他不让大家立即报警，想要自己先问个明白。司机立即大声说清荷受害的"真正原因"，其他人听到后全都面如土色，全都疑惑地朝司雨看去，也包括雷耀。被无数怀疑的目光罩住后，司雨依旧泰然自若，她早已料到会有这一劫，早已准备好和司机大辩论，只要雷朔开口问她，她就把准备好的说辞讲出来。雷朔却是不动声色，甚至没朝司雨多看一眼。他盯着司机看了几十秒，然后沉着嗓子对陈妈下命令："把清荷带来，我亲自问她！"

清荷被陈妈搀扶着走来，其实她的那些伤已经快好了，根本不妨碍她走路，她是故意装出一副可怜样。

"坐。"雷朔指了一个椅子让她坐下，温和之中却也透着严厉，"你说你是被司雨指使人强暴的，是吗？"

清荷的脸上闪过一丝惊慌和羞愤，却很快平静了下来，朝司雨瞥了一眼，带着仇恨入心般的神情说道："是的！"

大家又是一惊，又齐刷刷地朝司雨看了过去，司雨气得脸皮发紫，已经忍不住要大声辩驳。

雷朔依然是不动声色地问："她为什么要这样做呢？"

清荷露出了些许不自信的神情，却以十分肯定的语气说："因为她嫉妒我，她觉得少爷喜欢我。"

司雨气得几乎要发狂，咬着牙强力忍住。

"哦。"雷朔的眼珠子转了一下，"你是被司雨约到那个树林里去的，是吗？"

"不是。"提起那个树林清荷激动起来，"我是自己跟去的！她一定知道我会去，所以埋伏了人等着我。"

雷朔冷笑起来："她为什么知道你会去？你在跟踪她吗？"

清荷自知失言，脸上立即变得毫无血色，司雨则是精神大振，一时对雷朔感激、佩服到了极点：您圣明啊！不愧是我的老公公！

"你为什么要跟踪她？"雷朔接着说下去，"是不是嫉妒她和雷耀结婚了，想抓她的错处？"

听这话司雨更感畅快，冷笑着看向清荷，心想这下看你怎么办。

清荷惊恐地盯着雷朔，忽然异常愤怒，猛地站了起来："是的，我是想抓她的错处！这样不犯法吧！但是她就是因为觉得我在跟踪她，所以才派人强暴我的！"

"她有这个必要吗？你找到她的错处了吗？我看没有吧？"雷朔厉声说。

清荷被击中了软肋，红着脸不吭声。

"她行得端走得正，干吗要指使人强暴你？再说对你做这种事只能对她不利，没有人会这么傻！我看你是因为跟踪她出事，心里不平衡，才把罪名安到她头上！"雷朔说到最后已是声色俱厉，清荷跌回椅子上坐着，就像泄了气的皮球一样缩成一团。大家都用鄙视的目光看着她，同时也向司雨投以歉疚的目光，毕竟他们刚才看她的眼神满是猜疑。司雨微笑着看着他们，没有一点儿记恨的意思，只要能洗清冤屈就可以了。

雷朔接下来对此事的处理也很得当。首先，他没有对战友的孩子徇私，还是报了警；然后，给清荷一点儿补偿金，让她立刻离开；最后，把雷耀叫到书房里"谈谈"。司雨溜到门口偷听，正好听到他对雷耀大声训斥："以前乱交女朋友还不够吗？现在还要和家里的人纠缠不清吗？"

听见这话司雨无比开心，雷朔在为她撑腰啊，却也感到了一股浓浓的醋意。什么叫乱交女朋友？能乱到让长辈忍无可忍的程度，那该是个怎样的乱啊？还有，让雷耀"不要和家里的人"纠缠不清，难道他知道雷耀和清荷有纠缠？难道说他们暗地里真的有情？

司雨正在胡思乱想，忽然听到有人朝书房走来，赶紧逃之夭夭。她逃回房间，正准备理一下思路，回头却见雷耀进来了。她第一眼就瞥见他手上还扎着手帕，到现在还没去处理伤口，连忙从储物柜里拿出药箱。她小心翼翼地用棉球给雷耀擦去凝血，再给他抹上药水，专注得就像在做世界上最精细的手术。

见她这样，雷耀倒有点儿不好意思，踌躇了半天后说："对不起，还生气吗？"

司雨的后背僵了一下，苦笑着说："我以为你生气了。"

雷耀苦笑了一下："我是有些生气，不过现在想来觉得不应该生气的。"

司雨手指一震，朝他偷瞥了一眼。

"我知道，你没有恋爱经验，而我的经验却很丰富。"不知是因为尴尬还是什么，雷耀的语气有点儿生硬，"你是有一点儿吃亏，生气也是正常的，只是，我也没有办法，因为我无法预料我和她们有没有结果，也不知道之后会遇见你。"

"不，没关系的。"司雨的脸红了，"我没那么精神洁癖，也没那么不近人情，只是你当时的态度有点……"

"我也知道我的态度很糟。"雷耀笑得十分尴尬，"其实我不是针对你的，我是猝不及防被墨清气坏了，后来被你一质问，无法控制了。"

"哦。"司雨的嘴边滑过一丝隐晦的笑意，听雷耀说他的怒气其实是被墨清煽动的，她心里竟然舒服了很多。

雷耀已经尴尬得有些忙乱："也请你原谅我对你的冒犯。"

"哦，没事……"司雨羞得直冒汗，"我们是夫妻，你想怎样都可以。"

"不，我是想说……"雷耀更忙乱了，"我是想说我仔细想了之后，觉得还是继续为我爷爷守孝比较好，这样虽然很对不起你，但是我觉得既然下过了决心，就应该有始有终。"

司雨呆住了，心头也像被人泼了凉水一样冷下来。她还以为他们的夫妻关系终于可以更进一步，没想到还是回到了原点。她自我安慰，雷耀既然因为她差点儿放弃了守孝，证明她在他心中还是很重要的。

几天后，从罗敏那里传来消息，李纯回家了。司雨真心地对罗敏道了祝贺，现在她已经把她当朋友了，并真心希望她和李纯过得好。

折腾了这么久，司雨觉得自己应该换换脑子了。她准备开始找工作，却意外接到了一个公司的电话，问她愿不愿意到他们公司上班。这个公司是她婚前联系的，笔试通过了，面试也通过了，之后却没了消息。司雨觉得应该没戏了，就没有再问，没想到几个月后他们竟打来了电话。

老实说，刚接到通知的时候，司雨的态度有些冷淡。一是因为这个公司做事太不靠谱儿，二是因为她现在已经是"阔太太"了，去这种公司似乎有失身份。以她现在的眼光来看，这个公司实在太小了。然而这种想法只持续了一瞬间，司雨觉得自己还是去试试比较好。

司雨很快就去那个公司办好了手续，第二天正式上班。听说她要出去工作，雷耀未置可否，看样子却不太乐意。司雨敏锐地感到对他这种人来说妻子出去工作可能有伤自尊，赶紧解释说自己只是去解解闷，和出去挣钱养家糊口有本质的区别。听到这些后雷耀虽然仍未置可否，脸色却明显好看了一些。司雨这才松口气，赶紧打开电脑浏览现在的设计趋势。她是搞饰品设计的，这个公司也是专攻前卫饰品设计。做设计的人最怕落后于潮流，她已经闲了几个月，不知道还能不能赶上形势。

第十六章　与好友的差距

司雨和雷耀虽然还在一个房间睡觉，之间却是隔了纱屏的。据说这个纱屏是江南艺术品，底下装有滑轮，可以随意开合。司雨一边浏览网页，一边找着设计的感觉，不知不觉到了深夜。早已入睡的雷耀突然感到口渴，起来喝水的时候发现电脑屏幕还亮着，顿时有些惊诧和不满："怎么还没睡啊？"

"呃！"司雨赶紧合上电脑，将头转向雷耀，"马上就睡，几点了？"

"快一点了！"雷耀撇了撇嘴。

"啊！天哪，明天就要上班了，可不要迟到。"司雨赶紧拔掉电脑的插头，躺进自己的被窝对雷耀央求道，"如果明天我到时间还没起来，你记得把我叫起来好吗？"

雷耀答应得很爽快，司雨放心地睡了。第二天醒来的时候已是阳光刺眼，司雨眯着眼茫然地扫视了一圈，忽然发现不对劲儿："天哪，迟到了！"

司雨立即冲进卫生间，在五分钟的时间里完成了梳妆和洗漱，然后拿着包包冲出了门。在走廊上遇到陈妈，陈妈不解地问她："您睡好了吗？现在是要去哪儿啊？"

司雨觉得她问得有些蹊跷，便停下来问："什么意思？"

听司雨这么问陈妈倒有些疑惑："我没什么意思啊？您不是缺觉吗？少爷嘱咐我说，您昨天晚上没睡好，让我们千万不要打扰你，一定等你睡到自然醒！"

"什么？"司雨的下巴差点儿飞出去，她本想再说些什么，但时间已经不容许她说任何废话。

司机玩命似的赶到公司，但还是迟到了。她的主管是个三十多岁的女人，穿得很时尚，但是让人看起来很不舒服。司雨开始没想到究竟哪儿不舒服，之后才慢慢品味到：她的怪异，就是她的气质和容貌与衣饰相去甚远。

"哎哟，是不是闲得太久了，所以不习惯早起啊？"主管皮笑肉不笑地问她，乍一听不甚严厉，仔细听却扎死人。

司雨哪敢接腔，只是尴尬地笑着，主管斜睨她一眼，笑得更加轻蔑："哈哈，算了，去工作吧，谁没有迟到过呢？因为年轻，对吗？"

司雨苦笑着朝办公桌走去，却忽然听到主管佯装无意对另一个老职工说："我本来不太愿意录用年纪这么大的新人，只是觉得她有工作经验，大概成熟点儿，才答应了。现在看来，只是年龄大，一点儿都不成熟！"

那个老职工连忙附和地笑了起来，司雨听得全身冒汗，忍不住在心里大叫：雷耀，我恨你！

司雨本来还在为自己第一天上班能不能激活时尚触感而惴惴不安，后来发现这种担心根本没必要，她根本没有施展时尚触感的机会！她今天基本上一直在做杂活，复印东西、传递文件等，根本没有让她接手的设计。司雨在刚刚工作的时候做过杂活，但是现在已经忘了做它们的感觉，现在重新去做发现真是累人，抱着文件在办公室里窜来窜去，不仅速度要快还不能碰到别人的办公桌，散落文件更是不可以。这个工作做一会儿还好，做久了就会腰酸背痛。更让她不爽的是，主管似乎盯上她了。

虽然理智告诉她自己有错，不该对刻薄的主管有怨恨，但心里就是过不去这道坎。因为怨恨，她偷偷打听了主管的婚姻状况，希望主管因为变态而嫁不出去的人，看她那个刻薄劲，能嫁出去才奇怪。

然而事实却出乎她的意料，原来主管早就嫁人了，对象的条件还不错。被询问的人知道司雨的想法，冷笑着对她说，别看主管平时很刻薄，也只是对下属这样，在老公面前却很温柔。

她现在才发现，原来人们都以为嫁不出去的女人最刻薄，其实是误区。不管怎么说，剩女对生活还怀有期望，也要带点儿假面子。但有些已婚妇女，婚后就丢掉了对人生的最后一丝幻想，假面子也不要了，尖酸刻薄无一不做到极致，而且是年龄越大越刻薄，这点曹雪芹在《红楼梦》里已经论述过了。

主管盯司雨的原因并不是因为司雨打听了她的婚姻，她并不知道这些。她对司雨的不满主要还是因为司雨上班迟到了。虽然司雨的工作做得还算到位，她一直没什么机会找司雨的麻烦，不过她是鸡蛋里挑骨头的高手，最终还是逮到了机会。

因为被指使得团团转，司雨便没来得及收拾自己的办公桌，东西摆放得随意点儿，也不是很乱，于是主管便拿这个大做文章。

"哎呀，小司啊！"她皮笑肉不笑地说，"你的办公桌怎么这么乱啊？女孩子可不能这样啊，女孩子就应该清清爽爽、整整齐齐的，你可要赶快改正啊，否则恐怕真找不到老公了！"

司雨开始还有点儿晕乎，她已经结过婚了，不知道主管这样说意欲何为。后来忽然想到自己求职时写的资料是未婚，主管便隐晦地挖苦她说她做事这样"没条理"，以后肯定嫁不出去。

发觉主管的意图后司雨狠狠地盯着主管的背影，只想跳起来大叫：你以为你很了不起啊？我嫁得比你好几千几万倍，怕说出来吓死你！

司雨费了好大劲儿才把怒气咽下去，继续强装笑脸工作。她原本担心其他员工会迎合领导，和主管一起捉弄她，但留心观察觉得他们对她的态度还好。其中一个叫孙翔的同事还给了她一个护袖，纸多的地方容易沾灰，她的确需要个护袖来保护袖管。司雨对他很感激，对工作也重新燃起了希望，她就是乐天派，有点儿阳光就可以灿烂。

公司管中午饭，午餐的时候给每人发一张券，到二楼的餐厅领一份饭菜。饭菜还凑合，就是咸了点儿，但没有汤。司雨正盘算着到哪里去弄点儿水，回头却看见孙翔端着两碗汤笑着走过来。

"今天的菜有点儿咸吧？"孙翔把一碗汤放在她的面前，"喝点儿汤吧！"

"哦，谢谢。"司雨赶紧双手接过，"今天晚上我请你。"

"不用了。"孙翔调皮地挤挤眼睛，"我跟管汤的厨师有点儿交情，这两碗汤是白拿的。"

"白拿的也……"司雨还要说客气话，孙翔调皮地撇了撇嘴："别这么客气了，你这样让我很受伤，就好像我连碗汤都给不起，好歹给我点儿面子吧！"

司雨不好再说什么，只好笑着端起碗来喝了一口。是西红柿蛋汤，虽然稀了点儿，但味道还不错。

孙翔微笑着看着她喝汤，忽然笑了笑："你是不是刚毕业啊？"

司雨差点儿被呛到，赶紧辩解："我已经毕业好久了，我都二十七岁了。"忽然觉得他这样问可能是因为觉得她不成熟，也可能怀疑她一直啃老到现在，赶紧补了一句："之前在另一个公司，后来想跳槽就跳空了，失业了。"说完了狐疑地朝孙翔看了看，问道："是不是觉得我干活很生疏啊？"

"没有。"孙翔鬼笑着说，"我是觉得你显得年轻，是很显年轻，虽然比我大四岁，但看起来却像我的师妹。"

虽然知道孙翔可能言过其实，司雨还是心花怒放，便和他开心地聊了起来。

第一天的工作终于结束了，虽然看起来没做什么实质性的工作，司雨还是感到腰酸背痛。回家看到雷耀，想起今天早上的窘相，心里很不爽。虽然她觉得这点儿小事儿也许不必再提，但还是忍不住问他为什么没喊她起床。

"哦，那个啊。"雷耀提及的时候很轻松，"我是觉得你昨天晚上太累了，想让你多睡一会儿，那个工作也没什么含金量，不就是玩玩，我觉得你没必要为它这么劳累。"

既然雷耀口口声声说自己是为她好，司雨也就不便再说什么。有句话一直在她的喉咙里，想说却又说不出，这份工作对她来说并不是游戏，也有重要的意义。严格来说任何工作对她来说都有重要的意义，不管多小，他不应该对她的工作这么轻蔑。

司雨留了个心眼，给手机上了闹铃，放在了枕头旁边，第二天总算没有迟到，但工作依然繁杂，司雨依旧微笑着应付。然而，主管并没有因此放过她，开始指责她的衣着，嫌她的衣服太便宜，影响她的"office形象"。之后还没等司雨回答便含沙射影地嘲笑司雨贫困，引得大家都往司雨身上看。

因为被气得够呛，司雨便去自动售卖机那里买冰可乐，不巧在走廊里碰到了乱乱，原来她是因为"法律事务"来找司雨的主管。见到乱乱的时候司雨竟有些尴尬，因为她知道乱乱现在是跨国律师事务所里备受关注的新人，而她却在这个名不见经传的小公司里干杂活，还好乱乱并没有觉得她的工作低微，并祝贺她找到了新工作。和乱乱说过话后司雨心里暖洋洋的，她心想乱乱真是好姐们儿啊！

乱乱进了主管的办公室，一谈就是好久。正好有份文件要送给主管，大家谁都不愿去，便诓司雨去送，因为他们怀疑"法律事务"出了问题，也许主管此时正在气急败坏中。司雨也知道他们的意图，但是不去的话肯定会成为众矢之的。她小心翼翼地捧着文件走进主管的办公室，意外地发现里面的气氛还可以，主管正高兴地和乱乱聊天。看来"法律事务"已经谈完，并且结果让主管很满意。

司雨进去的时候乱乱正在恭维主管的衣着，没想到主管听后竟认真地骄矜起来，还顺便损了司雨一句，说像她这样的人就得穿体面点儿，穿得像司雨那样可不行。

司雨感到非常难堪，看了一眼乱乱，却见她秀眉微扬，已经怒了。

乱乱的怒色只持续了一瞬间，很快又换了一副笑脸："您知道我最喜欢您这套的衣服的哪里吗？就是耐脏、耐洗啊。我记得每次见您，您都是穿这套衣服，但仍然跟新的一样！质量真是过硬！"

主管的脸一下子红到了耳根，尴尬地咧着嘴笑了笑。乱乱这席话，分明是说她没钱还要硬充有钱，买件稍微贵点儿的衣服就当四季服一样穿着。主管几乎要被气吐血，然而即便如此，她也不便发作，一来她不敢得罪乱乱，二来乱乱说这话的时候一脸单纯，根本不像在损人。

司雨赶紧朝乱乱递了一个感激的眼神，乱乱也眨了眨眼作为回应。司雨看着主管涨红的脸颊，心里乐开了花。又怕乱乱会因此得罪主管，影响工作，在乱乱离开的时候偷偷地跟了出来，问她要不要紧。

"没事儿。"乱乱满不在乎地说，"她不敢得罪我，她那破案子几乎是死定的事情，除了我们家没人会接她的案子。"

"什么案子这么麻烦？"

"能有什么案子啊，就是抄袭呗！"乱乱朝主管办公室的方向去看，一脸讪笑和轻蔑，"抄袭人家的首饰创意，被人家告了，要没有我，她恐怕就要赔掉底儿了。"

"你真了不起……"司雨忽然有点儿自惭形秽。

"什么了不起啊，我也不想接这破案子。她是走我一个前辈的后门，是抹不开面儿才接的。"乱乱发觉了司雨的失落，不再提这件事，和她闲聊了几句，假装无意地说，"你终于又回到了设计界，好好干。做设计有时就跟当演员一样，说不定哪天就大红大紫了！别着急，慢慢干！一定会有这一天的！"

司雨微笑着点了点头。她知道乱乱是在故意安慰她呢！既安慰她，又怕会伤她的自尊，所以才佯装无意地说。

第十七章　控制

　　转眼司雨就在公司干了一个礼拜。这天公司接了一个大单，时间还很紧，所以主管就要求全员加班。司雨怕雷耀担心，一早就给雷耀发了个短信。雷耀当时没什么反应，等到下班时间过了打电话来抗议了。

　　"你怎么还不回来？"

　　"呃？"司雨很是惊讶，转头瞥见大家都在看着她，面对新来的同事，大家总是无比八卦，赶紧溜到角落压低声音对他说，"我不是跟你说过我要加班吗？"

　　"那也不至于加到现在吧！"

　　"啊？"司雨哭笑不得，"现在才几点啊！"

　　"那就是说你还要加很久了？不会要加到九、十点钟吧？"

　　"十有八九……"

　　"那你怎么回来？你又没车，我叫人来接你吧！"

　　"呃，好，我挂了。"司雨赶紧挂断电话，回头就看见主管又皮笑肉不笑地看着她。

　　"谁？男朋友？"主管挤眉弄眼地问她。

　　司雨没有回答，只是含混地应了一声。她知道自己恐怕又要被损，因此心里有点儿忧虑。

　　"哦——"主管故意将声音拉长，"听起来黏得像个牛皮糖啊。哎哟，别怪我多管闲事，男人就要以事业为重，天天缠着女人打电话，是不会有前途的。"

　　司雨听了表示不屑，但是又不能太过明显，只好低头忙起来。因为主管布置了很多工作，大家一忙就到了十点。就在这时，一个不速之客出现了。座位靠门的赵曼看到后竟然低低地惊叫了一声，接着声音就全变了："请问您找谁啊？"

她的嗓音有些中性，平时说话也是粗声粗气，此时用的竟是那种从喉咙里挤出的假声，柔得令人发晕。

司雨有些惊讶，朝门口一瞥，顿时惊呆了，雷耀怎么来了？

主管正坐在空桌边看大家干活，看到雷耀后也站了起来，在商场摸爬滚打了多年的她早已练就了一双富贵眼，一眼就看出雷耀身上的衣服不是平常货，气宇也不像寻常人。

"我是来接我妻子的。"雷耀朝她微微一笑，"不知道会不会耽误你们的工作。"

"不会不会，当然不会。"看到雷耀对她笑，主管的魂儿都要飞了。一来是因为雷耀太过英俊、光彩夺目，二来是因为她看到了雷耀的手表竟然是超过一百万元的瑞士名牌！

听雷耀说是来"接老婆"的时候顿时一阵骚动，大家纷纷用骇然的目光打量着周围的同事，最后都把怀疑的目光集中到了司雨身上。虽然她看起来不太像，但是只有她的背景还不完全清楚。

在一片怀疑的目光中，雷耀旁若无人地走到了司雨的面前，笑嘻嘻地挽起她的胳膊说："走吧！"

司雨下意识地挣脱了他的手，大家的目光让她感觉非常窘迫，她用嗔怪的语气说："你这是干什么啊？"虽然是嗔怪，她依然没敢拉下脸，态度还是暧昧的。

雷耀还没有回答，几个女同事就露出了义愤填膺的神情，大概在她们看来，司雨这样简直罪无可恕。司雨被她的眼光刺得难受，感到更加难堪。

"我来接你啊，已经很晚了。"雷耀笑嘻嘻地说。

听到这么不着调的话司雨哭笑不得，她下意识地看了主管一眼："可是工作还没结束啊？"

"没事儿，你先走吧！"此时的主管竟然非常亲切，甚至还有些谄媚，"你老公来一次也不容易，看样子你们是新婚吧？多聚聚也是情理之中。"不管是哪个商人都无法预知自己的生意日后会发展到什么程度，也就是说一切皆有可能。因此不管是哪个行业的贵人，他们都会尽量结交，因为保不准哪天会需要和他合作。主管已经从雷耀的身上嗅到了利益的气味，自然会下意识地开始讨好雷耀了。

司雨不好再说什么了，只好红着脸跟雷耀走。雷耀微笑着挎起她的胳膊，忽然看到她的胳膊上套了一个护袖，顿时皱起了眉头："这是什么？"

　　"护袖啊？"司雨感到匪夷所思，雷耀还能不认识护袖？殊不知雷耀的意思不在这里。

　　"这东西看起来又脏又破，以后别戴了。"雷耀竟把她的护袖撸下来扔进了垃圾桶。

　　"哎呀……"司雨又急又窘，因看到雷耀拉着脸，不敢多说什么，下意识地朝孙翔递了个歉意的眼神。雷耀随着她的目光看过去，看到孙翔一脸愤怒，顿时明白了，冷笑一声拉着司雨就往外走。

　　出了部门，刚到大厅，司雨就小声抗议起来："你刚才有点儿过分啊，那个护袖是同事借给我用的，你这么做太伤人了。"

　　"就是要伤他！"雷耀愤愤地说，"难道你没看出来吗？那家伙觊觎你。"

　　"呃？"司雨呆住了，她盯着雷耀看了几眼，一阵紧张一阵欢喜。雷耀是在吃醋吗？这么说她在他心里很重要喽！可是她没看出来孙翔对她有什么不轨之心，他是不是误会了？

　　"我跟你说，千万要远离那条小狼狗。我一眼就能看出来，他不是好东西。别看他装出一副道貌岸然的样子，都是有目的性的……以后不要再跟他说话，也不要接受他的任何东西，明白吗？"

　　因为他的语气有些严厉，司雨有些发怵，但还是小声地抗议："可是我看孙翔不像那么坏啊，你是不是误会了？"

　　"误会又怎样？"雷耀竟轻蔑地一笑，"不管他有没有不轨之心，你都不能再理他！"

　　"你这浑蛋！"身后忽然传来孙翔的怒吼。

　　司雨骇然回头，赫然发现孙翔一脸怒火地站在他们身后。糟了，孙翔大概是在意雷耀会说他什么，跟了出来，结果正好听到雷耀那伤人的话。

　　"你这浑蛋！凭什么瞧不起人？有钱了不起啊？！"孙翔冲向雷耀，挥拳要打他。见到这种情况雷耀既不惊慌，也不惊讶，冷笑着挡住孙翔的拳头，另一只手把司雨推向一旁。

　　他并不是故意要推搡她，只是让她远离战团而已。他用的力道也恰到好处。其他跟在后面的同事看到这种情况连忙跑了过来。他们聚集得如此迅速，以至于司雨再想去劝架时已经挤不进去了。

孙翔又跳又吼，看起来很犀利，实际上却落在下风，他根本打不过雷耀。主管怕孙翔伤了"贵人"，拉架也格外卖力，却不慎遭到误推，孙翔这一下本来是想推雷耀的，却不巧推了主管，力道相当大，把她推倒在另一边。

司雨正巧看见主管要倒在地上，赶紧拉她，却因为差了数厘米，只拉住了她的衣服。

"嚓！"司雨先是感到一大股力从手上传来，接到手中却轻了。

大家忽然齐齐地抽了一口冷气，连雷耀和孙翔都不打了。司雨赶紧往地上看了看，顿时吓得连惊叫都忘了。主管嘟着一身肥肉扑倒在地上，而她的上衣，竟然在司雨手里！

主管还不知道发生了什么事，茫然地爬起来，忽然感到身上凉飕飕的，低头一看，顿时抱着胸口尖叫起来。她这个动作像极了被非礼的少女，周围立即爆出一阵哄笑。

主管惨叫着把衣服从司雨手中夺过来裹上，脸红得像火炭。

"赶紧走吧！"雷耀不失时机地把司雨拖出公司，一边走一边笑。司雨呆呆地跟着他走，脑子已经乱成了糨糊……

司雨一回家就瘫倒在床上，把身体埋进被子里。很多职场书里记载了各种职业自杀的方式，而她这种方式绝对是最登峰造极的一种：在众目睽睽之下扒了主管的衣服，简直可以上头条了！

她就这样躺到了第二天早上，雷耀瞥见她把自己裹得像个大蝉蛹，被逗笑了："你这是干吗？有那么严重吗？"

"当然严重了。"司雨把头从被子里伸出来，"我现在都不知道接下来该怎么办。"

"什么怎么办？我已经帮你解决了。"雷耀不以为然地说。

"什么？"司雨惊讶而又期待地坐起来。

"是啊。我已经帮你向那位主管辞职了。她还挺爽快，直接就同意了。"

"什么？"司雨差点儿从床上跳起来，"你怎么可以帮我辞职，我好不容易才找到这份工作！"

"没什么吧。"雷耀竟还是不以为然，"你又不靠那份工作吃饭。"

"我是不靠那工作吃饭，可是……"说到这里司雨噎住了。因为她发觉雷耀对她的工作的看法和她的根本不一样。

雷耀见她的脸涨红了，赶紧换了一副态度，用半是抚慰半是劝说的语气说："其实这也是没办法的事情，大家都看到你在众目睽睽之下扒了主管的衣服。"说到这里雷耀忍不住笑了起来："我都担心你要继续去上班的话，那个主管会不会暗杀你。"

司雨哑然了。

雷耀看着她，目光开始变得复杂："还有那头小狼狗，你要相信我，我是男人，知道男人心里在想什么。我告诉你，不管男人送你什么东西，其最终目的都是要占你的便宜！"

他这话说得损，司雨笑了笑，却更觉沉重，苦着脸不再说话。雷耀知道她还是想出去工作，便宽和地笑了笑："我不是不想让你出去工作，只是觉得以你的才干，窝在那种小公司，实在太屈才了。这样吧，我介绍你到我朋友的公司。他现在是设计界备受瞩目的设计师，你在他那里工作远比以前的公司好。你先在家休息几天，我下周就介绍你去，好吗？"

司雨赶紧笑了笑，表示答应。如果再不理睬，就显得不识时务了。雷耀不仅支持她出去工作，还好心介绍她去大公司，她只能同意。但是，不管雷耀做得多么周全，新公司的前景多么良好，她心里都有些不舒服。她能感觉到，雷耀昨天是故意到公司惹事的。也许他是想弄坏她和同事的关系，让她无法再干下去。现在即使要给她介绍工作，也是要把她置于他的控制之下。难道他是对她关心过度，怕她在人生地不熟的地方受欺负吗？司雨真的希望是这样，但是事实并非如此。他似乎就是不愿意让她离开他的掌握，似乎想要彻底操控她。想到这里她的心里忽然涌起一阵迷乱：他为什么要这么做？他对她似乎并不怎么在乎的。司雨接着便对自己充满了鄙视，把最爱的人彻底束缚在自己的操控范围，似乎只是言情小说里的男主角的做法吧！她怎么这么不长进，二十七岁了还是这么幼稚的想法。可是如果不是这样，他的目的又是什么呢？

司雨忽然感到了一种异样的寒冷，不由自主地抱住了肩膀。她竟开始怀疑和雷耀的婚姻是不是一开始就是一个阴谋。这个想法很可怕，以至于司雨自己都不敢继续想下去。她找了杯茶大口喝下去，把自己刚才的想法也随着茶水吞咽了，接着便开始憧憬自己未来的工作，或许很不错呢！

实际情况与想象总是背道而驰，雷耀给她找的工作，竟是一个白拿薪水的闲职。她一来公司，雷耀的朋友就把她带到一间办公室"供"了起来，每天只是让她喝茶、看报纸、上网、打游戏，还许诺她可以随意离开。面对这份工作司雨简直欲哭无泪，却又不敢说什么，这份工作是雷耀给她找的，而且是很多家庭主妇很青睐的工作。雷耀已经做得这么周全了，她要是再说什么，岂不是太不识抬举了？她对雷耀不仅感到隔膜，甚至还有些害怕。

　　司雨在办公室待了半天便觉得闲得发毛。只好看公司精英们的设计，也看到了老板凌思杭，也就是雷耀朋友的作品。

　　果然如雷耀所说，凌思杭是个设计天才。他设计的服饰式样简洁、线条朴拙，却有种难以言喻的魅力。那感觉就像《红楼梦》里的一句诗：淡极始知花更艳。历来能返璞归真、大拙之中显大巧的都是大家。司雨不由自主地对他萌生了崇拜之情，很想向他求教，却一直不敢开口。一来是因为她和他不熟，二来是因为他的工作太忙，三是因为他的脾气似乎不太好。

　　也许艺术家们的情感太丰富细腻，情绪也容易波动，凌思杭给人的感觉就是很容易被激怒，甚至有点儿喜怒无常。司雨经常看到他对着下属大吼，不敢轻易造次，虽然她知道凭雷耀的关系，凌思杭不会对她怎么样，但若是凭此去骚扰人家，就有些无耻了。司雨每次看到他脸色凝重时总会下意识地让到一边。

　　今天凌思杭的脸色异常凝重，像是在苦思。司雨不动声色地站在一旁，想"平静"地和他擦肩而过。凌思杭却猛地停住了，拿起一张纸放到窗台上，竟就在窗台上写写画画起来。

　　司雨吓了一跳，苦笑着走进了不远处的办公室，抬起头偷偷地看他。虽然她经常听说，真正的艺术家创作时是不管时间和地点的，但还是第一次真看到有人这么做。凌思杭表情冷峻地在纸上写写画画，表情就像暴风雨来临前的天空，就在快要电闪雷鸣的那一刻，动作戛然而止，就像一个快速运转的机器人忽然断了电一样。

　　司雨下意识地吸了口冷气，知道他下一步肯定要发疯，果然见他猛地把纸揉成了一团，狠狠地掷到了地上，瞬间转身就走，鞋底把地面撞击出巨大的声响。

　　等他走远了司雨才敢走出来，她朝凌思杭离开的方向看了一眼，确认他已经走远了才把那个纸团拿起来。即使知道可能是失败的作品，但她仍想看看是什么样子。

这是个戒指的设计图，出乎司雨的意料，这个设计并不失败，甚至可以说是非常好，不知道他到底是因为什么大发雷霆。司雨撇了撇嘴，仔细地欣赏他的设计，忽然觉得他的设计有几处似乎可以再改动一下。她完全是出于好玩的心态，把设计图拿回屋子里捋平，思忖着在上面慢慢地改动，她绝不敢认为自己能在设计上胜过凌思杭，只是单纯地想把这个戒指设计图改得更好看一点儿而已。即使改好了之后，她也不会拿出去给别人看。

第十八章　崭露头角

然而要把这个设计改得更好谈何容易，司雨试了几次，发现自己改得更难看了，赶紧收敛起好玩的心态，全心全意改起来。她时而埋头苦改，时而苦苦思索，在试了无数遍之后，终于"似乎"改得好看了一些。司雨长长地舒了一口气，放下笔抬起头来，忽然发现凌思杭站在她的身后！

司雨差点儿把设计图扔了，凌思杭的一双眼睛只盯着设计图，见司雨已经完成了，便不客气地把设计图拿过来，放到眼前细看。

司雨又惊又慌地看着他，不敢呼吸。凌思杭直直地盯着设计图，脸上的神情剧烈变换，不知是喜还是怒。司雨偷偷地瞄着他，下意识地想要溜走。然而就在她准备起身开溜的时候，凌思杭慢慢地把设计图放了下来，朝她微微一笑："你很有天分啊！"

"啊？"司雨以为不管是喜是怒，凌思杭总会有剧烈的情绪表现，没想到他竟然只是淡淡一笑。

"没有，我只是随便改改。"司雨赶紧谦逊地说。

"随便？"凌思杭笑了，"随随便便都可以改好我的设计，要是认真设计还不把我彻底干掉了？"

"不，不是……"司雨的脸一下子红了，尴尬和慌张得不知道该如何是好。

还好凌思杭只是开玩笑，他又盯着设计图看起来，眼里洋溢着兴奋的光彩。

"太棒了，真是太棒了……"凌思杭神经质般地自言自语，反复了几次之后问司雨："我可以用你的设计吗？"

"当然，我是你的雇员啊！"司雨赶紧说，之后却觉得怪怪的。她是这里的雇员，应该通过做事才能拿工资，这是一开始就应该确定的，她却隐约觉得自己和凌思杭今天才确认。

凌思杭兴奋地拿着设计图走了，司雨期待地等待着音信，没想到他就此便杳无音讯。司雨也不敢去问，只是想当然地觉得自己的设计大概没派上用场，之后更加"老实"地窝在办公室里。她拿着纸笔，开始随意设计，画了大量的戒指设计图，画完之后重重地吁了口气，忽然发现凌思杭又站到了自己身后，再次被吓倒。

见她如此，凌思杭调皮地笑了笑，搬了张椅子坐在司雨的面前，然后在她惊疑不定的目光中轻轻地吐了一句："你那份设计帮了大忙，在新产品发布会上很受欢迎。"

"呃？"司雨顿时又是惊喜又是错愕。

看到司雨错愕的表情凌思杭很惊讶："你不知道吗？"

司雨的脸一下子红到了耳朵根。是啊，她不知道。因为她被凌思杭特别"保护"，公司里的人也都当她是"贵人"，对她敬而远之。既然没有人跟她聊天，她也不知道公司的网页和 QQ 群，怎么可能知道公司发布了什么新产品，以及新产品的反响如何呢？

凌思杭倒没有在这个问题上停留太久，拿起司雨的新设计仔细端详，司雨立即充满了期待，等着他夸奖自己。

这次凌思杭的表情依然是淡淡的，注视着司雨的设计久久不予置评。终于，他抬起头朝司雨微微一笑，忽然把司雨的设计揉成了一团，扔进了垃圾桶里。

司雨僵住了。

"这些设计不怎么给力。"凌思杭深不可测地笑着，"看来你还是个受到启发才能施展才华的人啊！"

司雨顿时感到又尴尬又委屈，同样也感到不服气。

凌思杭看出了司雨的想法，笑着说："没关系，这是很多大师必经的阶段。"

边说边拿出一副耳环，递到司雨面前，"这是一个样品，我们公司的一位设计师做的，但我总觉得上面少了点儿什么，你能帮他补充一点儿吗？"

司雨赶紧把耳环接了过去，放到眼前仔细看。这个耳环其实非常漂亮，但经凌思杭提醒司雨也觉得好像少了点什么。越是好的设计就越能激发人挑战的欲望，司雨的目光几乎要在耳环上擦出火花来。

凌思杭微笑着看着司雨专注的样子，悄悄地退了出去。司雨盯着耳环看了一会儿，把式样描摹到图纸上，接着便着手改，然而要改好谈何容易？这个设计是把云朵和月亮的形状抽象化地组合在一起，包含了自然的平衡和美感，如果轻易在上面乱加乱改，说不定会破坏其中的平衡，整个设计就毁了。

司雨盯着设计发怔，很快便焦头烂额。其实这个耳环的设计并不比凌思杭的高明，但艺术就是这样，有时候灵光一闪，轻易就能达到很高的标准，有时怎么苦思都挤不出好的东西，司雨现在显然是属于第二种情况。然而她并没有放弃，而是盯着设计苦思冥想，很快到下班时间了，凌思杭悄悄地走来，见她仍在埋头用力，没有打扰她，又悄悄地离开了。

又过了几十分钟，司雨的脑汁彻底耗尽了。她很有挫败感，准备放弃，于是沮丧地站起来，随意地拿着耳环转圈，忽然感到耳环边缘多了什么增色的东西，赶紧停下来。

啊！耳环正对着窗台上的花盆，几片花瓣从耳环后面伸出头来。

司雨的脑中顿时来了灵感，她立即低头画了起来。她把花朵的元素加进去，体现了自然的美感和平衡。

这次她只用了十几分钟就设计好了。她捧着设计稿，喜滋滋地跑到凌思杭的办公室，发现他已经不在了。司雨这才发现天色已暗，原来早已经过了下班时间。司雨笑着叹了口气，小心翼翼地把设计稿放进抽屉里，准备第二天交给他，然后便拿包回家。

司雨到家的时候雷耀已经在家了，正背对着门用不快的语气打电话。司雨本能地想要避开他，他却无意一回头，正巧看到了她。

"你怎么现在才回来？我还打算去接你呢！"雷耀挂了电话，一脸不悦。

司雨讶异地看了看桌上的钟表，不就是迟了几十分钟嘛，他犯得着这么紧张吗？

"今天凌思杭让我做了个设计，我不够专业，加了一会儿班才做完，所以回来晚了些。"司雨小心斟酌着措辞，雷耀的反应实在太奇怪了，她根本不知道他在想什么，也无从揣度自己该说什么。

"什么？他竟然让你干活？"雷耀皱起了眉头，拿起手机便按下了重拨键，看他的样子，他应该是要去找凌思杭的麻烦。司雨看到他按下的是重拨键，难道他刚才就是在给凌思杭打电话？

"你别这样！"司雨赶紧夺下电话。

雷耀讶异地瞪大眼睛，脸上也现出了愠怒。

司雨这才发现自己太冒失了，顿时涨红了脸。事已至此，再嗫嚅已经没有意义。她咬了咬牙，索性直说了："你不要这样，我作为他们公司的员工，干点儿活很正常，你这样做既不合情也不合理啊！"

雷耀脸色一变，晦涩地笑了："可是他也不能让你这么晚回来啊，你虽然是他那儿的员工，也只应该在上班时间内工作，不是吗？"

司雨重重地叹了口气，抬头盯向他的眼睛，这还是第一次这样和他对视："其实，我知道你怎么想的，你根本就不想让我去干活的，对吗？"

雷耀的脸色变了，还想辩解："我只是……"

"我理解你的想法，你有这种想法也很正常，的确有人只是想找个能拿钱的闲差。但我不想那样，我出去工作是想为社会创造价值，再实现自己的价值，希望你能理解我。"司雨鼓足勇气说出自己的想法。

雷耀一直静静地听着，脸上的表情晦涩不明，最后还是笑了："我明白了，以后随你怎么办吧！"

"是吗？"司雨大喜，却又不敢相信，红着脸嗫嚅着问，"你真的是这样想的吗？你不生气？"

"我干吗要生气？我老婆很有志气，我应该很高兴才是，不过……"雷耀笑得很灿烂，忽然走到司雨面前，又似郑重又似开玩笑地对司雨说，"不过你下班后一定要准时回来，你晚上的时间是属于我的，你可以出去工作，但不可以损害老公的利益哦！"

这句话听来像是甜言蜜语，司雨听后却感到怪怪的：你就这么想和我在一起吗？可是你晚上又不碰我，把我叫回来做什么？

第二天司雨把设计交给凌思杭看了，凌思杭看了后仍是未置可否，又给她派了新任务：按照这种风格，设计一套首饰出来。司雨很高兴，这代表凌思杭认可她的设计了，心里却非常忐忑。设计一副耳环就很困难了，还要设计一套首饰，她能胜任吗？

司雨回办公室就开始苦思冥想，拿着笔在纸上不停地画，还好月亮、云朵和花朵搭配的基调已经确定了，比凭空设计要好搞得多。司雨一直忙到了中午，她已经把整套设计的重头戏——项链完成了一半。她舒了一口气，到楼下的餐厅吃午饭。

餐厅里供应的就是那种上班族常吃的饭菜，司雨按自己之前的习惯，点了一份素菜、一份荤菜和一份清汤。她刚把一勺清汤送到嘴里，就听到旁边一声坏笑："这么简朴啊？"

司雨差点儿把汤喷出来，又是凌思杭。这家伙走路怎么没声啊？不对，应该是他怎么老是一声不吭地潜到她身边再忽然说话，吓人玩儿啊？

"我还以为你会去大饭店吃饭呢，没想到跑到这里吃这些东西，你别吃了，我带你去饭店。"说着，凌思杭就用眼神催她站起来。

这些东西？司雨下意识地看了看自己面前的饭菜，她没觉得这些东西哪里差啊？

"我吃这些东西挺好的。"

"跟我走吧。"凌思杭撇了撇嘴，"昨天你回去得晚，雷耀已经打电话找我麻烦了。如果我今天再让他爱妻的胃受罪，他肯定饶不了我。我们的友情现在可全靠你来维系哦，就给我点儿面子吧？好不好？"

他把话已经说到这份儿上了，司雨也不好再说什么。她迟疑着站起来，忽然想到自己离开后，这些饭菜就被倒掉了，赶紧朝四周看了一圈，看到餐厅的清洁工正坐在角落里啃干馍和咸菜，便把餐盘端到她面前。

司雨只喝了一口汤，其他饭菜都没有动，清洁工自然愿意接受。凌思杭一直静静地看着，等司雨回来后微笑着问她："你怕这些菜浪费了？"

"是啊，现在还有好多人还吃不饱肚子，胡乱浪费的话我的心里会不安的。"司雨朝他偷偷地瞥了一眼，又朝清洁工看了一眼，"虽然我只吃了一口，但仍等于让她吃我吃剩的，感觉还是很不礼貌呢！"

"那有什么关系？"凌思杭不以为然地说，"她能有这种东西吃，已经很不错了！"

虽然他的话很简短，但司雨还是听出了他对清洁工的歧视，忍不住抗议道："话不能这么说，她只是工作寒微一点儿，并不代表她地位就低下啊！"

"哦。"凌思杭扬起了眉毛，虽然被顶撞了，但似乎挺开心，"对不起。"

司雨这才作罢，忽然想起自己这也是顶撞了老板，赶紧朝凌思杭看了看，见他丝毫没有生气的样子，这才放下心来。

第十九章　好友的意见

凌思杭把司雨带到了一家饭店，让司雨随便点菜。司雨选了个很便宜的菜，凌思杭又是好气又是好笑，自己拿过菜单点了几个高价的菜，然后低声埋怨司雨："你要节俭也不至于这样吧，你这是削我的面子啊！"

"什么啊！"司雨红着脸小声抗议，"我是个新人，还没给公司创造什么价值，吃这么奢侈的中饭，于心不安啊！"

"好吧。"凌思杭半是调侃半是投降地说，"我真是服了你，这顿饭是我个人请你的，不是公司的福利，你好好地吃完，好吧？不要削我的面子，好吗？"

"我当然不会削你的面子。"司雨拿起筷子，吃了一大口菜，"不过你请我这一次就够了，下次可不要再请了，我真的受不起这些，如果你再请我多吃几顿，我都不好意思领工资了。"

"好吧，我彻底服了。"凌思杭彻底无奈了。司雨朝他微微一笑，低下头吃菜。她吃菜的时候也很节俭，每块骨头都啃净，夹菜叶的时候也不挑挑拣拣。凌思杭偷偷地盯着司雨看了一会儿，忽然贼笑起来："哈哈，我现在明白了。"

"明白什么？"司雨下意识地放下了筷子。

"老实说我第一眼看到你的时候很诧异。"凌思杭微笑着凝视着她，"觉得你不像雷耀喜欢的那一种类型，但现在我明白了。"

司雨明白他是说雷耀看上了她的优良品质，对此并没有太在意，她在意的是雷耀喜欢的是哪一种类型？雷耀喜欢什么样的？雷耀之前的女朋友都是什么类型的？

这些话司雨几乎要脱口而出，但还是强行忍住了。

凌思杭察言观色，好像知道她想说什么，笑笑说："你要问什么尽可以问。"

"我没什么可问的。"司雨赶紧往嘴里塞了一口菜。

"你是想问雷耀之前的女朋友都是些什么人吧？没关系，我可以偷偷地告诉你。"凌思杭的脸上掠过一丝促狭。

"不，我不问了。"司雨本想装得很轻松，声音却不由自主地沉了下来，"他和她们的事情，是在和我结婚之前，我不应该在过去的事情上纠缠。"

"哦。"凌思杭的眼里掠过一丝笑意，似乎对她有赞许，却继续用促狭的口吻说，"可是我看你很想知道啊！"

司雨苦笑了一下，往嘴里塞了一口菜："我是很想知道，但是我知道我不该问。"

"哦。"凌思杭微微地点了点头，神情变得有些奇怪，似乎是赞许，似乎是怜悯，也似乎是义愤。不过这种神情很快便消失了，连司雨都没能发现。

吃完饭凌思杭又开车把司雨载回公司，司雨从凌思杭的车上下来，赫然发现自己面对一群异样的目光。司雨知道自己现在应该装作什么都不知道，却不由自主地红了脸低下头，倒真像有什么丢人的事情一样。她仅仅以为员工们是因为她有特殊待遇而看不惯她，殊不知有些人已经想到了其他的方面。

可能因为司雨已经逐渐"上道"，工作进行得越来越顺利。凌思杭时常跑来看她工作的进度，他依然是那样，走路没声，不过司雨已经渐渐适应了他的忽然出现，猛然见到他时不再惊讶。

当然了，没有人可以一直不停地工作。司雨也有发呆和休息的时候，如果凌思杭在这个时候出现，他就会和她聊天，大到国际时事，小到八卦新闻。司雨渐渐发现凌思杭其实是个非常有思想的人，说话也很有趣。再加上他对她的态度也很和蔼，对他的好感便与日俱增，最后竟觉得他像是她多年的朋友。当然也只是朋友而已，司雨的想法始终是端正的。

有一天凌思杭出现的时候恰好司雨在休息，司雨以为他又来找自己聊天，不由自主地露出了笑容。

"快把图纸收一收，跟我出去。"凌思杭知道她想什么，微笑着表明来意。

"呃？"司雨诧异地站了起来，"又要带我出去吃饭？"一开口便发觉自己错了，现在是下午三点，根本就不是饭点啊，他肯定是有别的事情。

"想得美！"凌思杭笑着嗔道，"我要带你出去偷师！"

"偷师？"司雨下意识地看了看自己的设计，忽然有些不安，"要用这个设计上吗？"

"不是。"凌思杭鬼鬼地笑了笑，"准确地说我是需要你和我一起演双簧，反正你到那里就明白了。"

司雨狐疑地跟着凌思杭走了，他开到一家古色古香的银楼面前，把车藏到角落里，压低声音对司雨说："看到了吗？这就是古家祥的店。"

"古家祥？"司雨从来没听说这个名字，又见凌思杭说到他的名字的时候是一副肃然起敬的样子，不由得更是诧异，凌思杭这么看重的人，怎么会没有名气？

凌思杭看出了她的疑惑，眼睛里闪出了异样的光彩："你应该没听说过他的名字，这也不奇怪，因为他的品牌并不是面对大众的，而且也不喜欢炒作。"说着把脸转向银楼，脸上是神往、崇敬和嫉妒的混合神情，"这也正是他厉害的地方，他家一直遵循传统的经营方式，从来不做任何宣传活动，影响的扩大全凭消费者口口相传。他家的首饰全凭手工打造，没有一个雷同的式样，做工也很精细，在上流社会里很受欢迎，他是少有的能让我佩服的设计师之一。我一旦没了灵感就会来这里寻找灵感。哈哈，不过如果让人发现我来这里偷师也是挺丢人的，一个大男人进来盯着柜台看总会让人觉得奇怪，所以我需要你跟我唱个双簧，不介意吧？"

司雨赶紧点了点头，把目光转向银楼，又是惊奇又是质疑。真有那么厉害吗？而且凌思杭的设计是现代和前卫的风格，他设计的应该是传统的风格，看这些东西有用吗？

司雨委婉地问了凌思杭这个问题，凌思杭深不可测地笑了笑，用嗔怪的语气说：`"你啊，所以说你还不够成熟啊。要知道好的设计都是殊途同归的，再说我又不是去抄袭，只是取其意境而已，他的形式如何，和我根本没有关系。"

司雨似懂非懂地点了点头，好奇心更重了，到底是什么样的设计，意境能深到这种境界？能和普天下的好设计"殊途同归"？

司雨跟着凌思杭走进银楼，一进门就闻到了一股古朴的檀香味道，精神顿时一怔。银楼里的柜台也是老式的，已经被岁月磨得圆润润的，散发着温浑的光彩。里面放着一排排的首饰，看上去果然别致。

司雨还没有达到"一眼尽辨优劣"的境界，所以第一眼看去，只觉得这些首饰式样精美，并不怎么扎眼，但静下心仔细看时越看越惊。这些首饰的式样乍一看没什么出奇，仔细看后却发现架构线条无一不妙到了极致，里面意境连绵，灵气无垠，虽然只是一个小小的饰品，却像有各自的宇宙似的，宛然是"一花一世界，一滴一沧海"。尤其是一个祖母绿的戒指，戒托上用白金简约地勾出花草和山石的轮廓，就像山水画中的大写意一样，线条虽简，景致尽现，上面又用黄金丝嵌出线条，使花纹更加立体，中间则嵌着一个碧绿的翡翠。这个翡翠绝对经过精挑细选、仔细琢磨，绿得深不见底，竟隐隐有湖泊的感觉。司雨呆呆地看着这枚戒指，神思在慢慢融化，竟然看到了西湖山水的感觉。

　　凌思杭也在看这枚戒指，无意中看到司雨也在看，不可名状地一笑，对营业员说："把这枚戒指拿出来给我们看看吧！"

　　服务员把戒指拿出来，递到凌思杭的手里，他便朝司雨伸出手去。

　　"你干吗？"司雨一头雾水。

　　"把手拿出来啊！"凌思杭笑着嗔道。

　　司雨一怔，老实说她觉得就这样把手递到他手里有些不妥，但想到现在是在和他演双簧，还是把手递了出去。

　　"这才对。"凌思杭笑嘻嘻地握住她的手，把那枚戒指戴在她的手指上。这枚戒指是死口的，戴在司雨的中指上有些紧，凌思杭便把戒指换到她的无名指上，一面戴一面说："戴戒指也要和手配合好，把皮肤勒紧了可不好看。"

　　虽然清楚他们是在演戏，但司雨仍然觉得尴尬和窘迫。不仅是因为他不客气地握紧了她的手，还因为无名指有特殊的意义。她不善于摆扑克脸，这份尴尬和窘迫很快便显露出来。

　　"真漂亮啊！"凌思杭把她的手像旗帜一样朝营业员晃了晃，称赞道，"真是漂亮啊，就像特意为她做的，是吧？"

　　戒指戴在司雨的手上的确非常合适，白嫩的肌肤和碧绿的翡翠相互映衬，纤长的手指配上戒托的线条也更显秀气。

　　营业员赶紧表示赞同，而司雨听凌思杭如此恭维她，更不好意思了。营业员看了看司雨，她已经怀疑了好久了，终于忍不住了，试探着问他们："请问二位是夫妻吗？"

司雨一惊，刚想讪笑着说不是，却被凌思杭抢先了："是啊，我们是夫妻，刚结婚三个月。"

什么？司雨的下巴差点儿飞出去，一时间只想夺门而逃。天哪，他这是干吗？这戏演不下去了！

营业员半信半疑地看了看他们，司雨顿时脸上发烧，低下了头。凌思杭却泰然自若，他又快速看了看柜台里的首饰，然后把戒指买了下来，大概是想拿回去慢慢研究吧！

"听说你们这里戒指的包装盒也很特殊，是用乌木、花钿或贝壳镶嵌成的，可以给我们一个吗？"

"可以啊！"营业员微笑着回答，眼里闪着欣慰和骄傲的光芒，凌思杭知道得如此清楚，一定也是慕名而来的。

包装盒放在柜台尽头的柜子里，凌思杭等营业员走远，小声对司雨说："这家的包装盒也是艺术品，等会儿她拿来你就知道了，真的是非常艺术！"

司雨根本没心情管包装盒的事情："你刚才干什么啊？怎么能说我们是夫妻呢？"

她本以为凌思杭一定会羞惭地道歉，没想到凌思杭竟是不以为然，依旧笑嘻嘻地说："我不是早跟你说我们在演'双簧'吗？我必须说我们是夫妻啊，你见过哥哥给妹妹买戒指吗？见过父亲给女儿买戒指的吗？哈哈，就算有这样的情况，我们也扮不成，因为我们怎么看都不像父女。"

营业员拿着首饰包装盒回来了，凌思杭立即住嘴，微笑着把包装盒接了过来。的确是个艺术品，古朴的雕刻、贝壳和铜制的花钿巧妙地配合在一起，真是别具匠心。然而司雨却根本没心情再看它，只是斜着眼气鼓鼓地偷看凌思杭。刚才他的话似乎有理，却更像是狡辩。虽然她知道他应该没什么别的意思，也知道艺术家做事往往不拘小节，但仍觉得他的玩笑开得太过火了。

凌思杭带着司雨走出了银楼，司雨下意识地坐到了后面的位子上。凌思杭微微一怔，没有说什么，坐到驾驶位上发动车子。

"给。"司雨把戒指放进包装盒里递给了他。

凌思杭用余光瞟了瞟它，并没有接："你就拿着吧，就算我给你们的结婚礼物。"

"呃？"司雨一怔，拿着盒子的手僵在了半空。说真的，她不想收这个戒指，虽然知道他对她不会有什么企图，但她就是本能地不想收。可是凌思杭说这个戒指不是送给她自己的，而是送给他们夫妻的。她一个人推掉礼物似乎有些不妥。

凌思杭趁她愣神的工夫把戒指推了回去，用央告的口吻说道："拜托，上次你们结婚我没来得及到场雷耀已经生我气了。如果我再不送你们结婚礼物，就要在他面前无地自容了。"

把这个礼物与雷耀和他的友情巧妙地联系起来，真是聪明。如果司雨不答应收这个礼物，似乎就是蓄意破坏他和雷耀之间的友情。司雨没有话说了，只好收了下来。

回家后司雨把戒指拿给雷耀看，雷耀看了后没说什么。司雨把这个戒指连同盒子放进了抽屉里，然后给凌思杭发了个短信，说雷耀已经看过了那个戒指，很满意，并对他说谢谢。她这完全是下意识的行为，却不知不觉地表露了避嫌的意图。如果他送这个戒指是单独向她献殷勤，他的目的已经落空了。如果以后他还想向她献殷勤，她都会向丈夫汇报的。

凌思杭是个聪明人，当然能明白其中的含义。他看着短信又笑又叹气，之后便沉思起来，表情越来越晦涩凝重，不知在想些什么。

之后司雨就对凌思杭生分了，她并没有觉得凌思杭对她有什么企图，但本能地觉得应该和他生分一点儿。虽然这样可能会引发凌思杭的误会甚至鄙视，但她还是觉得有些距离比较好。婚内名节是至关重要而且很容易被破坏的，就算他们之间坦坦荡荡，但若有一些无意中的、似是而非的举动被一些有心人瞧了去，编派出谣言来，也是不好的。

凌思杭似乎领会了司雨的意思，当然也可能是对她有了误会，也和她保持一定的距离。很少跑来找她聊天，很多话也是要员工来传。司雨对此安之若素，不管怎样，这都是利大于弊的。

然而就是因为如此，司雨和其他员工接触的机会也多了。她对他们自然是以平常的态度，她从没把自己当成"贵人"，却惊讶地发现他们突然对她的态度不大正常，似乎他们都在隐藏或者强忍某些情绪。司雨对此大为紧张，首先怀疑他们是不是对她和凌思杭的关系产生了误解。开始的时候司雨十分惊慌，仔细想想却觉得应该不是这个。因为她和凌思杭一起在其他雇员面前出现的时间不多，也没什么不妥的举动落到他们眼睛里，他们应该不会因此怀疑什么。难道因为她得到的特殊待遇？可是这个问题一直都存在，他们的异样情绪也一直都有，他们没有理由突然对这件事感触强烈，到底发生了什么事情？

司雨本想用见怪不怪的方法应对这种情况，希望能"其怪自败"，没想到却是"其怪益怪"。最奇怪的是公司的王牌设计师孙灵，当时司雨一直埋头设计，不经意一抬眼，发现她正站在门口盯着她看。司雨本想和她打招呼，却发现她把半个身子藏在门后，神情也很复杂和诡秘。见她如此，司雨反倒紧张和窘迫起来，干脆继续埋头干活，假装没看见她。孙灵盯着她看了一会儿便走了，不知想干些什么。司雨在她走远后长长地叹了一口气，又是好气又是好笑，心里满腹疑惑。搞什么啊？简直像悬疑片，不，是恐怖片！

第二十章　成功的滋味

第二天司雨依然在办公室里静静地忙碌着。今天有些奇怪，很多员工在走廊里快速走动，有的甚至在小跑。或许是公司里有什么大事吧，司雨并没有太在意，反正她的工作范围仅限于设计。过了好一会儿，外面终于安静了下来。司雨打算重新整理思绪，忽然听到走廊里一串脚步声由远而近，像锥子一样刺着她的耳膜——一听就是那种极细的鞋跟极速行走敲出来的，光是声音就能把人敲死。

司雨厌恶地抬起头，却看见秘书小刘闯了进来，进门就说："哎呀，司雨，你怎么还在这里？哎哟，今天你怎么穿这身衣服？"

司雨被她问得愣住了。

小刘看着她的衣服，一脸焦急和为难。忽然重重地一抹头发，抓着她的手就跑："算了，没办法，来不及了！"

司雨不知道发生了什么事，糊里糊涂地跟着她一路快跑，别看小刘穿着高跟鞋，跑得却是飞快。小刘把司雨拉到一个大厅门外，不由分说就把她推了进去。司雨还没有站稳，就看到眼前一片乱闪。

司雨揉了揉眼睛，赫然发现眼前站了一堆记者，顿时怔住了。

衣冠楚楚的凌思杭从旁边走过来，看到司雨的衣着，竟有种惊骇无比、不敢相信的神情。司雨更是惊诧，下意识地看了看身上的衣着，忽然明白这是新品发布会，她应该穿考究的衣服出席，然而她现在穿着半旧的Ｔ恤和牛仔裤，在记者会上简直是大笑话！怪不得小刘会说"你今天怎么穿这身"。可是没有人跟她说要她参加新品发布会啊！

还好凌思杭只是愣了片刻，之后便镇定如常，微笑着向记者们介绍她。司雨倒没有他这么强的应变能力，脑袋还是晕晕的，更别提开口说话了。所以一直都是凌思杭帮她介绍，说她是公司本季主打饰品的设计者，是极富天赋、前途无量的新秀。

司雨没想到自己设计的那一套饰品竟会成为公司的主打产品，也没想到凌思杭会对她如此盛赞，惊得说不出话来。她听着凌思杭对她的赞誉，本想谦逊几句，实际上她也觉得自己当不起，却不敢开口。她哪知道现在该说什么啊，之前可从来没和镁光灯"亲密接触"过。

产品发布会都结束了，司雨仍没有从因紧张而导致的呆滞中苏醒过来，还是傻傻地跟在凌思杭后面。凌思杭转头发现了她，偷偷地笑了，然后走近她故意绷起脸说道："真有你的，竟然在新品发布会上穿这身，就算你要节俭，也不至于这样出席吧？"

司雨满心委屈，正想开口，却又被他抢先了："不过也好，你这身装束落拓不羁，反而有大师的风范。也许比那些穿着礼服的设计师更能吸引眼球，物以稀为贵嘛！"说完后他嘿嘿一笑，一脸阳光灿烂。

"哪儿啊！"司雨撇了撇嘴，他这句话虽然让她不再那么羞惭沮丧，但也更让她感到委屈，"根本没人告诉我有新品发布会！直到小刘来找我，不，直到我被推进大厅之前，我什么都不知道！"

"什么？"凌思杭惊讶地说，"孙灵没跟你说吗？"

"孙灵？"司雨立即想起了她对自己的诡异窥视，心里"咯噔"了一下，"没有啊，她昨天到我办公室的门口站了一会儿，却没有对我说一个字！"

凌思杭不说话了，表情变得凝重，跟司雨说："我知道了，你先回去吧！"

司雨狐疑地看了看他，想要再问点儿什么，却被他的表情吓坏了，她还从没见过凌思杭的这种表情。她犹豫着朝自己的办公室走，一边走一边回头。只见凌思杭站在原地沉思了一会儿，便朝设计部的方向走去。

司雨本以为自己要过一段时间才能慢慢发现事情的真相，没想到刚过几十分钟便知道了这一切，在公司里，某些事情传得很快。原来，从从属关系上说，司雨是孙灵的部门的员工，司雨修改的那个耳环，正是孙灵呕心沥血半个月的产物。而凌思杭叫她设计的那套饰品——本季的主打饰品，本来也是打算交给孙灵设计的。司雨不仅"抢"了孙灵的工作，狠狠地削了她的面子，还极大地触动了她的地位。孙灵认为司雨简直是踩着她的脑袋上位，因此对司雨充满了愤恨。

　　孙灵是司雨的上级，凌思杭便叫孙灵去通知司雨参加发布会的事情。孙灵对司雨心怀叵测，便没被告诉她，之后还一口咬定自己跟司雨说过，是司雨忘记了，怕担责任才诬赖她。凌思杭相信司雨，把孙灵骂了一顿，据说一点儿都面子没留，把她骂得很惨。听到这个消息后，司雨不仅没有觉得如愿，反而更担忧了。凌思杭这样抬举她，肯定会让很多人看不惯。经过这番折腾，孙灵对她的仇恨只能有增无减。看来她以后在公司得加倍小心，唉，仔细想想还是没后台好。没后台的话只要踏踏实实地干活，在人际关系上稍微注意点儿就可以了，根本不需要像现在这样左思右想、瞻前顾后。

　　为了不再引发不必要的猜疑和怨恨，司雨更是小心地和凌思杭保持距离。凌思杭对此倒也没说什么，可能是他明白司雨的苦心。不过虽然和司雨保持距离，他也没有在工作上"雪藏"她，继续让人交工作给她做。司雨稍稍放了心，便开始着力修补自己的人际关系。然而人际关系并不是想修复就能修复的，她的人际关系变坏的最大原因是她在公司地位的提升。她绝不可能自毁前程来消除别人的不满，就算她自毁前程，也未必会得到大家的谅解。虽然她并没有做什么对不起别人的事，但很多人都觉得她对不起他们。面对这种状况，司雨只好听天由命，顺其自然。

　　坐办公室的人都会偶尔溜下号，跟工作是否努力无关。司雨也在办公室坐烦了，便悄悄溜出来，顺便买根雪糕吃。就在她把雪糕剥去包装纸放进嘴里的时候，忽然听到后面有人大吼："好啊！上班溜号！"

　　司雨大吃一惊，不由自主地一闭嘴，把半个雪糕都咬了下来。而半个雪糕在嘴里实在太凉，她又不由自主地张开嘴，半个雪糕顿时掉在了地上。

　　"哎呀，这……"司雨看着雪糕碎了一地，顿时气不打一处来，"你这是干吗啊？"

她已经知道后面的人是谁了，凌思杭嘛！刚才因为受惊没听出他的声音，现在回过神来了。

　　"还好。"凌思杭哈哈大笑，"你用这种口气跟我说话，证明还把我当朋友！"

　　"呃？"司雨这才反应过来自己刚才嗔怪凌思杭，显然下属不能嗔怪老板。她这样嗔怪他就证明她跟他超出了老板和下属的关系。如果让那群"有心人"看到，不知道又会编派出什么来。她暗骂自己不小心，赶紧摆出自己认为的"安全表情"。

　　一见她如此凌思杭也拉下脸来，颇为委屈，甚至有些愤懑："你这是干什么啊？你把我当成什么人了？"

　　"呃？"司雨倒愣了，"我没把你当成什么人啊？"

　　"你就别装蒜了。"凌思杭又笑又叹，说着指了指街边的一条小巷，"我们找个僻静点儿的地方说话吧！"

　　司雨看了看那狭窄的空间，没有挪步，她本能地觉得应该避嫌。

　　"我的天啊！"凌思杭一副差点儿晕了的神情，"虽然那里是巷子，但离大街也只有几步啊！我在光天化日下能把你怎么样？你把我当成什么人了啊？"

　　司雨脸红了，她真没想到凌思杭会把她怎么样，只是下意识地想要避嫌而已。现在凌思杭既然这样说了，她就不好再推托了。

　　进了巷子后，凌思杭的表情逐渐严肃，看着她叹了口气："我也不绕弯子了，你天天躲着我，是不是觉得我想勾引你、对你图谋不轨？"

　　"呃？"司雨一时间不知道该如何回答。

　　"唉！"凌思杭重重地叹了口气，朝天空翻了翻白眼，"好吧，我承认我试探过你，本以为你会发现不了，其实我一直以为，那种程度的试探，只有不老实的女人会发觉并对此做出反应。没想到却被你发现了，便开始防着我了。"

　　"啊？"司雨怔住了。他有对她试探吗？原来他那些让她觉得不妥的行为不是无心为之啊！他干吗要试探她？他把她当成什么人了？

　　司雨顿时感到了一股怒焰直蹿上头，把脸都烧红了："你试探我什么啊？"

　　"这个嘛，因为我和雷耀是哥们。"凌思杭尴尬起来，挠了挠耳朵，犹豫了半天才说："当然了，因为雷耀家有点儿钱，所以在婚姻上就有些一般人没有的问题。我担心他找了个拜金的、为人又不老实的女人，所以想帮他试探试探。"

"哼。"司雨的脸涨得发紫，虽然她坦坦荡荡，没什么可让凌思杭试探的，但听到这些后仍很生气。不管是谁，发现自己被人猜忌后总会发怒的，"你以为雷耀是那种干瘪老头子吗？除了钱之外没有吸引人的魅力？你也太小看你的好朋友了吧！"

凌思杭苦笑了一下，没有说话。

"还有。"司雨冷冷地瞄着他，决心狠狠地把他痛斥一顿，"你也太高看自己了吧！我说实话你别生气，我们家雷耀哪一点都比你强。你就算要试探我，也该找一个比他强的人吧！"

凌思杭的脸涨得通红，似乎又羞又怒，最后却哈哈大笑起来："说得好，这就是你这种女人的想法。你会说这种话，证明你不是那种不老实的女人。"

虽然知道凌思杭可能是在变相说好话，司雨还是想知道他口中的老实女人会怎样，不老实的女人又会怎样。

"是女人都会这样吧。那些不老实的女人不也是因为对老公不满意才变得不老实吗？有个好老公干吗还要不老实呢？"

"是女人都会。"凌思杭尴尬地笑着重复了一下这几个字，他觉得司雨真是把雷耀捧得太高了。即便如此，他也没有提出异议，只是苦笑着说："不老实的女人是不安于只找一个好老公的。她会广泛撒网，对身边所有有实力的男人示好，这是这种女人的本性，和老公条件好坏是没什么关系的。"

"哦。"司雨没想到世上还有这种女人存在，细想之后觉得非常恶心，对她们也非常鄙视。

"这样的女人其实不少，而且具有欺骗性。"凌思杭小心翼翼地看着她，"大家一直以为那种出身不好或是外表不正派的女性才会有这种品性，殊不知有好多出身良好、受过高等教育、看起来很安全的女性其实也是这样的。我就见过几个……雷耀他别的都好，就是有点儿自负，一直以为自己的选择是最正确的。当然了，我也不认为他是那种会被女人骗的笨蛋，只是他这婚结得实在有些仓促了。我说实话你不要生气，你们认识到结婚，总共才不到三个月，就算是相亲结婚也仓促了些，更何况你们还是自由恋爱，我要是能放心才奇怪呢！"

司雨咬了咬嘴唇，凌思杭说得有道理，但仍为试探她而感到不满："我和雷耀认识好久了！大学时就认识！"

"你们在大学时就认识了？"凌思杭讶异地睁大了眼睛，显然他从没听雷耀说起过。

"是啊，我们是同届校友。"司雨从一开始的理直气壮变得心虚无比，声音也变得像蚊子哼哼一样小。

凌思杭苦笑了一下，他显然觉得司雨的理由很牵强，却没有再说什么。他不再多说了，司雨却不能善罢甘休，他如此怀疑她和雷耀的婚姻，不管怎样她就是不爽："可是就算你是好意，你这样试探朋友的妻子，也不好吧，不是有俗话'朋友妻不可欺吗'？"

凌思杭哭笑不得："拜托，我对你做什么了吗？都是像蜻蜓点水一样，若有若无的试探，将这些行为纳入朋友间的正常互动也不为过！我又不是傻瓜，采取的试探行动都是仔细衡量过的！一般来说，那些喜欢招蜂引蝶的女人才会对这种试探做出反应；一般的女人也许不会注意到；心思细密的女人也许会有反应，但应该不会大惊小怪。"说到这里他尴尬地咳嗽了一下，脸微微有些发红，"没想到你也发觉到了，之后就防着我，简直像封建时代的节妇。"

司雨的脸也红了，仔细想来她也觉得自己有些紧张过度，但仍觉得自己做得对，抗议般嘀咕道："谁像封建时代的人啊，我只是不想惹麻烦罢了。"

凌思杭的笑容凝固了，最后竟变得凝重起来。

"你是个好老婆啊，真的。"他盯着司雨看了一会儿，沉思般地说了这一句，忽然转过身去，"好了，我们回去吧，要是被人发现总经理和雇员一起溜号，那还了得！"

司雨赶紧跟他回去，这一次并没有刻意和他分开走，因为她发现凌思杭真是一个可以成为好朋友的人。既然她和同事的关系也不会好转，为了这些挽不回的人放弃一个好朋友，不值得。

司雨的首饰上市后销量不错，不仅第一批饰品全部卖完，预定的也有不少。他们所在市的多家时尚媒体嗅到了司雨的前途，纷纷转载她的照片。虽然司雨明白这种程度的出名不算什么，但仍觉得自己像个名人，颇有些扬扬自得。虽然她提醒自己低调，没有向任何人炫耀，还是把那些报道"不经意"地拿到了雷耀的面前。当然，她不是向他炫耀，她也不认为自己有资格向他炫耀，她只是想获得他的认可。

第二十一章　醋意与借口

雷耀看了关于她的报道后没说什么，但司雨觉得他很开心，并对她有赞许之意。"得到雷耀的支持"，她更加卖力地充起电来，找自己能找到的一切设计资料来看。然而就在她豪情万丈地准备干一番大事业的时候，雷耀不让她继续上班了。

"为什么？"司雨一脸笑容地看着雷耀，因为事情来得太突然，她根本无法相信雷耀是认真的。

"你不能去上班了。"雷耀面笼严霜，看着司雨的眼睛，一字一顿。

"为什么？"司雨这才省悟他是认真的，几乎要疯掉，想扑过去揪住他的袖管："我做错了什么吗？"

"不是你做错了。"雷耀冷冷一笑，脸上的表情不可名状，"是凌思杭做错了。"

凌思杭做错了？司雨呆住了，脑中立即浮现出她上的那些新闻版面，不禁有了个匪夷所思的猜想："你不希望我上新闻？不喜欢我抛头露面？"

"你胡扯什么啊？"雷耀撇了撇嘴，"我不是那种不开明的丈夫，再说你又不是去当娱乐明星，而是以设计师的身份上新闻的，根本没有任何问题。"

"那是为什么？"司雨哭笑不得地看着他，丈二和尚摸不着头脑。

"你以为凌思杭为什么要这么抬举你？"雷耀从鼻子里哼了一声，"我跟你说过，男人不会轻易送女人礼物的，他之所以这样捧你，是因为对你有企图！"

"啊？"司雨如遭雷击，第一个反应就是怀疑凌思杭对她的试探行为被什么人看到了，编出难听话传到雷耀的耳朵里，赶紧为凌思杭辩解，"不是那样的！他是好意！他是怕你娶到了一个心怀叵测的老婆，才帮你试探我的！"

"什么？"雷耀竟皱着眉头露出了质询的神情。

司雨一凛，接着心里便冰凉一片，把喉咙也冻住了。看雷耀的神情，显然是不知道这件事。

"他试探你？怎么试探你？"雷耀问。

"也没什么。"司雨低下头，躲闪着目光，"只是问了我一些问题。"

"哦。"雷耀的眼珠转了几下，依旧面笼严霜，"即便这样你也不能对他掉以轻心！他可能做出我的好哥们儿的样子来骗取你的信任，等你对他没了防备时再对你不轨！"

司雨觉得雷耀说得很过分，为凌思杭感到愤愤不平，但并没有再说什么。因为她感到雷耀不让她工作可能另有原因，说凌思杭意图对她不轨只是托词，从他质询的表情就可以看出来。可是如果不是这个，他又能因为什么？为什么他不希望她出去工作呢？就好像他要把她像鸟一样关在笼子里！

雷耀见她不说话，以为她被他说服了，便露出了笑容，这个笑容相当僵硬和格式化。"其实我也没想到凌思杭会这么下作。对不起，我一时大意，把你送进了这家伙的公司。"说着搂着司雨的腰，在她脸上轻轻地吻了一下，"你就在家休息几天，过一阵子我再给你找家好的公司，现在我有些忙。"

虽然他的嘴唇是温热的，但司雨觉得他的吻是冰冷的。他的动作也非常程式化，似乎是为了做戏而做戏。即便如此，司雨并没有表露出不快和怀疑，只是僵硬地笑了笑。雷耀稍稍放心了，放开了她。司雨呆呆地看着他的背影，觉得他的背影就像水中的荡漾着的倒影一样扭曲和模糊。

司雨的辞职信是雷耀代递的，他不许司雨再和凌思杭的公司发生任何联系。司雨在家里待了几天，越想越沮丧。忽然想起一件事，顿时慌张起来。凌思杭见她忽然不上班，说不定会去问雷耀原因。雷耀为了让戏演得更像，肯定会对凌思杭倒打一耙，说他觊觎自己的老婆。凌思杭受此无妄之灾肯定会发怒，说不定还会怀疑她对雷耀告了刁状，如果是那样的话，她在凌思杭眼中岂不是？啊！说不定这件事已经发生了，否则凌思杭怎么会一点儿都不问她辞职的原因呢？

想到这里司雨又慌又急，像动物园里的狼在屋里转起了圈子。她该怎么办？找凌思杭说清楚吗？可是如果被雷耀发现她和凌思杭见面，会不会又生枝节？

手机铃声忽然响了，司雨发现是一个陌生号码，顿时一激灵，盯着它看了几秒才接通电话。

"喂？"

"司雨？我是凌思杭。"电话里的声音游移不定，还在下意识地低声咳嗽，"能出来见个面吗？"

司雨犹豫了一下，但还是拿起包奔了过去。她现在非常想跟凌思杭说清楚，也有很多话要问他！

凌思杭选的地方是一个茶馆的包厢。面对这个有点儿暧昧和狭窄的空间，司雨犹豫了一下，但还是坚定地走了进去。一来是因为她相信凌思杭对她并无杂念，二来她一定要问凌思杭问题。

"你来了。"凌思杭见到司雨很高兴，却也带着深深的忧虑，还有种司雨看不懂的情绪。

"嗯。"司雨一坐下就急着向他解释，"雷耀是不是说他怀疑你对我有不轨的意图，才让我辞职的？你不会怀疑我胡说什么了吧？我没有这样说，他这是无中生有！是想我工作，才故意这样说的！"

司雨本以为凌思杭听过之后会非常惊讶和愤怒，没想到凌思杭却很淡定。不，那不是淡定，而是晦涩，他盯着司雨的眼睛，不可名状地笑了笑："这么说，你是觉得我对你没有不轨的想法？"

"这是当然的啊！"司雨被他问得非常诧异。

凌思杭苦笑了一下，脸上漫起氤氲的表情，有嘲讽、懊恼、嫉妒，还有那么点儿自怨自艾，甚至还有点儿义愤。

"你怎么了？"因为凌思杭的表情太复杂，司雨被吓着了。

"没事儿。"凌思杭的复杂神情迅速退去，盯着司雨的眼睛，像要往她的心里注入什么东西，他沉着嗓子说，"如果我说其实我喜欢你，你会怎么做呢？"

"呃？"司雨简直不敢相信自己的耳朵，猛地站起来，又猛地跌回座位，呆呆地看着凌思杭，呆看了许久之后才骇然地笑道，"你是开玩笑的吧？"

凌思杭的脸色灰了，语气变得苦涩和愤懑起来："这么说在你眼里，我喜欢你是不可能的事情了？还是因为你根本不可能喜欢我？"其实他已经明白了，原因显然是后者，因为不可能喜欢他，所以根本就没把他当男人看。想到这里，他已经愤懑得有些凄厉。

"这……"司雨没想到他会这么愤懑，有些不知所措，"这没什么不对吧，我已经结婚了。"说到这里忽然回过神来，顿时愤怒起来："不对吧！你不应该对我有想法！朋友妻不可欺，亏你还是雷耀的好朋友！"

"不是！"凌思杭忽然愤怒起来，像受到了莫大的委屈。他用怜悯和嘲讽的目光看着司雨，就像看一个误入歧途的蠢女人："你不知道，你是不一样的！"

按照常理，司雨也许会以为凌思杭是在说司雨对他来说有特殊的意义，而司雨却雷轰电掣般地感到凌思杭是在说她这个雷夫人的"身份"有些异样。她本想不动声色，却不可抑制地向凌思杭投去了质询的目光——何止是质询，简直像要从凌思杭的心里挖出什么东西。

"你这是什么意思？"

凌思杭一怔，他没想到司雨能如此准确地听出他的话外之音，不禁有些慌乱，但很快便释然了。

"算了，我也不帮他隐瞒了。其实，雷耀他娶你……"

忽然砰的一声大响，雷耀撞开门走了进来。

司雨像座椅猛然变烫一样弹了起来，雷耀径直走向凌思杭，朝他脸上狠狠地挥了一拳。

司雨惊叫起来，她知道雷耀一定很生气，但万万没想到他会一进来就动粗。

凌思杭被打倒在地，嘴边也溢出了血，却一声不吭地爬了起来，竟对着雷耀释然地笑了，一脸的轻蔑和嘲讽。

雷耀没有看他的目光，抓住司雨的手就往外拖。司雨本能地想要挣脱，她想去看看凌思杭的伤势怎么样了，却发觉雷耀的手竟像铁钳一样紧。

啊！她想起来了，那次她和墨清会面，他也是这样用手"钳"住她，一点儿都不怜香惜玉，更不像在对待自己的妻子！

转眼雷耀已经把司雨拽出了茶馆，把她塞进车里，差点儿让司雨的头撞到车顶。

"你怎么了？"司雨又惊又怒。

雷耀没有说话，只是狠狠地横了她一眼。司雨从没有见过他露出这种目光，就像被人用冰冷的刀子在脸上刺了一下。雷耀不可名状地冷笑了一下，坐在驾驶座上发动了车子，到家都没有跟司雨说话。

他越不跟司雨说话，司雨越慌张。一路上她惊恐地看着他的后颈和后视镜里的眼睛——那双眼睛简直像一对冰钉。觉得一股凉气慢慢地从心中升起，正慢慢地冷冻她的全身。

雷耀一直把司雨拖进卧室，反手把卧室的门闩上。

司雨惊恐地朝墙角缩去，今天的雷耀实在太可怕了，比上次还要可怕，她几乎都不认识他了。不过在恐惧的同时，她也感到了少许的轻松和喜悦。因为她知道，那个让她纠结不已的疑问，也许就会在今天得到解答！

"你去找凌思杭做什么？我说过他觊觎你吧，你还去和他见面，难道他不是剃头挑子一头热？"雷耀咬牙切齿地质问她，就像真以为她和凌思杭不清白。

"不是，我只是想找他说清楚。"司雨鼓起勇气直视着他的眼睛，四平八稳地说，"因为我知道你是在诬赖他，目的就是让我不出去工作！"

是的，虽然凌思杭今天向她表白了，但她确定雷耀是不知道的。证据就是他质询的眼神，他的目的就是不让她出去工作！

"什么？"雷耀骇然地笑道，就被人冠上什么搞笑的罪名，"我不让你出去工作？你没有丧失记忆吧？你这份工作可是我给你找的！如果我不想让你出去工作，我会给你找工作吗？"

"那根本不是工作！是你让凌思杭安排我在办公室里闲坐的吧！"司雨盯着雷耀的眼睛，眼中有股蓝焰在闪闪发光，她的思绪已经慢慢捋顺，"你没想到我会在公司里发挥作用，之后还在设计界崭露头角。你为了不让我在设计界继续发展，所以才会以'凌思杭觊觎我'为借口，让我辞职！"

"哼。"雷耀懊恼地冷笑了一下，看来他已经不打算在演戏了，但也仍不愿说实话，"我为什么不想让你出去工作？你倒说说看。"

"这个我不是很清楚。"司雨的脸慢慢充血，因为她知道自己将要触及问题的核心，"但是我觉得，你是想把我牢牢地控制在手心里！"

"我为什么要把你牢牢地控制在手心里？你已经是我老婆了。"雷耀轻蔑地笑了。

"以前我不知道，但是现在我已经知道了。"司雨盯着他的眼睛，身体剧烈地颤抖起来，"你娶我的目的不单纯。"

雷耀脸色剧变，下意识地踏前一步，似乎马上就要失控。

司雨目不转睛地看着他，紧张到了极点。

"哼。"雷耀竟然瞬间冷静了下来，轻蔑地一笑，"是不是凌思杭告诉你的？"

"是凌思杭告诉我的。"司雨盯着他的眼睛，一字一顿地说。

"他对你说什么了？"雷耀依然是轻蔑的表情。

司雨愣了一下，她本想编出一套说辞，却不知她这片刻的呆滞已经暴露了她的底牌。

雷耀的脸色迅速变换了。这个变换很复杂奇妙，似乎有警醒，有忌惮，也有窃喜和狡狯。

"好吧，不管凌思杭跟你说了什么。"雷耀佯装没看出司雨的心虚，"你认为那可信吗？"

司雨咬着嘴唇，没有说话，因为她知道她现在一说话就糟糕。

"我知道你也许对我很不信任，别人说什么都信。"雷耀露出一副嘲讽、愤懑和自怨自艾的神情，"你也许只相信凌思杭的话，因为你喜欢他，希望他说的是真的，如果他说的是真的，你就可以'心安理得'地离开我，并在离婚官司中占据优势，对不对？"

司雨倒抽了一口冷气，下意识地后退了一步。雷耀好厉害，不仅巧妙地转移了话题，还给她下了套。如果她继续以凌思杭说了什么为依据追问他的话，就等于表示她有了外心！而且——司雨忽然觉得一股冷气从后背猛蹿上来，瞬间让全身都麻痹了。在离婚官司中占据优势？他以为凌思杭会对她说什么？难道是可以导致离婚的事情？

"你为什么要这样对我？凌思杭这小子哪一点儿比我好！是因为我没和你圆房吗？"雷耀占据了优势，继续紧逼，说到这里他翻了翻白眼看向天空，一脸嘲讽的神气，"我原以为你可以理解我。没想到……有人说女人这东西，如果没上过就不是你的，果然是这样吗？"

什么？！司雨简直不敢相信自己的耳朵。这种粗俗的话，雷耀竟然也会说？

雷耀看着她惊骇的样子，轻蔑而又愤怒地一笑，忽然一把将她推倒在床上。司雨吓坏了，本能地想要坐起来，却被他压倒在床上。

"你干什么？"司雨死命地推他，却被他抓住了双手。他如此用力，使司雨觉得自己的双手都要断掉了。

"你放开我！"因为愤怒和惊恐，司雨的脸变得毫无血色，"你怎么又对我做这种事？你以为这样就能解决问题吗？你到底在想什么啊？"

"没有办法啊。"雷耀笑着，每当他露出这种神情的时候，他的脸就会变得异常，就像在粉红色的月光下闪闪发光的冰蓝罂粟，"再不用身体拴住你的话，你恐怕就要跑掉了！"

司雨打了个寒战，她似乎从书籍中看到过，很多男人都以为占有女人的身体就能捆住她的心，没想到雷耀也……想到这里她忽然感到异常恐惧和排斥，死命地推雷耀，却根本无能为力。

"认输吧你。"雷耀轻蔑地说。

司雨没有回答，还是死命地挣扎，惊慌之下和雷耀结识后的点点滴滴全都纷乱地从脑中闪过，忽然定格在了一个画面上。

"你不是说你要为你爷爷守孝吗？根本就是胡说八道，对不对！"司雨暴怒地吼道。

"没办法啊。"雷耀竟笑得不以为然，"为了不让你跑掉，我也只有这样了。爷爷在世时最慈善，一定可以理解我的想法！"说着便低头吻住了司雨的嘴唇，他吻得相当用力。

"唔……"司雨被他吻得快要窒息了，想都没想就在他的嘴唇上狠狠一咬。

"呜！"雷耀猛地放开了她，用手背抹着嘴唇。看到手背上沾了一道血丝，顿时暴怒，大声吼道，"你疯了?!"

要是平时，看到雷耀如此生气，司雨早就吓得不知所措了。而今天她却和他针锋相对，因为她已经豁出去了："你就不用再演戏了！别以为这样就能骗了我！你别以为把罪名都转移到我的身上，就可以蒙混过关！你到底对我隐瞒了什么?!请你今天就跟我说清楚！"

雷耀脸上的肌肉剧烈地扭动了一下，正要说什么，忽然听外面有人敲门："雷耀！司雨！你们在干什么？"

第二十二章　可怕的猜疑

是雷朔的声音，原来他们在屋里这么大吵大闹，早已惊动了全家。站在门外的不仅仅是雷朔，还有陈妈和几个用人。

雷耀恨恨地斜眼看着门，嘴边的肌肉因咬牙而深深地凹陷了下去。

司雨如梦方醒，赶紧过去打开门。雷朔见她脸色苍白，衣衫不整，又是惊骇又是怀疑："你们到底怎么了？"

雷耀低着头，一声不吭地从门边挤了出去。司雨看着他离去，怔怔地掉下泪来。雷朔更怀疑了，挥手叫其他人暂时离开，把司雨拉到一边，低声问："到底出什么事了？"

司雨摇了摇头，正要开口，眼泪忽然不可制止地掉了下来，很快便哭得哽咽难言。雷朔的眉头皱得几乎要打结，深深地叹了一口气，把她送回房间里坐下，然后默默地掩上房门出去了。雷朔走后，司雨就不哭了。她踢掉鞋子，坐在床上，抱着膝盖开始了沉思。她也不知道现在自己该想什么，只觉得必须要想。她已经走进了迷宫，得赶快理清思路，找到迷宫的出口，至少找到前进的路径，可是她能找到吗？

当天晚上雷耀没有回来，不知道到哪里过夜去了。司雨睡不着，第二天便挂上了黑眼圈。雷朔看到她这种样子，一脸心痛和愧疚——显然是为雷耀愧疚的，便提出带司雨出去散心，司雨根本不觉得他能帮自己散心，但此时也没事可干，便傻傻地跟着他。

雷朔带司雨去了一家冰激凌店，点了一份叫"美好时光"的冰激凌。雪白的冰激凌和鲜红嫩绿的水果相互映衬，倒也秀色可餐。司雨早就过了见到冰激凌就兴高采烈的年龄，只是漫不经心地舀了一口放进嘴里。

不可思议的事情出现了，冰激凌刚入口司雨就感到全身舒坦，吃到一半的时候感觉就像躺在鲜花丛中，吃完的时候司雨似乎听到了天空中的仙乐。

司雨回过神来的时候，赫然发现自己已经把冰激凌吃完了。而旁边的桌子上，即使是小朋友也只吃了一半。司雨顿时不好意思起来，笑着朝雷朔吐了吐舌头。

雷朔被逗笑了，柔声问司雨："怎么样？心情好多了吧？"

司雨这才发现自己心里的淤积已不那么深重了，身体也轻松了许多，顿时惊呆了，小小的一盘冰激凌竟有这么大的作用？

"这家店是我几年前发现的。哈哈，不怕你笑话。"雷朔微笑着看着司雨，目光深邃而温暖，"我到了这把年纪，还喜欢吃冰激凌。'人生在世，吃穿二字'我以前觉得用这两句话形容人生很浅薄，年纪大了却发现真是这样。人就是这么容易满足的动物。一顿好吃的美味，一件漂亮的衣服，都可以让人高兴许多。以后你不高兴的时候，就来这里吃冰激凌吧！哈哈，不吃冰激凌也可以，只要能给自己找到乐趣。心情不好的时候，不要一个劲儿地往里面钻，而是要想办法朝外面走。人生在世，真正的困难并不多。好多困难都是自己给自己找的，只要不给自己找麻烦，人生就会轻松很多。"

司雨抿着嘴，重重地点了点头。雷朔说的她懂，却无法照着做。其实圣人和普通人的区别，大概就是能不能按道理去做，况且她遇到的事情太复杂、太严重，不是随随便便可以解决的。

雷朔察言观色，知道她的心里还有郁结，带她去钓鱼。他没有带司雨去那种现代化经营的钓鱼场，而是去了郊外的小河边。这条小河是雨水自然形成的，从山上流下来，挟裹自然的尘垢，虽然不那么清澈，但依然可以见底。因为离市区比较远，附近又没有住人的关系，还没有被怎么污染。河底的水草挺拔苗壮，鱼儿也挺精神，见到人来了，好奇地朝河岸潜进，然后又快速地溜走。

雷朔在河边找了两块干净的大石，一块自己坐，一块司雨坐，然后便教司雨上鱼食垂竿，并告诫司雨垂钓时要全神贯注地盯着鱼钩，一旦有鱼咬钩，就要以最快的速度提起鱼竿。

听起来挺容易，司雨便漫不经心地下了钩，很快就走神了，让她烦恼的事情实在太多。就在她脑子里一团混乱的时候，司雨忽然感到手中的鱼竿微微一沉，赶紧提起鱼竿，却发现鱼钩上的食饵已经被鱼吃了。

雷朔哈哈大笑起来，司雨闹了个大红脸，讪讪地重新上饵下钩。这次她不敢三心二意了，全神贯注地盯着标浮。说来也怪，刚才很快便有鱼儿来偷食，这次却许久都没有鱼儿来咬钩。即便如此，司雨也不敢分神。这种下意识地全神贯注很快就变成自觉的心无旁骛，心头一片清明，好不宁静爽快。司雨现在知道雷朔为什么要带她来钓鱼了，原来钓鱼能让一个人的心自然而然地平静下来，甚至可以暂时忘记所有不愉快的事情——司雨忽然有了一种孩子气的想法，那就是如果她的时间能永远定格在这个下午，不用再去顾虑那些乱七八糟的事情，那该有多好。

雷朔全神贯注地钓着鱼，忽然感到肩上微微一沉，转头一看，发现司雨已经歪在他的肩上睡着了，睡得就像孩子一样酣甜，嘴角含着一滴晶亮的口水，手里还紧紧地握着钓竿。

雷朔慈爱而又无奈地笑了笑，把鱼竿轻轻地从司雨的手中抽走，把她抱到车上，让她在后座上继续睡，然后开车回家。为了不让她感到颠簸，他把车开得很慢、很稳，因此天黑后才到家。

雷耀已经回来了，见司雨不在，正急得像热锅上的蚂蚁，见雷朔把司雨从自己的车里抱出来，眼睛顿时瞪得像鸡蛋一样。

雷朔平静地和他对视，把司雨递给他。雷耀怔怔地接过，依然直着眼看他。雷朔假装没看见他的眼神，转身离开了，走出五步远之后，忽然深深地叹了口气。

司雨正酣睡，忽然感觉身上有些异样。她迷迷糊糊地睁开眼，赫然看见雷耀正在脱她的衣服，顿时坐了起来："你做什么?! 还想做那种事吗?"

雷耀停住手，鄙夷地冷笑着说："不想让我检查你的身体吗?"

"检查身体?"司雨本能地抱住了身体，"我为什么要让你检查?"

"为什么?"雷耀的眼中射出了异样的光芒，抖动着肩膀冷笑了几声，忽然大吼起来，"你别跟我装蒜!你今天跟老头子出去做什么!?你跟他做什么了?"

"什么?"司雨呆了几秒后才醒悟"老头子"是指雷朔，又听雷耀竟然怀疑她和雷朔的关系，顿时从床上跳了起来，"你在胡说什么?!他可是你的爸爸啊!"

雷耀没有理她，瞪着她逼近一步，眼中几乎要戳出刀子来："你今天跟他出去做了什么?!"

"什么啊?!"司雨又惊又怒又委屈，脸已经涨成了猪肝色，"他见我心情不好，带我出去散心而已！"

"他为什么要带你出去散心？"雷耀显然不相信她的话，嘲讽地大声冷笑，"既然是出去散心，为什么被他抱着回来了？"

"那是我钓鱼的时候睡着了！因为你的事，我昨天晚上一夜没睡！"司雨觉得自己的胸口涨得几乎要炸开了，"他是你的爸爸啊！对我来说就跟我的爸爸一样！我并没有觉得这有什么……"

雷耀像听到了什么荒谬的说法一样哈哈大笑，笑声中充满了怒意："我还是第一次听说公公就等于爸爸的……哈哈，如果儿媳妇都像你一样不知道避嫌，那普天下的血统恐怕都要混乱了！"

他这话讲得很隐晦，实际上却非常难听。司雨听了之后几乎要吐出血来："雷耀，你听听你这话，你说的还是人话吗？你这是对我们的侮辱，你侮辱我倒还罢了，你怎么可以这么侮辱你的爸爸？"

雷耀没有理她，上前一步揪住司雨的领子，目光直戳到她的眼睛里："说！你是不是觉得在我这里不受宠，才转而勾引老头子?！老头子没羞耻，就这么欣然接受了，对不对?！"

司雨几乎要晕过去："你怎么可以这样说我？你太过分了！"

"哼。"雷耀轻蔑地一笑，"像你这样的女人，不就应该是这样的吗？"

司雨怔住了，倒不是因为气怔的。雷耀无意中透露了一个重大的隐情，这个隐情是如此可怕，让她的整个身体都战栗起来。

"什么叫'我这种女人'？"司雨直着眼盯着雷耀，"你以为我是什么样的女人？如果你认为我不好，你当初为什么要娶我？当初你说因为我具有传统美德，难道全是谎话吗？"

雷耀的脸色剧变，就像被呛到了一样剧烈地咳嗽了几下。司雨觉得眼前一黑，回过神时发现自己已经瘫倒在地上。雷耀的神情告诉他，她猜中了！

雷耀紧张地看着她，此时才真正紧张起来，简直有点儿无法自处。然而即便如此，他还是很快冷静了下来，正准备说些什么，忽然又听见有人敲门。

雷耀把门打开了，站在门口的又是雷朔，绷着脸问他："怎么回事？怎么又吵成这样了？"

雷耀脸上的肌肉剧烈地痉挛了一下，低下头挤了出去。雷朔疑惑地看了看司雨，司雨也低下头来。她的心已经沉入了黑暗的谷底，什么都不能说不能做了。

雷朔见她这样，知道在这种情况下也问不出什么，便又掩上门去了。在关门的刹那，无比怜悯地朝司雨看了一眼，似乎有很多话要说，却又什么都没说出来。

大家都走后，司雨忽然觉得自己很奇怪，此时她的心情莫名其妙，就那么空白，而且不管自己干什么都觉得不对劲儿。她蹒跚着爬到床上，感觉自己的身体似乎空掉——没有骨骼，没有肌肉，没有血液，只有薄薄的一层死皮。按理说她心里这么难受，应该是睡不着的。然而不知是因为痛苦过度没了体力，还是因为连日来疲劳太过，她竟晕晕地睡着了。

这一觉睡得同样很沉，却睡得不畅快。不知过了多久，司雨睁开发涩的眼睛，发现外面已是日上三竿，下意识地动了动身体，发现自己骨头里都透着胀痛。

"你醒了？"雷耀微笑着走了进来。今天他的笑容是那么温柔，那么温暖，简直像初冬的太阳，和昨天那凶巴巴的他简直判若两人。

司雨恍惚地坐了起来，忽然感到额头上掉下了一个东西，是一片叠好的毛巾。

"你呀你……"雷耀走过来，轻轻把司雨按回床上，"你昨天晚上发烧了！大概是在钓鱼时受凉了，烧得很高，把我吓坏了，快躺下！"

司雨感到一股暖流流过心田，之后却加倍地感到排斥和鄙夷。雷耀是在演戏吧，昨天他的那样子简直要把她吃了，看到她发烧会吓坏？笑话！

雷耀服侍司雨躺下，摸了摸司雨的额头，放心地笑了笑，把毛巾放到不远处的水盆里，又出去端了一碗汤来。

"来，张嘴。"雷耀舀了一勺汤，小心地吹了吹，递到司雨唇边。他的举止间饱含爱意，似乎就是一个爱司雨爱得很深的好丈夫。

司雨下意识地咽了口唾沫，虽然他以前也曾刻意讨好过她，但今天的他非常不一样。他喂她喝汤的样子非常魅惑，和以前那气质内敛的样子大不相同。这证明他已经使出了浑身解数，对她刻意地魅惑。

司雨张口喝下了这勺汤，脸也不由自主地红了红。没办法，她抵挡不了这个。再说，她现在身体不适，她也不想和他再翻脸。

鱼汤刚入口司雨就惊呆了，这鱼汤非常鲜美，不是陈妈她们可以做出来的。

雷耀看出了她的惊讶，高兴地笑了："惊讶吗？这是我自己做的。"

司雨更吃惊了。

"哈哈，没想到你的丈夫这么会做菜吧？"雷耀笑得更魅惑了，又舀了一勺汤递到她的唇边，"这种做法也是我自己研究出来的，这道汤还有个名字，叫道歉汤哦！"说到这里，他的声音忽然变得异常温柔和富有磁性，迷迭香一样朝司雨罩了过来："就以这个为契机，原谅我吧？"

司雨没有说话，张口把汤咽下去，脸色晕红，无比旖旎。然而不管她显得多忸怩，她心里还是明白的。雷耀现在依然是在演戏，和昨天的戏还是连着的，或者说是对那出戏的补救。

"对不起。"雷耀以为司雨被感动了，赶紧趁热打铁，做出一副羞惭却又委屈的样子，这个表情非常到位，"我知道我昨天表现得太恶劣了，真的是很恶劣，我知道也许我不该给我自己找理由，但是我还是希望你能听我解释一下，好吗？"

司雨默默地点了点头，轻轻地垂下眼帘。

"我父亲不是一个完美的父亲。"雷耀略带幽怨、又带点儿尴尬地开始了讲述，"你应该也知道，在他那一代，半途富起来之后都有个毛病，那就是背叛妻子。"

司雨的眼帘微微地颤了颤，老实说她并不感到意外。她早就发现了雷朔和那个女人的合照，也知道雷耀恨他——否则雷耀就不会藏着那张照片了。一个人在对某个人或某种事非常仇恨的时候，总会保留一个纪念品。

"当时我还很小。"雷耀陷入了愤懑之中，脸色灰暗无比，眼睛里却闪着寒光，就像乌云中探出了两点寒星，"妈妈怕我知道后会受到伤害，所以竭力瞒着我，自己却藏在被窝里偷偷地哭，可是我什么都知道，我爸爸第一次有外遇的时候，我就知道了。小孩子其实是最敏锐的，自己的爸爸，对家庭的态度不一样了，我怎么会不知道呢？"

司雨用力咬了咬嘴唇。她可以判定，雷耀刚才说的是真的。那种情真意切的痛苦是无法假装的。司雨感到了心痛，心里也开始混乱。

"我一直留心爸爸的举动，结果令我很是吃惊，成为他的儿子觉得很苦恼。"雷耀的语气开始变得愤怒，也在不知不觉对雷朔换了称谓，"老头子简直是个无可救药的色狼，他做的那些事情，我都不好意思说，比他年轻几十岁的女人他都好意思伸手，而且非常贪婪，简直像集邮票一样！"

司雨咬住了嘴唇，雷耀说这话时的感情同样情真意切，但也不能排除他是为了方便自己圆谎，才故意抹黑自己的父亲——反正雷朔出过轨，反正雷耀恨他。把五十步描绘成百步，在雷耀看来也许没什么。当然，除了理性的因素，司雨不愿相信雷耀的话，也因为雷朔给她的印象很好。她无法轻易相信，那个对她那么慈祥的老者会是这么一个追求皮肤滥淫的人。

雷耀不动声色地观察着她的表情："因为这个，看到你和他在一块的时候我才会紧张过度，虽然我也不认为他是那种连儿媳妇都会伸手的禽兽，但怀疑还是有的……对不起，仔细想想是我太过分了，我不该胡乱怀疑，请你原谅我，好吗？"

司雨咬着嘴唇，迟疑地点了点头。她不相信雷耀的话，如果雷耀真是因为怀疑她和雷朔的关系而发怒，他绝不会转变得这么快。因为这种误会如果找不到证明她清白的佐证，他是不会凭空打消对她的怀疑的，唯一的解释就是他在演戏，要么是昨天和今天一起演戏，要么是今天在演戏。可是他昨天发怒的样子也不像是假装的，如果他真的怀疑她和雷朔的关系，应该绝对不会善罢甘休，他是为什么？

见司雨点头，雷耀舒心地笑了。但从他闪烁的目光中，司雨还是读出了一些许疑虑，心头顿时一沉，看来他也看出她还有疑虑啊！

第二十三章　毒杀

之后的一整天雷耀都在悉心服侍她。如果是以前，司雨一定会幸福得昏过去，但是现在，他越殷勤她却越感到痛苦。他这么做可能是另有目的，想到这儿司雨就痛苦得像要窒息。

因为发烧，司雨出了很多汗，虽然已经退烧，却留下了汗臭味。

她走进浴室好好地洗了个澡，裹上浴巾，朝镜子里看了一眼，发现自己的皮肤红润，头发也黑得有光泽，和那被水汽蒸得水灵灵的眼睛，真是别有

/ 131 /

一番风韵。她看着镜子中的自己，怅然地叹了口气，出来后却发现床上多了一个人，顿时怔住了。

是雷耀，他穿着睡衣，慵懒地躺在床上，见她出来就立即给了她一个灿烂的微笑。

"这是做什么？"司雨怔怔地问道。

"从今天开始，我就要在这里睡了。"雷耀平静地说，还用讶异和揶揄的目光看着司雨，就好像司雨对此惊讶很搞笑一样。

"你不是还要为爷爷守孝吗？"司雨下意识地拉了拉浴衣的领子。虽然她刚才还在叹息自己如此红颜无人爱怜，但发现雷耀要和她同床的时候还是有些犹豫，依旧怀疑他动机不纯。

"我不想再那样做了。"雷耀苦笑着说，"我觉得那样对你不公平，再说仔细想想，我也觉得有些迂腐。"他很聪明，摒弃了那个"怕她跑掉"的说辞，因为那个说辞很容易引发对抗情绪。

司雨咬住了嘴唇，她一时间不知道该说什么。

雷耀趁她犹豫，站起来揽住她的腰，低头准备吻她。

司雨感到心头一阵迷乱，却及时地溜开了："我觉得还是有始有终比较好，尽孝心的事情，要么不做，要么就做到底。你半途而废，好像不太好，如果你因为我中止守孝，我会一直有负罪感的。"

雷耀僵硬地笑了，犹豫了一会儿，还是离开了。司雨慢慢地爬到床上，用被子把自己裹成了个蚕蛹。也许她不该这样的，反正她跟他已经结婚了，现在没人会相信她还是黄花大闺女。她如果不愿和他做的话，也可能激化矛盾，但是她就是不想做，她不想陷得太深。

第二天雷耀对她依然温情脉脉。她却更感到排斥，甚至想要逃开。雷耀看她的目光开始有些疑虑和不耐烦。司雨很是不安，下意识地在他面前缩着肩膀、脖子，这样就不会凸显自己的身体曲线。她知道雷耀一定迫切地想打破现在的僵局，想和她同床。所以她在他面前畏缩一些，也许能阻止他动这种念头。但是如果他刻意想要占有她，她做这些根本没用。真是崩溃，当初她千方百计地想让他碰她，现在却是非常害怕。为什么会有这种逆转？老天爷到底想叫她做什么呢？

就在她东怕西怕的时候，她的汛期来了。司雨松了口气，有了几天的缓冲期，可以让她空出脑子来想一想。

　　然而越是刻意思考，司雨越发现自己走进了黑暗的迷宫，不管是进是退都走不出去。她无比懊丧，走到窗户前发呆。

　　正值傍晚，花园在花枝的掩映下，显得格外氤氲。司雨不去看那些花花草草，只盯着后门发呆。因为她迫切想找到一个出口，忽然看到一个人鬼鬼祟祟地走到了后门边。那个人穿着家居服，头发却盘得一丝不苟，不是雷耀的妈妈还能是谁？

　　司雨顿时想起了她对李不言"外头有人"的怀疑，心立即悬到了嗓子眼儿，身体朝窗帘后缩了缩，却更外卖力地朝后门看。

　　李不言警惕地朝四周看了看，然后轻轻地把门拉开。门外赫然站着一个瘦小的身影，司雨感到全身的血都涌上了头顶，眯起眼仔细一看，却发现那是个矮小的老太太。

　　司雨哭笑不得，暗笑自己紧张过度，正打算移开目光，却看到老太太表情诡秘地递给李不言一个纸包。李不言打开纸包看了看，竟从口袋里掏出一大把钱给她。

　　司雨心里顿时"咯噔"一下，这是什么东西？为什么值这么多钱？难道……司雨忽然惊出了一身冷汗。该不会是什么禁忌的药品吧？难道李不言想毒死雷朔，去和自己心爱的男人双宿双飞？

　　想到这个司雨几乎都要被吓瘫了，她拼命地劝慰自己这不是真的，却见李不言接了药之后径直去了厨房，顿时吓得几乎要晕倒。

　　她不知道自己该怎么做，甚至想什么都不过问，就在屋子里藏着，这显然是不行的。她到厨房的时候，李不言正守着一个砂锅出神。砂锅里飘出浓浓的香味，应该是人参天麻乌鸡汤。看来李不言早就把这锅汤煲下了，也许刚才已经把药撒里面。她不能袖手旁观，但是她又能做什么呢？能大叫大嚷地冲进去，一把把汤锅打翻？或是冲进去把汤锅抢走，送去公安局验毒吗？她既不能确定李不言是否把药撒进了汤锅，也不能确定李不言买的就是毒药，如果不能想个办法验毒，她还真没有办法行动。

　　司雨脑中忽然一亮，有了个大胆的办法。这个办法有些风险，但现在她也顾不得这么多了。

　　"哇，好香啊！"司雨强作镇定，微笑着走向李不言问道，"是乌鸡汤吗？"

"嗯。"看到司雨后李不言竟微微有些紧张。

"哇！这可真不错。"司雨露出惊讶的神情，故意用力嗅了嗅，讪笑着求李不言，"让我尝一口好不好？"

这就是她的计划。如果汤里有毒，李不言一定会阻止她喝。李不言一定还没到丧心病狂的程度，一定不会想多要一条人命。再说，如果她误食了毒汤，出了问题，也一定会打乱李不言的计划。

李不言愣住了。

司雨全身的血都涌上了头顶，真的有问题吗？

"这是药膳，给年老气弱的人服用的，年轻人吃了没好处。再说，这还没炖熟呢！"李不言目光闪烁地说。

司雨咬了咬嘴唇，忽然有些动摇。虽然李不言的表情有些可疑，但她的理由很充分啊！唉，归根结底还是她无法相信李不言会忽然对自己的丈夫下毒手，这类事她虽然在电视上看过很多，但就是无法相信这类事会出现在她的生活里。再说她觉得李不言可疑，是不是因为她先入为主、疑人偷斧了呢？

司雨没有试探出结果，悻悻地退了出来。她不甘心就此退却，在厨房门口藏了一会儿，等李不言端着汤出来，又去厨房检查，看看有没有什么物品遗留在那里。

按照她的经验，人在倒粉末状物体的时候，极可能会漏出一些在容器外。按这种想法寻找，她在锅台上发现了一小撮粉末。

司雨赶紧找了张纸，用筷子把粉末一点点地推到纸上，她怀疑这些是剧毒物品，不敢用手摸。

"哎呀，夫人，你在做什么？"背后忽然有人叫她。

"啊！"司雨刚把粉末弄到纸上，却因为这一惊全都撒了。她气冲冲地回头瞪了一眼，迎接她的目光的赫然是保姆崔梅那黑溜溜的大眼。见到这双纯洁的眼睛之后，司雨想发火也发不出，只好悻悻地退了出去。刚出厨房她就听说雷朔回来了，料想李不言一定会让雷朔喝汤，赶紧赶了过去。

雷朔正在书房里，和李不言面对面坐着。李不言正微笑着从锅里给他盛汤。从她离开厨房到雷朔回来，只有一会儿的工夫，却已经仔细修饰了一下，头发被重新盘过，梳得光可鉴人，脸上化了浓妆，穿了件绣花的真丝裙子，腕上的白金卡地亚猎豹手镯格外醒目。

司雨越发感到诡异，赶紧走了进去。雷朔原本要喝汤，见司雨来了，便笑着跟她说话。司雨和他胡乱聊了几句，就讪笑着夸汤香，要李不言也给她一碗。

她现在必须要验证汤里有没有毒。

"不是跟你说过了吗？"李不言依旧不同意，还是很紧张地说，"这是给老年人喝的，年轻人喝了没好处。"

"可是我馋啊！"司雨笑着，她知道现在自己只能撒娇。

"年轻人馋点儿好，嘴馋身体才壮，我还指望你给我生孙子呢！"雷朔不明就里，呵呵大笑，说着便转向李不言，"她既然想喝，就给她一点吧。中药性子温和，给她喝一点儿，应该没什么大碍。"

李不言僵住了，就在司雨以为她坚决不会让自己喝的时候，她却盛了一碗放到自己的手上。

李不言如果坚决不让司雨喝汤，就能证明汤里有毒。而如果李不言愿意让司雨喝汤，又并不能代表汤里无毒。因为司雨现在跟雷朔同时喝汤，时间差没有了。可是如果他们喝了汤身亡，那就坐实是李不言毒杀他们了，她会这么傻，不给自己找个脱罪的台阶？还是她另有布置？

就在她犹豫不决的时候，雷耀忽然进来了。司雨看见他的表情，就知道他肯定是听人说她去了雷朔的书房，不放心才赶来的。看到他紧张的神情，司雨不由得暗暗地叹气，他的想法果然还没变。

雷耀见李不言也在，顿时一愕，接着又发现这是一家人分汤的场面，赶紧露出笑容。

"哦，阿耀回来了啊！"雷朔笑着招呼他，立即唤李不言给他盛汤，"这是大补的东西，也给他喝一些吧！年轻人现在也很辛苦，也应该补一点儿。"

司雨顿时紧张到了极点，她可不想让雷耀卷进来！

李不言竟盛了碗汤给雷耀。

司雨差点儿失声惊叫，之后却又觉得这是绝妙的证明。没有母亲不疼儿子的，李不言即使恨雷朔恨到了极处，肯定不会连自己的儿子也一并毒死。当然了，这只是正常情况，如果……

雷耀见她呆呆地盯着自己，表情又十分古怪，感到十分奇怪，但就是没想到和自己眼前的这碗汤有关，他端起汤就准备喝，雷朔也舀起一勺汤准备往嘴里送。

李不言瞟着他们，佯作无意地看向汤锅，忽然"啊"的一声叫出来。

大家都被惊住了，放下碗看着她。

"你们看，你们看！"只见李不言舀起一勺汤，大惊小怪地指着它，"这里面有虫子啊！"

"有虫就有虫呗！"雷朔皱起了眉头，显然觉得她不该大惊小怪，"中药不是经常生虫吗？"

"那不行。"李不言以迅雷不及掩耳之势把他们的汤碗都夺下来，把汤倒回锅里，"虫子就是虫子，是脏东西！我绝不能让你们喝有脏东西的汤！"说着便端起汤锅，一阵风似的走了。

雷朔瞪大眼睛看着她离去，又是好气又是好笑。回头见司雨也是呆怔怔地看着她离去，脸上的神情十分古怪，顿时尴尬地起来："哈哈，你别管她，她就是这样，死洁癖……小时候粮食短缺的时候，生虫的米面她不知道吃了多少，现在倒穷讲究起来了。"

司雨苦笑了一下，没有答话。李不言不让雷耀喝汤，难道汤里真有毒？

司雨暗暗地晃了晃脑袋，感到脑中无比地混乱。直到现在，她的脑中还是良性和恶性的猜测并存。她还是希望从李不言身上看到的所有疑点都是她的想当然。

第二十四章　家庭隐秘

司雨一直想着这件事情，直到晚上都精神恍惚。雷耀表情复杂地看着她，轻轻地走到她身边，沉着嗓子说："可以谈谈吗？"

司雨如梦方醒，不由自主地一抖。

雷耀看了看她，更加怀疑，然而怀疑归怀疑，他依旧克制着情绪："还记得我跟你说过的话吗？儿媳和公公还是避嫌点儿好，尤其是对我的爸爸。当然，我不是怀疑你，今天你的行为也没有什么不妥，只是……好吧，我也不绕圈子了，你是不是不相信我的话？"

他把话说到这个份儿上，但司雨现在揪心的不是这个，听他提起这回事后倍感压力，一不小心就说漏了嘴："今天还是不要谈这个了，其实是你妈妈的问题啊！"

"什么？我妈妈？"雷耀脸色剧变。

司雨自知失言，下意识地掩了掩口。

听司雨提到妈妈，雷耀就有些不冷静，一迭声地追问起来："怎么和我妈妈有关？到底是怎么回事？"

见他这样司雨顿时觉得自己很为难，又觉得这件事他也应该知情，一咬牙便竹筒倒豆子了："好吧，我也不瞒你了，妈妈恨爸爸吗？"

"什么？"雷耀怒了，为人子女者都会护短，"你问这个干什么？"

"今天下午我在花园里看花，忽然看到妈妈鬼鬼祟祟地去了后门，在那里见了一个老太太，买了一包粉末，那粉末好贵，妈妈拿出的是一大把钱。后来我就看到妈妈把它们放进了汤锅里，就是今天那锅乌鸡汤！"

雷耀大骇，猛地朝母亲房间的方向看了一眼，惶然地低下头想了想，脸上的肌肉剧烈地颤抖起来。

"你是说我妈想毒死我爸，是吗？"他沉着嗓子问，声音沙哑，同时也在剧烈地颤抖。

"我没有这样说。"司雨小心地斟酌着说辞，她知道现在一不小心就会踩雷，"我只是觉得她的行为有些可疑，首先往汤里放药，之后又不许公公之外的人喝汤，还有说汤里有虫，把汤收回去的时候，实在是很可疑。"说到这里她恍然记起自己其实没亲眼看见李不言放药，关于她放药的结论其实只是她推测出来的，但现在已经说出来了，不好再改口。

雷耀仔细回忆了一下——老实说他在母亲收回汤水的时候也觉得她的行为怪诞了点儿，只是没往深里想，现在把自己的记忆和司雨说的一对照，顿时觉得母亲的确像在投毒。

"那该怎么办？"雷耀脸色发青，惶恐不安地说，"她这次没得手，还会继续投毒吗？"

"不知道啊！"司雨苦笑着说，她固然也很惶恐，但因为当事人不是自己的至亲，反倒比雷耀镇定一些，"如果那药已经用完了，她短时间内应该不会再干，但如果还剩一点儿，她会再次下手。对了，她也许会吸取这次的教训，找一个专门给公公吃的东西。"

"啊！"雷耀一拍脑门儿，"那就是了！"

"是什么？"司雨问他。

"当然是燕窝啊！前阵子爸的朋友送他一些印尼燕窝，叫他配上药材炖着吃，他便每天睡前吃一碗，陈妈说不定已经在炖了，赶紧去看看！"

雷耀赶紧拉上司雨去了厨房，和她一起躲在门边。陈妈正把浸发好的燕窝往锅里装，雷朔很讲究，一定要吃刚炖好的，所以陈妈每天都算准了时间，在他睡觉前的几十分钟前炖。

雷耀和司雨藏在门边的阴影里，一边注意着陈妈，一边注意着走廊。过了一会儿，陈妈像是想起了什么事情，小跑着离开了。她的背影刚隐没在走廊里，厨房的一个小门（这间小门正对着花园，是方便厨师去花园里摘菜。有钱人都喜欢种个菜植个花，李不言也不例外。她对自己种植的蔬菜非常推崇，经常叫厨师拿它们做菜）开了，李不言悄悄地溜了进来。她鬼鬼祟祟地走到汤罐前，迅速打开盖子，掏出一个纸包，把里面的粉末抖进汤里。

"哎呀！妈！你在干什么?！"雷耀大吼着冲进了厨房。

李不言大骇，下意识地把药包往背后藏。

"你给我看看那是什么？"雷耀冲过去就夺纸包，李不言本能地推了他一把。

雷耀呆住了。

李不言也呆呆地看着他，娘儿俩就这么僵持着。

司雨怯怯地走了进来，刚才她被雷耀的吼声吓傻了，现在才回过神来。

她的出现就像催化剂，雷耀如梦方醒："妈！你这是干什么？你难道真想把爸毒死？"比起刚才他已经理智了不少，虽然是在质问，但把音量压低了很多。

"什么？毒？"李不言的身体抖动了一下，眼珠子瞪得几乎要掉出来，"你说什么？"

"这不是毒吗？"雷耀指着李不言手里的纸包，"我知道你恨他，也知道你很痛苦，但是你这样做不值啊！他值得你犯罪吗？就算你不为自己着想，也该为我想想吧……"

"什么啊！"李不言忽然尖叫起来，把大家都吓了一跳。陈妈正好回来了，被她这么一吼，竟吓得不敢进来。

"这不是毒药！"李不言把纸包打开给大家看，苍白的脸上漫起了朵朵红云，"这是我找大师求的爱情药！她说这能让你爸回心转意。"

雷耀和司雨呆呆地看着李不言，不敢相信她的话。

"你们不相信我？"李不言顿时爆发了，把纸包丢在锅台上，从锅里倒出一碗燕窝，大口地吃了下去，"我吃给你们看！你们觉得有毒是不是！那我怎么不死？"

雷耀赶紧冲过去夺下汤碗，抱着妈妈轻声安慰。李不言打了他几下，之后便伏在他的怀里痛哭起来，雷耀轻轻地拍着她的后背，像哄孩子一样，自己却露出了惊骇的神情。他一直以为母亲对父亲只有彻骨的痛恨，没想到她竟还深深地爱着他。有时候恨是因爱而起的，她恨他越深，实际上爱他就越深。

司雨苦笑着看着他们娘儿俩，悄悄地走到锅台边，拿起药包看了看。这种药有股檀香的味道，摸起来涩涩的，像是什么东西的灰烬。

啊！司雨忽然明白这是什么东西了，这就是普通的香灰！看来李不言是被某些装神弄鬼的江湖道士给骗了。虽然李不言的文化程度不高，但很精明，没想到竟会相信这种东西，司雨真是无法接受。大概女人被爱情蒙住眼睛就会变傻吧！

然而司雨突然想起那本夹满红叶的日记，朝李不言瞥了一眼。她不是在外面另有恋人吗？好像她爱他更深呢，那个恋人似乎也弃她而去了。是不是因为外面的恋情没有指望了，所以才想回归家庭，用"药"让雷朔回心转意？

司雨正胡思乱想，冷不防看到李不言正狠狠地瞪着她。司雨心中一凉，很是茫然，忽然明白李不言知道下午雷耀不在家，一定是司雨发现她买药做汤，之后告诉雷耀的。司雨的行为之所以那么异常，恐怕也是怀疑那些药是毒药的缘故，晚上叫雷耀一起来阻止了。

如果只是雷耀发现她的秘密并搅了局，她大概还不会觉得有什么，毕竟血浓于水。但司雨参与，事情就不一样了。婆婆和媳妇天生是仇人，李不言一定会对司雨恨之入骨。

想到这里司雨特别沮丧。她一直小心翼翼不和李不言结怨，今天却结了这么大的仇，看来以后她日子更难过了。

司雨回到房间，脱下衣服倒头就睡。忽然感到床头有些异样，抬头发现雷耀站在床头，难道他想在这时候和她"更进一步"吗？

"有时间吗？"雷耀看起来很阴郁，"陪我聊聊天吧！"

他的样子让人不敢违背，司雨只好重新起来，跟他坐在桌边。雷耀泡了一壶茶，给她斟了一杯。看来是打算跟她长谈了。

司雨忽然想起自己似乎还没怎么跟雷耀长谈过，有些紧张，更有些兴奋。他会跟她谈什么呢？生活隐私？深刻回忆？还是他妈妈的问题？

司雨有点儿失望，但觉得也不错，不管怎么样，他都对她打开了心扉。

雷耀倒完茶双手交叉抵住鼻梁，盯着茶叶沉默。

司雨觉得这气氛实在令人难受，便试探着打破："你是想跟我谈妈妈的事情吗？"她在雷耀面前称呼雷朔用"公公"一词，称呼李不言却用"妈妈"而非"婆婆"。因为她知道在雷耀心中，他们一个是魔鬼，一个是天使。

"我很自责。"雷耀的语气沉重，就像生了一场大病，"我一直以为我妈已经对我爸彻底失望，不再对他有感情了，没想到她一直深爱着他，我一直忽略了她的感情诉求，没有帮忙修补他们的关系，还一直在她面前数落我爸，让她为难，现在想来，真是太不懂事了。"

司雨没有吭声。乍一听来雷耀是挺不懂事的，但她不认为自己有权力评断。她父母婚姻美满，家庭和睦，是无法体会雷耀的感觉的。如果她和雷耀易地而处，恐怕也不会成熟许多。

"不。"雷耀忽然用力地揉了揉头发，脸上带了种莫名其妙的表情，"其实我不仅仅是自责，哈哈，说真的，我对我妈还爱着我爸这事，心里是感到抵触的。我有些想不通，我爸这么恶劣，她还爱他做什么？"

司雨哑然，她可以感觉出雷朔和雷耀之间有着很深的误会，也许雷朔不会和雷耀计较，但雷耀对雷朔却恨之入骨。司雨觉得，雷耀对雷朔的仇恨似乎很复杂，应该不只是因为他对李不言不好。

"你爸爸……岳父是个怎样的人呢？"雷耀忽然发问。

"他？"司雨一愣，眼前立即出现了一张笑呵呵的胖脸，语气顿时变得欢快起来，"他还好吧，没什么大的缺点，也没什么大的优点……"

她这话显然所答非所问。人有时候就是这样，越是面对自己熟悉的人，反而越是难以评断，甚至连描述都很困难。雷耀却已经被逗笑了："看来他一定是个很好的人，听你的语气就知道了。"

司雨红着脸笑了笑。听雷耀夸她的父亲，她很高兴。

"不过。"雷耀的表情也只是轻松了片刻，"我的几个朋友的父亲，他们都是很好的人。当然，我的父亲在发财前也很好，但是一发财就变。所以我很疑惑，是不是人有了钱就会变坏。"

这是一个被人类探讨了上百年而没有结论的论题。本能告诉她不应该参与争论，但她就是想插几句。他既然说人有钱就会变坏，那他的言下之意岂不是说，司雨的爸爸没变坏是因为没有钱，一有钱照样会变坏？

"应该不是这样吧。其实有些人并非一有钱就变坏，真正的坏人，没钱也会变坏。我有个同学，父亲一无是处，照样吃喝嫖赌。都觉得有钱的家庭会不幸，普通的家庭会幸福。那是因为大家都盯着有钱人，一有事就争相传播。而那些没钱的人家根本没人理，即使向别人诉说自己的不幸也没人听。大家就想当然地以为他们很幸福。"

按司雨的人生阅历，应该没有这般见识。她之所以能总结出这样的道理，是因为她一个同学的妈妈，丈夫出轨，还用打骂强迫她离婚，连孩子的抚养费都不愿给。她到处控诉，没什么人理她。她的遭遇在现代社会很常见了，连做谈资都不够格。而那些名人和富豪，什么事都能上报纸。即使是不大如流的小富人，大家对他家的关注程度也远远大于一般人。于是，司雨明白了，一件事被关注的程度，有时不关乎事件本身，只关乎做这件事的人的身份。

"但是人有钱后变坏更容易。"雷耀的眉头微微蹙了蹙。

"也许吧。"司雨撇了撇嘴，"不过我觉得，一个人最终会变坏，还是因为他本质不好。钱只是一个催化剂而已，或者说只是给他提供了一个提前发作的条件。钱是不能改变一个人的本质，一个人的本质好，无论得到多少钱都不会变坏。"

雷耀的眉头微微一跳，低下头晦涩地笑了："听起来也有些道理，你会因为金钱而改变吗？"

"一定不会的。"司雨毫不犹豫地说，因为她并不觉得这是很郑重的谈话，所以回答得很轻松，但轻松中有着难以言喻的坚定。

"好。"雷耀微微点了点头，表情看似欣慰，却又不以为然。

司雨傻傻地笑了一下，忽然想到刚刚自己似乎在说雷朔"变坏"是因为他本质不好，赶紧改口补救："不过有些人本质也是好的，但是意志有些薄弱，或者是因为发迹得突然，暂时迷失本性。不过也不会迷失太久，很快就会回归本性的。"

"什么？"雷耀微微有些讶异，用质询的目光看了看她。

司雨这才省悟雷耀会以为她"曾经失去本性"，顿时闹了个大红脸。就在她想该如何解释清楚的时候，雷耀已经明白了："你是在说我爸爸，是吗？"

司雨又羞又窘，怯生生地笑了笑。

"哼。"雷耀更加晦涩地笑了笑，"我知道你希望我和我爸爸的关系往好的方向发展，我和他已经在一起生活了将近三十年，我远比你了解他。"

司雨感到自己碰到了一堵软墙，忍不住想为雷朔辩白几句，就是觉得儿子的不该对爸爸这么仇视。然而还没等她开口，雷耀就把话题转移了："不过我是真没想到我妈还爱着我爸，我该怎么做呢？想办法修补他们的关系？其实知道我妈依然爱他的时候，我更恨他了。想到我妈妈天天望眼欲穿地盼他回头，他却在外面花天酒地，我就恨得牙痒痒。"

司雨浑身的血都涌上了头顶。她想起了那个夹满枫叶的笔记本，觉得有必要把这东西拿给他看看，该让他知道真相了，否则对雷朔不公平。再说，身为儿子，他也应该知道母亲的所有秘密。

第二十五章　婆婆的外遇

"怎么了？"雷耀看到她一脸紧张，又似乎在竭力隐瞒着什么。

"有个东西我想给你看看。"司雨翻出那个笔记本，递到雷耀手里，然后悄悄退到一边，静观其变。

雷耀狐疑着打开笔记本，立即认出是母亲的字迹。

"这是什么玩意儿？"雷耀迅速地翻动着笔记本，翻到最后忽然一声怒吼，"这到底是什么玩意儿？"

笔记本上写满了使他瞠目结舌的肉麻情话。他和司雨的感觉一样，就是这些情话绝不可能是写给丈夫的，他妈妈在外头有人！

司雨被雷耀的怒吼吓坏了，她原以为他和妈妈比较亲，会同情和理解她，没想到也是一样暴怒。

原来凡是做儿子的，对母亲的节操都非常重视。在他们看来，母亲出轨，不仅仅是背叛父亲，也是背叛他们。

"她怎么可以这样对我？"雷耀拿着笔记本，气冲冲地就要出门。司雨赶紧拉住他，他的样子像爆炸前的高压锅："你干什么去？"

"当然是叫我妈跟我说清楚！这还像话吗？她怎么可以这样对我？那她对我爸又是怎么回事？"

"别这么冲动，你现在不能去找她吵架，她可能已经和那个男人断了，也打算回归家庭了。现在是什么情况还不清楚，如果你贸然去找她吵闹，事情会不可收拾的！"

雷耀头上的青筋猛然抽动一下，停了下来。司雨小心翼翼地看着他，连大气都不敢出。

雷耀长长地叹了口气，坐下来："那我们就从长计议吧！"忽然觉得不对劲儿，目光突然转向司雨："你怎么会有这个笔记本？"

"啊！"他一定会有什么猜测，司雨赶紧解释："妈不是喜欢去那个公园嘛，我也喜欢去。那天我无意中看到妈在往一棵枫树下埋东西，我一时好奇，就在妈走后去看，结果就挖出了这个东西。"

雷耀狐疑着看着她，目光渐渐转为温和，半信半疑。司雨不敢看他，觉得他的目光正像 X 光一样，不由地打了个冷战。

还好雷耀并没有继续盯着她看，而是用手背托住脸颊，陷入了沉思。司雨默默地给他倒了杯茶，和他面对面坐着。

"你去睡吧！"许久之后雷耀才开口，声音异常沉闷。

"那你呢？"司雨小心翼翼地问。

雷耀摇了摇头，没有说话，司雨不敢违背他，回到床上躺着，不知不觉便睡着了。第二天醒来时已是日上三竿，她赶紧起床，第一件事便是去看雷耀。

雷耀已经不在了，他床上的被子没有展开，枕头也没有移位，但有很多皱褶，看了让人的心里也跟着起皱褶。司雨茫然地在雷耀的区域转了几圈，忽然发现废纸篓里有几张撕碎的纸。

这些纸被撕得很碎，但司雨还是把它们拼了起来，拼凑的时候司雨都觉得自己无聊至极。果然是雷耀的字迹，上面凌乱地写着几个人的名字，还有年份。司雨皱紧眉头想了想，雷耀一定是在寻找"嫌疑人"，这些年份大概就是他们和李不言相识的年份。他也许是想把这些年份和李不言的日记或是情话记录的日期相对照，找出"勾引"李不言的人来。

勾引。司雨惘然地笑了，觉得自己已经越来越能理解雷耀的想法。

司雨把这些人名和年份输入了手机，又把碎纸丢回垃圾桶，之后便拿着手机发呆。她有些失望，她本以为雷耀会邀她一起行动，昨天他可是说"我们"再从长计议的，可他还是独自行动了。虽然这似乎可以理解，自己的母亲做了丑事，的确不好意思让别人也掺和这件事。但是司雨的心里就是有些不舒服，她可是他的妻子。当然，这个"妻子"当中可能掺了水分。

司雨无意识地用搜索引擎收索他们的名字，觉得李不言是个企业家，她认识的应该不是普通人。

果然不是普通人，他们一个是大学教授，一个是钢琴家，一个是明星企业家，还有一个是报刊主编。看到这些后司雨忽然有了种莫名的自卑感，果然是人以群分啊！

知道他们的身份后，司雨便找他们的照片。经过甄别，她觉得那个叫吴子钰的钢琴家最像。因为他长得帅，配得上李不言的那些情话。其他人虽然看起来气质脱俗，但长相都很平庸，和那些情话不匹配。

想起那些情话，司雨便想起那个笔记本，站起来找了一圈，却发现它不在了，肯定是雷耀把它拿走了。虽然这也合情合理，但司雨心里就是不舒服。她努力让自己忘掉这种不快，搜索吴子钰的其他信息，最终在吴子钰的博客上发现了一张可疑的照片。

那是吴子钰和朋友的合照，背景是一个巨大的蛋糕和密密麻麻的蜡烛。这应该是他生日聚会时的照片，但是在镜头的下方，有一只手。这只手托着一个盘子，里面盛了一块蛋糕，手腕上是绚烂的白金卡地亚猎豹手镯。

看来这个手的主人正打算端蛋糕给吴子钰吃，吴子钰正和朋友拍合照，不小心把这只手也拍了进去。

这只手的主人会端蛋糕给吴子钰吃，证明她和他的关系应该很亲密，如果是少男少女还好说，中年人之间有这种行为一定不一般。而这手上的手镯，不就是李不言的吗？

虽然司雨已经认定这个人就是李不言，但还是把雷耀叫来确认了一下。这种事可马虎不得，雷耀把这张照片放大后仔细地查看，确认这只手就是妈妈的，却无法认定这个男人就是李不言的情夫。

"会是他吗？"雷耀不安地说，"我并不觉得他比那些男人出色多少，我了解我妈妈，她总是挑最好的。"

"可是他是最帅的。"司雨苦笑着说。

"帅吗？"雷耀还是犹疑不定，"我并没有觉得，再说我妈妈不只看重外表……"

"相信我。"司雨虽然说得小心翼翼，但很坚定，"在其他条件没有很大差距的时候，女人总是倾向于选择帅的那个。"

"啊？"雷耀又盯着那个人看了一会儿，苦笑了一下。司雨知道他为什么会苦笑，吴子钰比起雷家父子长相差远了。他的妈妈怎么会屈尊爱上这种"丑鬼"？

"接下来该怎么办？"司雨看着吴子钰的照片，又不安又茫然。

"当然是调查一下他们的关系曾经到了何种程度。"雷耀尽量让自己显得平静，语气却仍不免愤愤不平，"确定了之后，当然要对他晓以利害，把所有的信物和信件全部销毁，并让他保证之后无论发生什么事都不要再去骚扰我妈，最好永远都不要再和她见面，这样才能永绝后患！"

司雨静静地听着，她真的怀疑他是不是想私下里把吴子钰揍一顿。

雷耀皱着眉头思索着，忽然一拍大腿："算了，不这样磨磨唧唧了，直接去找那个男人吧！就说他们的关系我们已经都知道了，直接问他！"说着就整了整外套准备走。

司雨见他又要一个人行动，心里顿时沉了下去。

雷耀无意中向后一瞥，忽然看见司雨鼓着嘴："好吧，你也跟着来吧，相信你也没做过类似的事情，不要乱说乱动啊！"

司雨自然愿意，跟着雷耀脚步轻快地跑下楼，感到异常愉悦和得意，这算接触他的内心了吧？

吴子钰是个老鳏夫，带着一个十七八岁的女儿，得此消息后司雨感叹"原来如此"。他的女儿是第一次见雷耀，但是面对雷耀竟然一脸喜悦，雷耀只是礼貌性地给她回了一个微笑，她就激动得两眼放光。雷耀眼中闪过一丝狡點的坏笑，不知道在想什么。司雨这一瞬间似乎看到了另一个雷耀，他邪气十足却又魅力十足，给人的印象十分深刻，和他平时的样子大不相同。司雨的心忽然沉了下去，这个雷耀和"平时"的雷耀是什么关系呢？"他们"是相依共存，还是一个是另一个的面具呢？

雷耀向吴子钰表明了身份，吴子钰微微有些诧异，却一点儿都不惊慌，就像什么都不知道似的。等雷耀说要和他"到屋里谈谈"的时候，吴子钰还是一副糊里糊涂的样子。雷耀感到出乎意料，难道他搞错了？还是他太会装？

雷耀和吴子钰进书房"密谈"，司雨则在外面和他的女儿闲聊。她听说司雨是雷耀的妻子，先是惊骇和嫉妒，又是愤懑和轻蔑。司雨不禁又惊又怒，她和雷耀已是合法夫妻，难道她还想插足吗？

过了一会儿，雷耀出来了，脸色晦涩不明。司雨赶紧跟着雷耀走了出去。

"情况怎么样？"司雨谨记着雷耀不让她乱说的训诫，到车里才敢问他。

"不清楚啊！"雷耀撇了撇嘴，"不知这家伙太会装还是怎么的，似乎什么都不知道，见他这样，我也不敢太大胆地试探他。"

司雨咬了咬嘴唇，没有说话。她知道雷耀还有一句话没讲，就是吴子钰也可能是无辜的。他没有说，是因为顾及她的面子。对此她有些尴尬，也有些不安，便想岔开话题，就讲到了吴子钰女儿的事。

"哦，这丫头真是不知道天高地厚。"雷耀对吴子钰的女儿嗤之以鼻。司雨开心起来，不知不觉地露出了微笑。她现在才知道，自己其实挺在意这件事的。

"现在就有这种白痴女人，既没有道德观念也不知道自己的斤两，她以为自己是什么东西！"司雨微笑着暗暗点头，听雷耀这么说比自己骂出来还要爽。

"不过。"雷耀忽然话锋一转，"吴子钰也很可恶，欺负了我妈还装得很无辜，就算他没欺负过我妈，也肯定觊觎过她，干脆我就把他女儿弄到手再甩掉，看看他会是什么感觉！"

"呃？！"司雨万万没想到他会说出这种话来，惊得差点儿岔气。

"哈哈。"雷耀知道司雨肯定吓坏了，哈哈大笑起来，"当然是开玩笑，要是真的，我怎么敢在老婆面前说？再说做这种事也会侮辱我的身份。"

"哈。"司雨尴尬地笑了笑，面红过耳。

雷耀和司雨回到家又开始研究雷耀总结出的嫌疑人名单，看来看去还是觉得吴子钰的嫌疑最大。

"我还是继续调查吧！"雷耀踌躇着说，"之后可能要东奔西跑，你还是在家里待着，千万不要把这件事泄露出去，知道吗？"

司雨笑着点了点头，忽然瞥见雷耀的眼里有一丝忌惮的神情。雷耀是怕她一个人胡乱行动，引发不必要的麻烦，或是不小心把事情泄露出去吗？

雷耀拿起名单又仔细地看了看，刚准备站起来，就在这时，门忽然被撞开了。

雷耀和司雨转过头，都惊呆了。

第二十六章　火山之上

李不言横眉立目地站在门口，一副"暴风雨即将来临"的样子。

"你们今天去干什么了？"李不言反手关上门，冷笑着走向司雨和雷耀，眼中似乎压抑着闪电。

"我们……"见她这样司雨吓得心头乱跳，下意识地看了雷耀一眼。

雷耀见此也很慌张，直接跟她摊牌："一定是吴子钰联系你了吧，是的，我今天是去找他了。"

李不言怔住了，忽然扑上来揪住雷耀的领子："你说得可真轻松！你怎么可以这样糟践妈妈的清白？！"

"您不用再隐瞒了，我们已经知道您这些年来曾经爱过另一个男人。"雷耀的头上暴起了青筋，说着从怀里掏出那本日记，"这是司雨从你常去的公园捡到的。"

李不言露出了异常惊骇的神色，张开嘴正要说什么，门忽然又开了。

屋里的人全都如遭雷击地呆住了，门外的那个人，是雷朔！

"好啊。"雷朔平静地走向李不言，眼中却闪着难以言喻的寒光，"原来你也自由了。"

李不言呆呆地看着他，面孔极度地扭曲。

"那你就继续自由吧！"雷朔鄙夷地看了看她，转身离开了。他来得很突然，走得也干脆。

"你这浑蛋！"李不言忽然夺过雷耀手中的笔记本，对着他的头狠狠地砸了下去。

雷耀被砸愣了，本能地用手挡着疯狂砸来的笔记本，在他的记忆里，妈妈还没有这么凶狠地打过他。

"你真是没记性啊！"李不言嘶吼着，泪如泉涌，"你以为那个公园，那个枫树下是什么地方？那是我和你爸初遇的地方啊！这本子里写的，其实是这么多年来，我想对你爸爸说的话啊！"

雷耀一激灵，脑中骤然闪过一个画面。是他八岁的时候，年轻的妈妈带着他走入一片飞舞的红叶中，指着一棵枫树用甜蜜的语气说："这可是妈妈和爸爸初次相遇的地方哦！"

雷耀如遭雷击般僵住了，瞬间面如死灰。

司雨听到李不言的话，不敢相信自己的耳朵。把如此肉麻的情话写给丈夫？想对雷朔说的话……难道是不敢说？拜托，夫妻之间还有什么想说不能说的话吗？司雨的心里陡然一暗。她和雷耀现在不也是如此吗？

李不言看了看雷耀的脸色，知道他非常痛悔，倒心痛起来，爱怜而又痛悔地摸了摸他被她打到的额角。李不言转头见司雨也愣着，却是狠狠地瞪了她一眼。

糟了，她一定是恨司雨为什么跟踪她，为什么偷拿她的笔记本，为什么挑起事端。恐怕在李不言看来，是司雨心怀叵测。

三个人就这样站着，谁也不知道该如何开口。

李不言走了，雷耀躺到床上发呆，司雨呆呆地站了一会儿，不知该怎么做，只好也去床上躺着。

明天会不会闹得天翻地覆？

然而第二天却很平静，司雨依然觉得气氛很是紧张，令她心惊肉跳。为了躲避这种气氛，司雨躲到了花园里。她蹲下看躲在墙角的小花，腿酸了才站起来。她轻轻地叹了口气，揉了揉膝盖，忽然发现眼前突然明亮了。

之前伸到墙外的花枝被人推了进来，还吊着一只耳环。那个耳环是用白金打制，融合着花、云朵和月亮的线条，上面还镶着宝石，就是司雨之前在凌思杭公司里设计的那一款！

司雨赶紧抬起头来，发现凌思杭趴在墙头往里看。

司雨原以为自己会极度尴尬和惊诧，没想到自己的反应倒挺淡定："你怎么爬到那里的？你有那么高吗？"

凌思杭尴尬地笑了笑，他压抑着自己的激动，反倒显得有些搞怪："我带着梯子呢！"

"梯子？"司雨赶紧冲到外面，果然看到他站在梯子上，不仅又是骇异又是好笑，"你想干什么？"

"这个啊。"凌思杭尽量让自己显得轻松和平静，却因为抑制不住紧张而显得有些怪异，"当然是想潜进雷家把你救出来。"

司雨"呸"了一声，眼圈却红了。这阵子在雷家的遭遇真的让她感到窒息，她的确希望别人来救她出去的。

凌思杭发现了她眼圈上的红晕，脸色"唰"地一下黑了，接着又涨得通红。

"跟我走吧！"他忽然一把抓过司雨的手腕，"跟我逃走！"

"你干什么啊？"司雨本能地甩掉他的手。

"跟我一起走吧！你在雷家不会有好结果的！"凌思杭又抓住她的手。

"什么？"司雨愣住了，也忘记了挣扎，"为什么？"

"雷耀娶你不是因为爱你！"凌思杭的脸涨得发紫，似乎有什么东西要从胸中喷薄而出。

"啪！"不知是小鸟踩到了树枝还是树种砸到了石头，墙里传来一声微响。

凌思杭如梦方醒，瞬间冷静了下来。

司雨却没有听见这声微响，还在诧异地看着他。

"我们换个地方说吧！"凌思杭警惕地看了看四周，牵着司雨的手就要走。

司雨赶紧甩开他的手，脸也红了，手竟让他握了好一会儿。

"为什么？"

"不能在这里说！"凌思杭回过头来对司雨说。

"快跟我走！"凌思杭忽然冲动起来，又去抓司雨的手。司雨赶紧跑到门里面，把门插上，又迅速回到自己的房间。

还好，她没有遇见其他人。她在房间站了片刻，忽然端起一杯冷水灌了下去。

其实她是想知道答案的，非常想知道。但是，她已经确认凌思杭喜欢她了。她不能听信一个觊觎她的男人指责她丈夫的话。虽然她知道凌思杭未必会那么卑鄙。

司雨又喝了一杯凉水，渐渐趋于冷静。然而她不知道，李不言开始注意她，她之前多次冒犯李不言，引起了李不言的猜忌。李不言觉得司雨心怀鬼胎，想破坏她的家庭。然而她第一次跟踪司雨，就发现她和另一个男人、还是雷耀的好友纠缠不清，果真不是个好女人。

李不言翻看了一下刚才拍的照片，看了看司雨的房间。她知道对付不守妇道又阴险狡猾的女人，光用嘴是没用的。今天晚上她就要把照片给雷耀看，然后要他和司雨离婚。她并不觉得今天能拍到司雨的"罪证"只是巧合，这种女人她是坚决不能留的。

晚上她守在大门附近的凉亭里，雷耀刚进门就把他拉进了自己的屋。

"妈，这是干吗？"雷耀又茫然又慌张。

李不言没有说话，把手机里的照片递给他看。

雷耀的脸顿时青了，抓过手机快速地翻看那几张照片，之后便凝固般呆住了。

李不言面笼严霜，一字一顿地说："跟她离婚吧，她太能作怪了。要是再留她在家，指不定闹出什么事来。"

雷耀沉默了一阵，犹豫着说："不行。"

"什么?！"李不言简直不敢相信自己的耳朵，在她的记忆里，他的儿子对女人可是很有"洁癖"的："你难道没有看清楚吗？她红杏出墙啊！对方又是你的朋友。我今天只是稍微留心了一点儿，就发现了这件事，平时肯定不像话！还有，她一来家里就乱搅和，甚至跟踪我、调查我，不知道抱着什么坏心思，这样的女人你还要留着吗?！"

雷耀一直咬着牙不吭声，等李不言说完了，用不可名状的目光瞥了她一眼，然后竟是斩钉截铁地说："我不能和她离婚！"

李不言如遭雷击，脸孔剧烈地抽动起来："你被她迷住了吗？"

因为下午的事，司雨一直心乱如麻，雷耀进门的时候她依然在发呆。

"你在想什么？"见她发呆，雷耀竟有些慌张和心虚。

"没什么，只是很累。"司雨这才发现雷耀进门了，抬起苍白的脸对他苦笑了一下，又把头低了下去。

"没发生什么事吧？"雷耀小心翼翼地坐到她的身边，更加慌张和狐疑。

"当然没什么了！"司雨想起今天下午的事情，心里又乱了起来，赶紧转移话题，"妈怎么样了？"

"就那样。"雷耀竟赶紧用笑容掩盖自己的慌张，"还是闷闷的，其实你也不用太自责，这只是个误会，反正我妈没做过错事，身正不怕影子斜，相信过一段时间这个误会就会自己消除的。"

"可是我也听人说过，感情上的误会会随着时间的流逝越变越深的。"司雨喃喃地说，接着便沉默了。雷耀也没有再说什么，和她一样低头凝思，却一直在用眼角偷瞄她。

"这样吧。"司雨忽然开了口，苍白的脸颊上涌起一片血色的红晕，"那个笔记本还在吧？你交给我。"

她的语气中有种不可违背的力量，雷耀赶紧把笔记本交给了她，之后才想起问她："你要这个做什么？"

"当然是要向公公解释清楚！"司雨拿起笔记本就要走。

"不行！"雷耀赶紧拉住她，"这件事他们自己都处理不好，你一个外人怎么行？"

司雨的身体剧烈地抖动了一下。

雷耀自知失言，赶紧改口："我是说你只是他们的儿媳。"

"我知道，没有血缘关系，总是会生疏一点儿。"司雨回头凄然地笑了笑，语气却很坚决，"但是有些事情，却只有外人才能处理好，正因为你们太亲密了，反而有些话不好直说，对吗？"

雷耀没话说了，司雨努力给了他一个灿烂的笑容，转头又要走，却又被雷耀拉住了。

"这件事，好像不是很好说清楚吧，你想清楚怎么说了吗？"雷耀的脸上满是不安和犹疑，语气中更是怀疑中带有些许斥责，不仅对她毫无信心，甚至准备把她的行为定义为胡闹了。

"当然想清楚了。"司雨胸有成竹地一笑，"不管公公和妈妈现在变得多么生疏，之前总算是爱过。他们一定有很多回忆和秘密。如果这些情话真是妈妈相对公公说的，就一定会触及这些东西。公公只要细读这些话，就一定能发觉这其实是对他说的。”

雷耀仔细想了想，觉得有点儿道理，便松开了司雨的手腕。司雨微笑着给他做了个 V 字形手势，转身大步出门。然而她刚一出门脸上的笑容就变得惶恐，踏上楼梯的时候嘴角更紧张地向下抽搐，她何尝不知道这很困难，而且很容易走火，但是她不能就此退却。她本来没有这么大的决心和勇气的，多亏了凌思杭——当然，凌思杭的出现其实给了她更多的困扰。她越来越清楚地觉得，自己现在其实是坐在火盆上，必须振作起来，面对现实。

第二十七章　黑洞

雷朔正在书房里看书，司雨深吸了一口气，微笑着推开了门。

“爸，晚上好。”司雨微笑着说，接着就把那本日记放到了桌上。雷朔一看是那本日记，立即皱起了眉头。

“爸，我是来道歉的。”司雨尽量稳住自己的嘴角，不让它抽搐，“这本日记，是我偶然从妈妈那里发现的，之后在处理上有些失当，所以才引发了这么多事，希望您能原谅我。”

“是那老婆子找你麻烦了吗？”雷朔烦恼地皱起了眉头，看来他和李不言的问题不是一般地严重，提到李不言后就像想起了深仇大恨似的。

“不是。”司雨尽量保持着微笑，“我来这里，是希望您能够帮我减轻点错误，希望您能看看这本日记，最好能把这本日记看完。”

雷朔的表情很奇怪：“为什么要我看？”之后却加倍地惊疑起来，盯着司雨看了又看，其意显而易见：既然你说是要来减轻错误，那就是要来缓和矛盾了。既然是要缓和矛盾，那为什么又叫我看这本日记？你难道不知道，男人在看了自己的老婆给其他男人写的情话之后会有什么反应吗？

司雨知道他想到了什么，赶紧深吸一口气稳住自己：“我希望您看这本日记，是因为也许你会感觉其中的话似曾相识，您知道吗，我发现这本日记的地方，是 A 公园的一棵枫树下，而这里，据说是您和妈妈初次相遇的地方！”

雷朔大惊，似乎明白了什么，却是一副不敢相信的表情。

司雨鼓足勇气说："其实日记里的所有情话都是妈妈写给您的！我和雷耀是因为不相信夫妻之间还能有如此缠绵的情话，所以误会了。等她亲口告诉我们的时候，我们才明白……"

雷朔露出骇然的神情，一把把日记抓了过来，飞快地翻开，越看越是震惊，越看越是感动，越看越是心痛。到后来，当他翻到写满"蛤蜊"的时候，就彻底翻不动了。"蛤蜊"是李不言对他专用的昵称。因为他和李不言刚开始交往的时候还是个毛头小伙子，不太会奉承女生。李不言对他又是好奇又是好笑，便说他像个大蛤蜊，外壳粗糙又坚硬。之后蛤蜊就成了她对他专用的昵称，只是她现在已经很少这样称呼他了。

雷朔呆呆地看着这页纸，慢慢地垂下头，用手掌按着额头，忽然泪如泉涌。司雨没想到他一个大男人竟会忽然流泪，这一惊自然非同小可。但是，这也证明这本日记已经成功激发了雷朔对李不言的旧情，也许还大大增进了他们之间的感情。

司雨知道自己没有再留下来的必要了，便微笑着轻轻地退了出来，藏在墙角的阴影里。过了一会儿，果然看到雷朔从书房里走了出来，轻轻地踱到李不言的房间里，跟她说了什么话，之后就听到了李不言的哭声。司雨俯下身，从门缝往里一看，看到李不言伏在雷朔的肩膀上痛哭，雷朔则一脸爱怜和痛悔地抚摩着她的头发。司雨开心而又惘然地笑了，站起来回到自己的房间。

雷耀不在房间，她微微有些不快，却也有些不安。正在准备出去找雷耀的时候，他回来了，一脸的欣慰和感激："他们和好了，我真要好好谢谢你。"说到这里忽然露出了异常羞惭的神色，下意识地揉了揉鼻子。

司雨以为他是想起了他之前对她的不信任，赶紧大度地一笑。其实司雨去雷朔书房的时候，雷耀是跟着的，因为怕司雨会让事情变得更糟。然而，令他惊异的是，司雨竟然让他的爸妈和好了。起初他几乎不敢相信，等司雨走后又趴到门旁边偷看，用自己的眼睛确认后，顿时百感交集。

雷耀少不得要对司雨大夸特夸，司雨却没什么太大的反应。不是她不高兴，而是因为她太高兴了。不管怎么说，她给自己喜欢的人帮了大忙。巨大的喜悦能让人静默不语，她就这样静静地坐着，接受雷耀的夸奖，感觉简直像要在鲜花里飞一样。

雷耀夸了司雨一会儿，又跑去偷看父母去了。没想到他都这么大了，看到父母和好依然高兴得像小孩子一样。等他回来时，司雨已经睡着了。他默默地走到司雨的窗前，凝视着她的睡脸。轻轻地叹了口气，伸手抚摩她的额头，长长的睫毛微微垂下，网住一丝怅惘。

"你还真是个好老婆呢！"他喃喃地说，"如果不是那样的话，我还真想和你继续下去呢！"

司雨的脸依然恬静，连睫毛都没有动一下。雷耀又是轻轻地叹了口气，转回自己的床上睡了。然而他刚躺倒自己的床上，司雨就睁开了眼睛。

她并没有真正睡着，刚才是因为想多享受一点儿雷耀的温柔，又想忽然坐起来给雷耀一个恶作剧，才故意装睡的，没想到竟因此听到了这么不得了的话。

司雨微微地抬起身子，朝雷耀床的方向直视。他这是什么意思？什么叫"不是那样"？到底是哪样？他娶她真的是别有用心吗？什么叫"真想和她继续下去"？难道他一早就准备和她"择时"结束了？

司雨的心里就像火烧一样地疼，无奈地倒在床上。

第二天早上司雨也是装睡的，直到雷耀离开后才起来。她起来后不刷牙不洗脸，只是来回踱步。她一定要知道真相。也许最快捷的方式就是找凌思杭问个清楚，但她不能听信觊觎自己的男人的话。自己婚姻里的事情，要通过自己的眼睛看清楚，可是她能怎么办呢？找私人侦探吗？可是她对这一行根本不了解，如果遇到骗子，或是私人侦探素质不够，惹出什么乱子来，那该怎么办？

司雨苦恼地想着，想得大脑发疼，倒在床上。然而就在她在床上滚来滚去的时候，脑中忽然一亮，她可以去找乱乱啊！

乱乱的律师事务所里有很多律师擅长打离婚官司，和私人侦探所之类的机构自然会有接触。乱乱又是律师事务所里备受瞩目的新星律师，找这些人帮忙自然不困难。司雨立即找到乱乱，请她以最快的速度找一个能监控丈夫行踪的仪器，并请她不要问为什么。乱乱真是够朋友，也很善解人意，果然以最快的速度找来了。

那是一个GPS定位仪，是装在车上的，只有香烟盒大小。司雨觉得大了，问乱乱还有没有更有隐蔽性的东西。乱乱皱着眉头想了想，出去转了一圈，又拿回来一个项圈。这是发达国家用来监控宠物的，核心部分就是一个指甲大的芯片。防水防酸，放到要监控的东西里就可以了。司雨把芯片抠出来，放到掌心里仔细端详，乱乱默默地注视着她，几番欲言又止，却始终没有开口。

司雨对这个芯片非常满意，千恩万谢后走了。乱乱默默地送她出门，远眺着她的背影，神情忽然变得怅惘和郁闷。

司雨回家时雷耀已经回来了，车就停在车库里，司雨立即进了车库。过了一会儿，雷耀也进了车库。这时司雨已经走了，没有留下任何关于她的东西。然而，就在雷耀准备开车门的时候，忽然看到车门上有一个指印。雷耀轻蔑地一笑，立即把车开到一个私人侦探所。

"哎哟，雷总！"侦探所的工作人员一见他就热情地打招呼，"是不是又要给女友的车子'加东西'？"

雷耀的脸上掠过一丝难以言喻的笑容："不，这次是防有人给我'加东西'，你赶快用仪器给我的车检查一下！"

工作人员赶紧拿出相关仪器，然而从车头检测到车位，从坐垫检测到车挂，没检测出任何异常。雷耀很是惊诧，皱着眉头想了想，最后放心地笑了。

司雨此时正坐在房间里，看着那块芯片发怔。其实，她今天就是打算把芯片放到雷耀的车里的，却在准备放的时候止步了。因为她忽然想到一个问题，就是即使发现了雷耀的秘密，又能怎么样呢？

她显然不能怎么样。相反，如果事态到了那一步，等待她的可能是更糟的局面，甚至可能是一拍两散。如果解开真相会让事情有那样的发展，她还不如就这样闷在葫芦里自己骗自己。真相总会来到的，结局也总会来到，她也清楚这一点，但就是没有勇气去解开真相。并不仅仅是苟安，而是觉得自己可能无法处理真相来临后的变局。而嫉妒和怀疑就像毒蛇一样啃噬着她的心，驱使她赶紧去寻找真相。

在这两种想法的夹击之下，司雨的内心备受煎熬，却也因此更加畏首畏尾。

然而就是这份犹豫，反而让司雨看清了一件非常重要的事情。

雷耀有一条白金项链，一直锁在抽屉里。然而他每次佩戴都隐隐有种精神焕发之感，换言之，像是有什么喜事才戴。司雨发现最近他戴项链的频率并不低，顿时明白了一些。终于在一个晚上逮到了细看它的机会。

那天雷耀似乎很累，身上大汗淋漓，急匆匆地走进浴室洗澡，把项链随便地放在了外面的写字台上。司雨立即扑过去细看，发现它是用白金手工打制的，埃及风格，链坠是一个张着翅膀的雄鹰。因为是手工打制，必然有很多充当花纹的缝隙，司雨就把芯片塞进了一个缝隙里，雷耀出来后也没有发现。

之后司雨便通过网络监测雷耀的行踪，终于在一个下午发现雷耀去了一个常规活动范围之外的区域。司雨立即前往那里，确定他进了一个高级公寓楼。她仰面朝楼上看了看，觉得这楼太高了，高得令她发晕。她没有冲上楼乱找，而是静静地靠在了单元门外。天色慢慢地暗了，下起了阵雨。她所在的地方并不能避雨，她却依然呆呆地站着，衣服很快就被雨淋透。

雨停了，雷耀和一个女人有说有笑地从楼里走出来。他出来的时候并没有朝单元门旁边看，走出几步后忽然觉得自己好像从眼角看到了一个熟悉的事物，赶紧回过头。看到司雨全身透湿地站在门边，顿时如遭雷击。司雨面无表情地看了看他，她的眼睛已经像黑洞一样，目光并没有在他身上停留太久，而是转向那个女人。

果然很漂亮，长得像洋娃娃一样，头发也像洋娃娃一样打着卷儿。

时钟"啪嗒、啪嗒"地响着，就像一只靴子不停地踢着人的神经。雷耀和那个女人表情紧张地坐在沙发上，目不转睛地看着司雨，司雨坐在他们正对面，低下头不说话了，已经持续了半个小时。

这对他们来说远比大哭大闹要可怕。

"你到底想干吗？"雷耀终于忍不住了。

司雨没有回答，抬手抱了抱自己的肩膀，梦呓般地吐出了一句话："我有点儿冷，给我热水喝。"

那女人赶紧给司雨冲了杯热咖啡。

司雨端起来浅浅地喝了一口，忽然放下来，杯底和茶几碰撞发出沉重的响声。

雷耀和那个女人都是一凛。

"我不习惯喝咖啡，给我烧点儿姜汤好吗？"司雨把茶杯递向那个女人。

那个女人蒙了，雷耀比她更蒙。她只好给司雨烧了一碗姜汤，显然她没做过这玩意儿，竟然用汤锅烧了一大锅，也不知道该不该放红糖。

即便如此，司雨依然端起杯子一饮而尽，中间竟没有换气。

"雷耀，走啦。"她放下杯子站了起来，"跟我回家。"

雷耀愣住了，犹豫着朝那女人看了一眼。那女人赶紧轻轻地推了一下他的肩膀。雷耀犹豫着跟着司雨出了门，开车载她回去。一路上他不时从后视镜里偷看她，惶恐不安地盘算着她回家后会怎样和他大闹。

然而司雨回家后只是一声不吭地往床上一躺，像石头一样一动不动，第二天中午也没起来。

第二十八章　五指山

家里的人对司雨的表现都感到很惊诧，雷耀的父母来看她，问她怎么了，她就把头蒙在被子里说自己没事。

雷耀的爸妈面面相觑，都用质询的目光看向雷耀。雷耀十分恐慌，编了无数句谎话，把父母哄走，然后气急败坏地把司雨拽起来："你到底想干什么啊？"

司雨没有答话，面无表情地看向他，身体也软软地瘫倒在他手里。终于，她的眼中有了一丝轻蔑，不可名状地笑了。

雷耀被这轻蔑刺到了眼睛，又狠狠地把司雨推倒在床上："我警告你，别胡闹！否则我叫你吃不了兜着走！"

司雨依旧轻蔑地看着他，颤颤巍巍地站起来，不小心把床头的花瓶碰倒在地，花瓶破碎的声响使司雨有了种异样的感觉，忽然俯下身捡起了一块碎片。

"天哪，你到底想干什么啊？犯不着吧？"雷耀赶紧把碎片夺下来。

他显然是以为司雨要割腕。司雨也觉得自己似乎是要割腕，她说不清这是什么，但感到自己已经什么都不怕，什么都不放在心上了。在这种冲动下，她会做出什么极端的事情，也未可知。

雷耀被吓住了，恐吓的话全都说不出来了。他在屋子里转着圈，偷瞄着司雨，一副焦头烂额的样子。

"好吧，"他忽然用力地揉了揉头发，"你想干吗？痛快地说出来吧！"

"应该是我问你你想干吗才对，你娶我回来到底想做什么？那个女人又是谁？"说到最后一句的时候她全身剧颤，眼中滚下一串冰珠般的眼泪。

雷耀的脸色一下子白了，眼珠转了几转，挤出笑容，握住她的双手："对不起，我向你道歉……我不该骗你的……我早就知道你很善良……我……"

"别再用谎话迷惑我。"司雨冷冷地瞟着他，"我已经听够了。"

雷耀一咬牙说："好吧，我的确不是因为喜欢你才娶你，也不是想让你持家。"他认真地坦白，司雨觉得他是在粉碎她所有的希望。

雷耀继续说："我娶你准确来说是为了掩人耳目。"

司雨就像被人用鞭子抽了一下，从床上跳了下来。

雷耀一言不发地把她抱回到床上。

"掩人耳目？为什么？"司雨瞪着他，眼中几乎要喷出火来。

雷耀避开她的目光："这是一个很长的故事，你慢慢地听我说……"

司雨却根本没这份耐性，仔细地分析了他的一些反应忽然明白了："是不是要掩你父母的耳目？"她依稀记得，雷耀看她病倒在床上，但大部分时候还是不以为然。当他父母来看她的时候，他才真正紧张起来。

雷耀的脸色一变："你猜对了，我就是想掩我父母的耳目！"

"为什么？是不是因为那个女人？"司雨的眼中都要飞出刀子来了，女人不论在什么时候，不论在干任何事情，心思总是钉在情敌身上的。

"是啊。"雷耀没想到她会这么敏锐，笑得又是苦涩又是恼怒，"好吧，我就全告诉你，我父母不许我和她交往。"

司雨除了怒不可遏外，更觉得匪夷所思："你是白痴吗？你父母不许你们交往，你们偷偷地在地下交往就是了，你犯得着弄段婚姻来掩饰吗？什么轻什么重你分不清吗？"她非常激动，几乎是在大吼大叫。雷耀赶紧捂住她的嘴，司雨拼命地挣扎着，却终究拗不过他。

"你不要激动！"雷耀沉着嗓子说，"不是你所想的那样的，我家的父母，和一般人的不同！"

司雨露出了质询的神情，雷耀知道她愿意听她说了，试探着放开她的嘴："也许我这样说不大恰当，你应该也从教科书里读过，资本的原始积累是很残忍的，我听说我爸在创业初期也进行过相当残忍的原始积累，他是个可怕的人。我妈妈虽然没到'残忍'的地步，但是也很厉害。我的父母和她的父母原本是至交，后来因为商业上的问题成了死敌，他们认为她和我好是不安好心，如果我不让他们相信我已经对她死心，天知道他们会对她做什么。就算不会伤害到她的人身安全，肯定也会用毒计让我和她永远再没有可能，甚至也会对我不利。我这也是迫不得已……"

司雨低下头不说话了，她一点儿也不觉得雷耀欺骗她是情有可原，甚至觉得他可能是在说谎，觉得他非常可恶。奇怪的是，她本以为自己会怒得发疯，此时却意外发现自己很镇定，其实是万念俱灰。不管他有没有说谎，是不是情有可原其实都没有关系了。因为他根本不爱她，这场婚姻完全是一场骗局。她的骄傲、她的幸福、她的甜蜜其实都是虚幻的，就像一场梦，她现在终于有了梦醒的感觉。

雷耀见她"很平静"，以为事态还不严重，她还有被劝服的可能性，便赶紧握住她的手："对不起，我知道这样很对不起你，我向你道歉，我会补偿你的！我会给你花不完的钱，只要你能再忍耐一会儿，陪我再演一阵子戏……"

司雨没有回答，只是轻蔑地一笑。她已经听出来了，雷耀的真实"苦衷"是怕因那个女人和父母所起的冲突威胁到他在家族中的地位。他娶她，恐怕也是想表示他对父母已经臣服，不再坚持娶父母不喜欢的人了，以此来争取时间，来完成家族夺权，真的好阴险！也好卑鄙啊！

雷耀的口气开始变硬："那就没办法了，我本来不想说的，你最好乖乖地陪我继续演戏，否则我会叫你离婚时一个子儿都拿不到，并背上很多能让你无法再嫁的恶名。还有，你喜欢设计是不是？我也有本事叫你在设计界永远没有出头之日，你别以为我在开玩笑。"

司雨不认为他在开玩笑，以他家的势力，毁掉她的前途的确易如反掌。但是她并没有把他的话放在心上，准确地说她现在什么都不放在心上了。

雷耀恐吓过司雨之后就急切地等待着她的回应，但看着她即将发生生化异变的死鱼般的样子，知道自己不该操之过急，便叹着气退了。他叫来陈妈监督司雨，坚决不能让她离开雷家，然后便出去了。他忙着去安抚他的"她"，她肯定受惊了，他得赶快去给她压惊。

他一走司雨就站了起来，人越是在极端的情绪中，越是能听见细微的声音。她听见雷耀和陈妈的交谈，知道他叫陈妈看着她。陈妈身强力壮，胳膊就像棒槌一样结实，肯定能看住她。

　　然而司雨是绝对不愿留下来陪他演戏的，他想让司雨陪到他能掌握家族财政大权的那一天——其实豪门有点儿类似于宫廷，谁掌握了大权谁就可以肆无忌惮。司雨才不愿那样做呢！她要离开。必须和他离婚，但是她想先离开。先找个没有人的地方，好好地静一静。和他离婚肯定还要做很多乱七八糟的事情，她现在只想先静一静。

　　但是，在走之前，她一定要弄清楚那个女人是谁。她假装生病害馋痨，叫憨实却嘴不严的保姆阿梅嫂端葡萄给她吃，然后又叫她帮她剥皮，就趁这个机会询问她雷家的合作伙伴。阿梅嫂自然知无不言，司雨很快就确定兰耀武就是那个女人的父亲。

　　他是做鞋帽生意的，是雷朔的故交，后来因为投资的问题反目成仇。陈妈一直在外面紧张地偷听，大概是准备等她们提到兰家的女儿就进来打岔。然而司雨并没有继续问下去，打发走了阿梅嫂，自己关上门上网去搜"名媛"。

　　司雨拐了好几个弯，才从他们公司的贴吧里找到她的名字——兰玲。她又把这个名字在人人网搜了一下，确认她就是兰玲。在主页上的照片里她穿着一身时尚的格子裙，一副养尊处优、志得意满的样子。

　　司雨轻蔑地一笑，把电脑重重地关上了。她打开衣柜，找出行李箱，开始往里面塞衣服，故意弄得"砰砰"响。

　　陈妈听到声音，赶紧把门推开一条缝，司雨的房间里衣柜大开，少了很多衣服，窗户也开着，而司雨却不见了！

　　陈妈赶紧冲到窗边，窗下是一棵大树，一根粗大的树枝正好伸到窗边，难道司雨顺着这棵树背着包袱滑下去了吗？

　　陈妈赶紧朝楼下跑。她一走，司雨就从床底下爬了出来，还拖出来一个行李箱，这是她从某本书上看到的金蝉脱壳之计。

　　司雨拖着行李箱，从雷家的小门溜了出去，陈妈根本没机会和她打照面。一出雷家司雨就拖着行李箱飞跑，直到市区才放慢脚步。她得找个地方藏起来，慢慢地养几天，哪里比较合适呢？好像只有市郊的小旅馆。那里收费便宜——她出来得很急，身上带的钱并不多，住在那里也不招眼。

　　司雨便去市郊找了一个老板面善、雇员和气的小旅馆，找了个靠里的房间住下。刚住下的那天晚上还没感觉什么，第二天早上却觉得鼻塞，躺了小半天，竟然还是起不来床。

她发烧了，虽然不知道温度，但她感觉自己像一团火。也许她从发现雷耀和兰玲的事情就开始发烧了，只是她不知道。真正的痛苦，会让人麻木的，就像一种奇毒，侵入身体的时候丝毫没有感觉，发觉时已经受到极大伤害，甚至已经濒临死亡，司雨就是这样的。

司雨觉得自己必须求救，但是现在能找谁求救呢？雷耀肯定已经对她所有的亲戚朋友下了"通缉令"，不管她去联系谁，恐怕都会立即回到他的掌心。她挣扎着爬起来，茫然地翻着行李，忽然一个名片掉了出来。

司雨拿起名片一看，自嘲地笑了。这是张茉莉的名片，就是那个曾被她称作"三八大侠"的女出租车司机。虽然司雨根本无法辨别她是否真的可靠，但现在似乎只有找她求救了。

张茉莉一接到她的电话就赶来了，见她的脸烧得通红，顿时心痛得直叫。听说她是和老公闹别扭才逃出来的，咬牙切齿地替她骂雷耀。原来她一直记着司雨，一直想知道她怎么样了。要是之前，司雨听到这样的话肯定还会觉得她"三八"，现在却暖洋洋的。当初她在《半生缘》里看到顾曼桢在一个萍水相逢的人帮助下逃离魔窟的时候，还以为是胡扯。现在才发现人生有时候就是这么奇妙，在关键的时候帮助你的，偏偏是你素昧平生的人。

张茉莉立即送她去医院，司雨在路上迷迷糊糊睡着了，睡梦中仍然觉得身上像火一样烫。不知过了多久，司雨渐渐感到舒服了一些，慢慢地睁开眼睛。

啊！司雨吓到了，眼前的人竟然是雷耀！她不敢相信自己的眼睛，又用力地闭了闭再看。天哪，张茉莉出卖她了吗？

"你啊你！这是搞什么啊？"雷耀见她睁开眼就大声训起她来，很愤怒却也很痛心，"怎么一声不吭就跑掉啊？你临走前那个状态，我真以为你去投河了！你知道吗？你一走我就报案了，让警察和河道管理处、森林管理局还有各医院都打了招呼，一旦发现重病、受伤或者是死亡的年轻女人，就立即通知我！你可知道我多担心吗？！"

司雨没有说话，只是轻蔑地一笑。她现在已经无法相信他的话了，唯一令她欣慰的，就是张茉莉没有出卖她。

"好了。"雷耀长舒了口气，"幸亏只是急性肺炎，医生说已经没大碍了，你今天就出院吧。家里的条件要比这里好很多，更利于休养，以后由医生上门来给你治疗。"

"不，我不回去。"司雨淡然地说，语气却是斩钉截铁。

"哎呀，大妹子，你就回去吧！"张茉莉竟然过来劝她。肯定是她不明真相，只知道用老规则来处理"夫妻纠纷"——所谓的老规则就是劝和不劝分，雷耀看起来"悔改"和"和好"的意愿很足，她当然要劝司雨跟他回去。

司雨凄然地一笑，一言不发地朝被子里缩去。雷耀知道她这是不愿意的表现，急得过来拉她。

雷耀知道司雨不愿意，脸立即沉了下来，伸手去握司雨的手："听话！这里的病人太多了，很容易交叉感染。你得的又不是什么大病，回家休养完全可以。"

司雨没有吭声，猛地把手一缩。其实雷耀这只是个象征性动作，隐隐有掌控之意。即便如此，被司雨拒绝后他仍然很生气，再次紧紧地抓住她的手。

"大兄弟！"张茉莉忽然站出来了，"我觉得还是让司雨妹子在医院里多待一阵子吧。肺炎这个病，说大不大，如果急性发作，还是挺麻烦的。"

"应该没关系吧。"雷耀笑着回过头来，却看见张茉莉满眼疑惑，便不好再强制司雨。他想了想，勉强答应让司雨再休养几天，自己则在医院亲自看着。司雨知道他这只是怕她跑了，根本不是关心她，心里更有气，对他不理不睬。她不被蛊惑并不奇怪，难得的是张茉莉竟然也没有被蛊惑，一直偷偷地用质疑的目光打量着雷耀。对此司雨挺欣慰，也很惊讶，便趁雷耀有事出去的时候问张茉莉。

"我只是觉得有些奇怪。"张茉莉一脸惘然，"我和我老公也闹过很多次别扭，也会从家里逃出来，我老公也会来接我。他当然也会生气，也会跟我吵架，但是你的丈夫……看起来不像。"

司雨用力地抿了抿嘴，没有说话。她知道张茉莉的潜台词是她也看出了雷耀弄她回家可能是别有用心。司雨颇为黯然神伤——原来他们夫妻之间的问题已经明显到人人都能看出来了啊！

第二十九章　激变

雷耀嘴上说是要看护司雨，却坐在床边频繁地发短信。司雨想他一定是在给兰玲发短信，说不定刚才也是出去给兰玲打电话。一想到这里司雨就生气，病情竟然加重，到傍晚的时候又是高烧不退，极是凶险。

然而就在这时，雷耀接到了一个电话，需要出去。司雨的脸已经烧得通红，定定地盯着他。他犹豫了一会儿，最终却还是出去了。司雨轻蔑地一笑，"不以为然"地垂下了眼帘，她本想让自己表现得潇洒一点儿，没想到闭上眼泪水就流出来了。

"王八蛋！"张茉莉早已气得咬牙切齿，见司雨流泪更是气得骂了出来，"这家伙在外面是不是有女人啊？"

司雨凄然一笑，他的问题可远比"在外头有女人"严重。但她现在已经不想再多说什么，只是伸手握住张茉莉的手："帮我再逃，好吗？"

张茉莉当即答应，不过说一定要等到司雨烧退。然而司雨决定出逃后，身体里生出了那么一股力量，竟很快把温度压了下来。张茉莉赶紧帮她收拾，扶着她出门，却看到陈妈急匆匆地赶来。原来雷耀怕自己离开，医院"虚空"，竟把陈妈调了过来。

张茉莉咬牙一笑，捋了捋袖子："你自己走吧，我来挡住这老夜叉！"

司雨一怔，接着眼中竟涌出了热乎乎的液体，这样的表现显然有些夸张，因为张茉莉又不是替她去挡子弹堵匪徒，但是她作为一个和她几面之交的人，竟然能如此拔刀相助，还是很令人感动的。

陈妈见司雨要溜，赶紧过来拦阻，却被张茉莉拦住。她们都是悍勇的女人，很快便吵了起来，接着打成一团。司雨感动而又歉疚地朝张茉莉看了一眼，拎着行李箱逃了出去，她的烧刚退，跑起来觉得路坑洼不平。就在她着急自己怎么跑这么慢的时候，手机忽然响了。司雨以为是雷耀打来的，难道他这么快就发现丢了，便咬着牙没有接。

到了个僻静的地方，司雨才去看手机，没想到是一个陌生号码。司雨正在迷惑中，忽然又来了个短信。司雨打开一看：我是兰玲，我们找个地方谈谈好吗？

司雨知道跟兰玲见面肯定不会有好事，说不定还是雷耀诱捕她设下的陷阱。但她还是去了，她不想在兰玲面前示弱。出乎她的意料，兰玲一个人端端正正地坐在茶馆靠窗的位子上，脸上带着亲和的微笑，如果不是因为她是情敌，司雨见到她的时候几乎要本能地露出微笑。

"请坐。"兰玲微笑着招呼司雨，并给她斟茶。

司雨绷着脸坐下，木讷地端起茶喝了一口，开口的第一句话竟是："你怎么知道我的手机号码？"

"我从雷耀的手机里翻出来的。"兰玲微笑着说，给自己倒了一杯茶，"我其实一直想见你，跟你谈谈，只是一直不敢，也找不到机会。这次你找到我了，我就想，我干脆还是站出来吧！"她的袖子是喇叭形的，移动之时丝毫没有震动，可见她的心里多么平静。对此司雨感到非常挫败和愤怒，她凭什么如此平静？

兰玲喝了茶等着司雨继续问话，司雨就像一个闷葫芦一样不说话。司雨也很奇怪自己为什么会闷声不响，按照常理该唇枪舌剑地质问她。

见司雨这样，兰玲只有苦笑。她斟酌了一阵子，小心翼翼地开了口："我知道你一定有很多话要问我，你也一定很恨我。不过，其实那些都已经没有必要了，我已经和雷耀分手了。"

司雨万万没想到会是这个结局，感觉自己的一切想法全都错了位。

"我……"看着司雨呆如木鸡的样子，兰玲丝毫不觉意外，继续微笑着说，"我知道你一定很意外，很抱歉，其实我早就想了断这段感情，只是一直下不了决心。其实对雷耀的做法，我也是不赞同的，当时就觉得这段感情也许该断了，他已经因为我失控了，再和我在一起，可能会继续走向岔道。后来你出现了，才促使我下定决心，不能再让他失控下去了。"

"这么说你是怕他继续走岔路才和他分手的？你真有这么高尚吗？"司雨忽然打断她，恨恨地盯向她，眼里几乎要喷出火来。其实她现在脑子还是蒙的，但听到兰玲把自己说得高尚就本能地觉得不爽，进而质疑。此外，她说这话时那种高高在上的优越感也让司雨很愤怒，她这口气不仅是凌驾在司雨之上，还凌驾在雷耀之上！

兰玲的脸色僵硬了，她在犹豫是否应该对司雨说实话，不过最终还是坦诚相告："好吧，我的确没那么高尚。其实，我和他之间一直存在问题，我觉得他就像一只黄鼠狼。"

黄鼠狼？司雨蒙了。司雨没见过黄鼠狼，听说黄鼠狼后她脑中浮现的第一印象竟然是卡通片里的叼着烟斗、穿着皮靴、龇着大板牙的黄鼠狼形象，顿时哭笑不得："这怎么讲啊？"

"你见过黄鼠狼养老鼠吗？"兰玲的表情忽然变得痛苦和凝重起来，"我见过黄鼠狼吃老鼠，会把捉来的小老鼠放在洞穴里养，为了怕老鼠逃跑，就会把老鼠的四肢咬下来，然后使劲喂，最终会把老鼠喂成小肉球。"

"哦。"司雨设想了一下，顿时起了一身的鸡皮疙瘩。

"我感觉我和雷耀的关系就是那样的，他的占有欲和控制欲实在太强了。虽然他对我很好，在外人看来也只是缠绵和甜蜜有点儿多而已，但是我就是受不了。我感觉我的手脚被束缚，自由被限制，让我感到窒息……"

司雨茫然地走在街道上，兰玲之前说的话一遍遍地在她耳边回荡。她的脑子已经空了，走路就像踩在棉花上。事态的变化实在太匪夷所思了，就在她因敌人而愤怒、痛苦甚至准备战斗、准备肆意妄为的时候，敌人忽然一下子消失了。但是她还没来得及发泄，因此陷入了迷茫，再也不知道该怎么做。

司雨怔怔地回到了雷家，她也不知道自己回来做什么，但是很想知道雷耀现在的样子。现在想来，之前雷耀被兰玲叫出去，是去听兰玲的分手决定。兰玲和雷耀分手后，又把她叫出去见面，还真是速战速决、快刀斩乱麻的作风。

雷耀没有回来，司雨在房间里静静地等待。第二天下午，雷耀回来了。刚进门的时候他对司雨视而不见，一言不发地往楼上走，与司雨擦肩而过的时候却狠狠地瞪了她一眼，就像在说"这下你满意了"以及"别高兴得太早"。

司雨并没有理他，只是淡然地把目光转向别处。按理说，她看到他的时候，心里应该很痛，但实际上她没有感觉。也许她之前痛到了极限，彻底麻木，或者已经不在乎这点儿痛楚了吧！

雷耀没有回婚房，而是进了自己之前的屋子。司雨凄然地笑了，走到门口轻轻地坐下来，静静地注视着紧闭的门扇。这么做似乎毫无意义，但是司雨就是想看着他。虽然看不见，但是觉得自己也能感受到他的气场。此时的心情非常微妙，就像在看一个困在蛋壳里的小鸡，猜测会有什么样的变化，最终能不能摆脱困境。

吃饭的时候，陈妈拿着餐盘过来，怎么叫都叫不开门。司雨叫她把餐盘放在门口，轻轻地说："我们走了。"然后和陈妈一起离开。等她们走后，雷耀从门中伸出手把餐盘端了进去。司雨欣慰而又惘然地笑了，这才想起自己也还没吃东西，便胡乱吃了一点儿，又走到他门口坐下。

夜里司雨从婚房里拿来铺盖，睡在他的门口。早上起来后把铺盖搬走，然后继续在门口守着。也许她没必要这样做，但就是不愿离开，就像她一离开，雷耀就会出事。而她如果错过，将是她毕生的遗憾。

雷朔走来，忧虑地朝雷耀的房门看了一眼，轻轻地问司雨："你们俩到底怎么了？"

司雨摇了摇头，她本想表现得潇洒一些，没想到刚一摇头眼泪就下来了："我觉得您该知道……"

雷朔想到了什么，看向雷耀房门的目光夹杂了一丝责怪。他在门口徘徊了片刻，欲言又止。最终还是离开了，转身看到李不言正藏在黑暗的拐角处盯着雷耀的房间看。

雷耀在屋里闷了一天后终于出来了，穿了一身运动装，径直去开车，对司雨依然视而不见。司雨骑辆自行车跟上他，这个车是阿梅嫂的，她也没跟阿梅嫂打招呼。现在除了雷耀，什么她都不在乎了。

司雨本来担心雷耀会把车开得很快，这样她就追不上他了，可是他把车开得很慢，或许他的心里已经平静了，司雨这才放心了一些。

雷耀把车开到了一个废旧的运动场，然后在运动场上跑步。他围着运动场，一圈一圈地跑……

第三十章　破茧

司雨静静地看着他狂跑，并没有阻止他，只是找了一块干净的石头，坐在上面旁观。她带着几分悲怨、几分怜惜，甚至还有几分惊喜。这是雷耀第一次在她面前毫无伪装，她看着真实的他，自己的心也慢慢地静下来，越来越淡定。

雷耀终于跑不动了，在司雨不远的地方停下来，跪在地上拼命地喘气，忽然沉着嗓子说："你一直在我身边守着，怕我寻短见？"

司雨惘然地笑了笑，轻轻地摇了摇头。

雷耀注视着她，被汗水浸湿的嘴唇微微地蠕动。昨天司雨刚到他的门边，他就发现了。一开始他还觉得很烦，并怀疑她会打扰他，没想到她始终静静地守着他。

他静静地凝视着司雨，看着她的脸沐浴在阳光下，忽然有种不一样的感觉。他极少这样认真地凝视她，就算偶尔凝视，也是心怀叵测。现在毫无杂念地看着她，感觉非常祥和，就像海绵蘸上温暖的净水，轻轻地擦拭着他的心田。

他们互相对视，忽然发生了化学反应。

"走吧。"他轻轻地叹了口气，转身就往运动场门口走，却走得很慢。他们走到门口，赫然发现雷耀的车不见了，司雨的自行车孤零零地被锁在一旁的小树边。

司雨"扑哧"一声笑了出来，雷耀尴尬地揉了揉头发，忽然哈哈大笑："我太大意了，把车放这种地方，当然会被人偷的，我真笨……"

他这一笑，就好像打开了心灵的闸门。虽然还不至于"将郁闷一泄而尽"，但脸色明显好看多了。

司雨欣慰地看了他一眼，走过去把自行车推过来："我带着你吧！"

"哦，好……"雷耀尴尬地笑了笑。

雷耀坐在后座上，并没有去搂司雨的腰。他看起来不胖，却非常结实。沉甸甸的后座反而让司雨有了种异样的踏实，愈加卖力地蹬着脚踏。然而即便如此，车依然骑得很慢，也摇摇晃晃。

雷耀叹了口气，让她停下换他骑。他骑得比她快多了，车很稳。司雨心头大畅，想搂他的腰，心头忽然一阵迷乱，便莫名其妙地感到疼痛，只好把手放下来。

今天他们的运气很差，刚骑到半道就下雨了。这里是市郊，前不着村后不着店，他们只好到一棵大树下避雨。空气被雨水洗过后温度急剧下降，雷耀穿的是背心短裤，很快便冷得缩起了肩膀。

见他如此，司雨又笑了："雷少爷原来也会这么狼狈啊！"

雷耀撇了撇嘴，没有理她。他表情窘迫又带了点儿小脾气，看起来就像个陷入窘境的孩子。司雨笑嘻嘻地看着他，忽然脱下外套给他遮上。

雷耀一怔，赶忙把外套扯下来，给司雨披上："别削我面子啊，我可是男人，怎么能让女人受冻呢？"说完便把脸别向一边，嘴角却微微上扬。见他这样，司雨又笑了。

两个人拖泥带水地回到了家，各自沐浴换衣。司雨洗完澡就倒下了，她的病还没有好彻底，之后又这样折腾，不病倒才怪。雷朔赶紧叫医生上门来给她诊疗。医生给她挂了水，她才迷迷糊糊地睁开眼，发现雷耀正绷着脸坐在她的面前。

"你还真狡猾啊，"他轻轻地叹了口气，把司雨放在外面的手放进被子里，"竟然通过生病来转移我的注意力，你知道我不会看着不管的，对吧？"

司雨被逗笑了，却笑得有些凄凉。

"只要我分心照顾你，就不会再沉浸在回忆里了，你是这样想的吧？你还真有办法呢！"雷耀从怀里掏出几片绿叶，放到司雨的头上，"别动啊，这是萝卜叶。我从书里看的偏方，说把萝卜叶放到发烧的病人头上，可以退烧，我是从我妈妈的菜园里找来的。"说着把脸偏向一边，小孩子般地抱怨起来："我妈妈的菜园真不行，土松得过头了，下雨更不行，我差点儿陷进去！"

司雨又被逗笑了，笑得却更加凄然。雷耀依然把目光对向别处，沉默了片刻，说了句"好好养病"便离开了。之后他隔三岔五来看她，虽然没有什么表示，但司雨能清楚地感觉到他的关怀之意。

司雨很快便痊愈了，雷耀的"病"却没有好。他依旧一声不响，除了上班就是发愣。对此司雨并没有说什么，只是一言不发地陪着他，就像一只忠诚地陪伴有自闭症的主人的猫。

这天雷耀在花园的凉亭里自己跟自己下围棋，司雨静静地坐在一边，表情淡然地看着棋盘。她知道人在下棋时最不喜欢有人叨扰或是临场指导，所以尽量连表情也压抑着。然而她控制不住自己的推测，因此在雷耀走棋的时候总忍不住揣摩他下一步的走法，目光总下意识地落在她揣测到的地方。

"哈哈。"雷耀晦涩地笑了笑，招呼她坐过来，"跟我一起下棋吧，不过不要另开棋局，接着这个残局下，看你能不能赢我。"他说这句话的时候双眼闪闪发光，不知道在想什么。

司雨欣然答应，坐在他的面前。之后两个人一言不发，除了走棋连动都不动一下，看似杀得紧张，气氛却颇祥和。过了一会儿，雷耀忽然撇了撇嘴："你不用再让我了，你别以为做得隐秘，我就看不出了。"

虽然看起来很不快，他的语气中却没有多少不快之意。

司雨确实在悄悄地让他，并费尽心机地不让他赢得明显。她调皮地朝他笑笑："不让你不行啊，如果我尽力去下，恐怕你不是我的对手呢！"

"不可能。"雷耀轻蔑地一笑，"你倒试试看啊！"

司雨不以为忤，开始全力施为。棋盘上的局势便大转，不一会儿工夫，雷耀便输得一败涂地。雷耀不甘心就此认输，和司雨再下数局，结果全被杀得片甲不留。

虽然他好胜，但也颇有风度，笑着擦去额头上的汗水："果然厉害。我真是小看你了。"说到这里他的表情忽然有些惘然，他还是第一次真正认同司雨的优点，以前总把她当成一个一无是处的傻女人，即使看到了优点也不往心里去。这是他第一次承认，司雨比他强。

司雨不知道他想到的什么，微笑着注视着他。没想到他的表情越来越惘然，不由得也跟着他惘然起来。

她不知道，刚才雷耀把对情局的愤怒和思索带进了棋局。他以为自己是正确的并将获得胜利的那一方，没想到却屡战屡败，而且又是被司雨打败，有一种宿命的意味。输了之后他怅然若失，心里却是豁然开朗。

"我其实一直不懂。"他忽然喃喃地开了口，"我不知道兰玲为什么要离开我。她很优秀，但我比她更优秀。我对她一直很好，她却说我没有给她空间，管她管得太严，可是我也是为她好。真不明白她为什么要离开我。"

感情这东西，有时候就是当局者迷旁观者清。有些外人一听就懂的道理，当局者却就是不懂。

司雨静静地听着他描述和兰玲的情局，脸色渐渐地晦暗下去，神情却极淡定。

"算了，不提了。"雷耀忽然长长地舒了口气，脸色明亮了起来，"也许感情上的东西就是这样，我搞不懂，也不必搞懂了。我和她，已经结束了。"

司雨的脸色重新明亮起来，欣慰地笑了。

当天晚上，雷耀回婚房叫阿梅嫂把屏风撤掉，把沙发床也恢复了原装。司雨回来后很是惊讶，一时也不知所措。

"惊讶吗？"雷耀微笑着走过来，他刚刚经受过"心理上的磨难"，显得颇为精神涣散。然而司雨还没等他开口就闪向了一边，低声而又坚定地说："对不起，我不想做替代品。"

雷耀的脸僵住了，强笑了一下，想说些什么，最终却没有开口。他朝司雨瞥了一眼，目光异常复杂，低下头默默地走了。

司雨希望他离开，见他真的离开却有些意外。她朝他的背影望了一眼，心里怅然若失，着实迷乱了一阵子，但最终还是冷静释然了下来，嘴边勾起凄然而又坚定的微笑。她这阵子看着雷耀慢慢走出困境，自己也在悄悄破茧成蝶。她已经快要破茧了，很快就可以展翅飞翔了。

以后一连几天雷耀都没有再接近她。司雨基本上可以安之若素，但在某些意料之外的时刻还会有些慌乱。这天晚上就是这样，她下意识地往雷耀所在的房间走，想看看他在干什么，却意外听到他在大吼："你没资格这样说我！"

司雨猛吃了一惊，下意识地躲在角落，赫然发现门口已经藏了一堆人。雷耀正在跟一个人对吼，那个人是雷朔。

"什么叫我没资格说你？我是你爸！"雷朔被顶撞后非常生气，也对着雷耀大吼，但是嗓门儿敌不过他，听起来像是理亏。

"你是我爸又怎么样？长者必须尊重自己才可以被人尊敬，你为老不尊，我干吗要尊重你？"见雷朔拿出父亲的身份雷耀反而火气更大。

"我哪里为老不尊了？"雷朔气得嘴唇发抖，"你倒是说出来！"

"你是真傻还是假傻？难道你真要我把你做的事情一件一件数出来？"雷耀冷笑着说，忽然看见李不言正一脸紧张和忧虑地看着他们，心里顿时"咯噔"一下，悻悻地斩断了话头。

不管雷朔以前怎么混账，但现在已经和李不言和好了。他要是再跟他扯以前的事情已经毫无意义了，说不定还会影响他们的夫妻关系。所以为了母亲，他不能再说下去。

按理说雷朔对这类话题应该避之不及才对，没想到他竟像遭受很大冤枉，更加愤怒了："我做了什么事？你以为我做了什么事？啊！我明白了！"他气得脸色煞白，用手指着他，"这就是你胡闹的理由吗？是不是你觉得我为老不尊，自己就可以胡作非为？！"

之前雷朔也因此指斥过雷耀，雷耀却没有示弱，现在却沉默了，因为看到司雨站在一旁。

雷朔根本没有发现他微小的变化，继续指着雷耀骂，他已经快气疯了："你看看你，你难道一点儿都不觉得自己做错了吗？人生大事是可以用来开玩笑的吗？而且你还在拿人家女孩子的人生大事开玩笑！你是男人你不怕，可人家是女孩子啊！"

听到这里司雨才恍然大悟，雷朔之所以会大发雷霆，肯定是因为知道了雷耀和她假结婚的事情。虽然司雨对这件事已经释然，但被拿到台面上去说她还是有些尴尬和慌张。她慌忙看向围观的众人，却发现他们一脸茫然。

他们还不知道吗？肯定是雷朔没有把这件事明确地说出来。雷朔还是顾全大局的，这么说还有挽回的余地。大局？余地？她还在奢望什么？

想到这里司雨心里一阵迷乱，脑子也变得糊涂起来。

第三十一章　血肉相连的感情

雷朔还在大声指斥雷耀："你有什么权力坑害别人？你觉得你是受害者吗？你真是受害者吗？你跟兰玲根本不适合，我老早就看出来了！你以为我是害你吗？现在她不是把你甩了吗？你哪里是受害者啊！你在害别人！你有没有想过，你对得起人家女孩吗？且不说人家对你一片真心。人家清清白白，什么都没做错，却被你拿来当幌子。你可知道，她经过了这件事，恐怕也不好找对象了，你知不知道？！"

雷耀被骂得脸色通红，却是紧张万分地注视着司雨，他怕司雨会因雷朔的话而产生共鸣，或者产生误解。然而司雨的脸色晦涩不明，似乎对雷朔的话真的有所反应。他心头一阵慌乱，终于失去了冷静，对雷朔吼出了一句话："那也全是因为你！我不这样做……天知道你会对兰玲做出什么？你别以为我不知道？你是个灭绝人性的东西！"

"什么？"雷朔的脸涨紫了，狠狠地给了雷耀一拳。

李不言惊叫起来，赶紧扑过去抱住雷朔的拳头。

雷耀倒在地上，嘴边溢出了血。他一抹嘴唇，狠狠地朝雷朔看去，便要挥拳。

司雨及时地扑到他身边，摁住了他的拳头。这对父子就这么对视着，宛如多年的仇人。

时间仿佛在这一刻凝固了。

不知过了多久，雷朔眼中的怒火熄灭了，取而代之的是冤屈、不解、伤心和绝望。他重重地叹了口气，转身离开，语气中竟含着哭腔。听到他的叹息声后雷耀呆住了，目光像黑洞一样。

李不言怕雷朔气出毛病，跟他走了。司雨则把雷耀拉到椅子上坐着，用棉球帮他擦去嘴边的血迹。雷耀的表情是惘然的，呆呆地盯着地面，里面似乎压抑着难以言喻的伤痛。

"以前他经常打你吗？"司雨小心翼翼地问。

"不。"雷耀长长地叹了口气，仰头看向天花板，"这是第一次。"

司雨一惊，一句话涌到了嘴边，却不敢说。雷耀和雷朔之间似乎有着深深的误会。雷朔是否在资本积累的过程中做过残忍的事情她无法推测，但雷耀说他是个生活糜烂、不顾旁人的禽兽爸爸，她却觉得雷朔可能被冤枉了。因为今天的争吵表明，雷朔对雷耀的生活和心理状态都是非常关心的，他似乎不应该是个不顾家庭的坏父亲。

门忽然开了，李不言一脸犹豫和愧疚地走了进来。她看到雷耀嘴角肿着，立即心痛地贴上来："儿啊，痛吗？你今天怎么这么冒失啊？怎么能这样惹你爸？"

雷耀苦笑了一下，爱怜地看着母亲："没事，一点儿都不痛。我知道他是怎样的人，没觉得有意外。"

李不言忽然变得满面羞愧，犹豫再三后开了口："妈今天就是来跟你说这事的，其实你爸爸不是像你想的那样！"

不仅是雷耀，连司雨都怔住了。

李不言一脸难以言语的后悔，低着头说："我知道你恨爸爸，大部分是因为我跟你说的那些话，是不是？"

雷耀惘然地点了点头，忽然异常紧张和恐惧起来。

"其实那些事情都是查无实据，我根本都没去查，那时妈妈心理不大正常，见他总不来亲近我，就恨他，一恨就怀疑，就胡乱猜想，只要他一跟女人接触，我就怀疑他们暧昧，怀疑多了，就觉得是真的，就向你诉苦，对不起啊……"

雷耀一下子弹起来，呆呆地看着李不言，眼珠子瞪得要掉出来。

李不言不敢看他的目光，悔恨万分地说："请你原谅妈，妈不是故意的。当时妈心理不正常，就以为是真的，后来才觉得可能是冤枉了你爸，结果惹得你们父子不和，对不起啊！"她说完这些许久不敢抬头看雷耀，终于鼓起勇气却被吓呆了。

雷耀正面无表情地看着她，目光无比锋利，简直可以在她的脸上刮出血来。

"你在骗我，是吗？"雷耀冷笑着开了口，"你现在和他和好了，不想被我搅黄了，所以就骗我是不是？"

"不，不是……"李不言赶紧辩解，雷耀却根本不给她解释的机会，"你……你太卑鄙了！我一直为你拼，为你争，你竟然为了你自己的利益，编出这种谎话来骗我！"说到最后他已经在大吼，"你把我当什么？白痴的忠狗吗？！你竟然这样对你的孩子，你给我出去！我不想再见你！"

因为吼得过于激烈，雷耀的嘴角又流血了。司雨赶紧用手帕按住，回头忧虑地向李不言示意：您还是时离开一会儿比较好。李不言身体一颤，一副心痛得快要倒地而亡的神情，用嫉妒和受伤的眼神看了看司雨，抽泣着出去了。司雨在心里叹了口气，重新用棉球给他处理伤口。

伤口被重新撕开肯定很痛，随着棉球的擦动，司雨可以看见雷耀的耳下有根筋在微微地颤抖，脸上的肌肉却纹丝不动。

"要是痛，你就说出来吧！"司雨幽幽地叹了口气。她不仅仅指雷耀肉体上的痛楚，也希望他能把心里的痛楚也一并宣泄出来。

"没什么。"雷耀苦笑了一下，"早就麻木了，只是没想到妈妈竟然会为了夫妻和睦欺骗我，她以为我是什么？"

看来雷耀已经认定雷朔就是一个干尽坏事的浑蛋。童年的记忆是一种深植在灵魂深处的东西，是轻易抹杀不了的。既然如此，她似乎不应该再多嘴了。

但是她不能不多嘴，因为她不能看着雷耀和父亲决裂之后再和母亲有隔阂。人莫大的痛苦，就是子欲养而亲不在。如果他真的是误会了父母，那他若干年后一定会后悔的。但如果就在这若干年里，雷耀的父母出了意外，那等着他的，将是怎样的悲哀和遗憾？

"其实……"司雨目不转睛地看着雷耀，小心斟酌着每一个字，"我觉得你妈妈有可能是在骗你，但也有可能没骗你。你爸爸有可能是那样的，但也可能不是那样的。"

"你到底想说什么？"雷耀皱起了眉头。

"我是想说。"司雨凝视着他的眼睛，声音沉稳温和，却有无比有力，"你为什么不自己去查证一下呢？看看当年到底怎么回事儿，还有关于你爸爸所谓的'在资本原始积累中犯下的罪'。"

雷耀沉吟了半晌，一下子站了起来，说道："我立即叫老李帮我查。"

司雨知道他是指私人侦探，柔和但不失坚定地说："不，你最好自己去查证。通过自己的眼睛、自己的耳朵，自己的感觉……千万不要假手于他人。"

雷耀如梦中惊醒一般，露出无比激动的神情，接下来却彻底惘然了，甚至有些惶恐不安。

雷耀终于决定和司雨一起去查证父亲的罪过。第一个去问的便是最让他在意的"小女孩事件"的主人公——莫晓玉。

莫晓玉是十七岁那年到雷朔开的工厂工作的，因为那是雷朔的创业初期，他自己也在一线工作，不知怎么她就和雷朔闹出绯闻。当时雷耀只有十二岁，从母亲嘴里听说父亲竟然对只比自己大五岁的女孩下手，气个半死，之后足足有半个多月没有缓过劲儿来。现在重撕旧伤，雷耀颇有些紧张。

莫晓玉现在已经三十二岁，嫁给了一个教师，已经育有一个八岁的女儿。雷耀和司雨谋划了半天，觉得直接去问她肯定问不出什么，便决定用试探的方式。

他们以雷朔的名义给莫晓玉发了一个短信。短信内容暧昧不清，主题就是"你还记得当年的情谊吗"。

雷耀和司雨发了短信后就陷入了紧张、呆滞。他们不知道张晓玉会回什么样的短信，也不知道她会不会回短信。不过怎么说，都是十五年前的事情了。不管当初是黑是白，都难说她还会有心情纠缠这旧事。

莫晓玉是没有回短信，而是直接打电话来了。司雨和雷耀措手不及，不知道该怎么办。雷耀咬了咬牙，硬着头皮接了电话，用雷朔的口吻跟莫晓玉说起话来。

雷耀和雷朔虽然是父子，口音有点儿像，但毕竟比雷朔年轻了三十岁，肯定无法做到以假乱真。但莫晓玉并没有在意这一点，一来她和雷朔已经十几年没联系了，再说她现在也异常地激动："雷叔叔，我当然记得您对我的恩情，您对我的恩情我一辈子都记得。当时我妈妈生病了，没钱医，是您借钱给我们，还不要我们还。看我身体不好，还调我去轻松的车间上班。我一直都记着。您现在好吗？我能去看看您吗？我经常把您对我的恩情跟我儿子说，想叫我儿子认您为干爷爷，我可以去看看您吗……"

敷衍完莫晓玉后，雷耀惘然了。他呆呆地看着地面，嘴角不断地抽搐，眼中似乎有什么东西要喷薄出来。司雨知道他一定在痛悔自己错怪了父亲，便试探着说："那我们现在回家好吗？"

"不。"雷耀忽然仰起头，沉着嗓子说，"不还有其他当事人吗？我们应该再去问问。"

司雨发现他表情沉重地注视着远方，脸上满是惘然和慌乱，眉头微微地抽搐着，似乎心里有两股力量在剧烈地交战。

司雨哑然，她把雷耀内心的痛楚看得太简单了。不管怎么说，那是他曾经深信不疑的事情，没这么容易被彻底扳倒。他还需要一些时间，及更多的证据。

对其他当事人的走访也很顺利，事实果然如李不言所说的那样。雷朔的风流事有八分是假的，剩下二分也是查无实据，完全可以看作李不言的臆想。雷耀呆呆地站在风中，满脸的迷茫、痛悔和惊惶。他的样子就像个犯下了滔天大错的孩子，对自己的错误感到难以接受，甚至恨不得通过失去记忆来逃避。

"我们接下来就要去调查你爸爸的'原罪'了吗？"司雨轻轻地问他。

"不。"雷耀轻蔑地一笑，"这个'原罪'，其实也可能是我想当然地加上去的。当时因为对爸爸有猜疑，心态改变了，所以别人说什么就信什么，宁愿相信坏的，也不愿意相信好的。现在想来，跟我说这些话的，都是我一个儿时的玩伴，他的爸爸是我爸爸的生意伙伴。生意上的伙伴就是这样，今天是朋友，明天就可能是敌人。在一起合作的时候也可能存着二心，准备随时摆对方一道，我不该相信他的话，至少该去查证一下……"

司雨默然了，原来雷朔的"原罪"也是一座罗生门。立场不同，所认为的真相就不同。这世上误会和偏见产生的原因，不外乎如此。

即便如此，雷耀还是走访了相关人等。反正已是十几年前的旧事，该浮出水面的都浮出水面了。雷耀对这些事件的调查也没有遇到阻力。结果和调查"风流债"一样，都是"莫须有"的罪名。雷耀彻底迷茫了，茫然地坐在车上，一脸的自嘲自怨的苦笑，眼中却无声地流淌着热泪。

司雨觉得是时候了，试探着问他："我们可以回去跟爸爸谈谈了吧？"

雷耀苦笑了一下，声音竟像幽灵一样轻飘："你是说我该回去和爸爸和好，对吧？可是我觉得已经不行了呢！"

"为什么？"司雨感到匪夷所思，"你不已经发现那些都是误会了吗？"

"怎么跟你说呢？"雷耀苦笑着揉了揉头发，热泪滚滚而下，"不错，我已经知道那些都是误会了……但那些只是我们父子间的矛盾的起因。就好像一颗种子……而我和父亲之后又……误解，甚至还多次……互相伤害过。是的。那时的误会的确是起因，但也只是一颗种子而已，而我们现在的矛盾，已经成为大树了。我们再也没办法把大树还原成种子……即使把根刨去，树干却依旧存在……你明白吗？"

司雨哑然，她虽然不是很懂雷耀的意思，但觉得他依稀是在说他们父子间的矛盾已经积得太多，已经回不去了。她觉得雷耀不该这么悲观，但仔细一想，觉得恐怕真是如此，她不是没看过雷耀和雷朔的冲突。她从没见过有哪对父子之间有如此大的矛盾。他们之间能不能尽释前嫌，她真的没有把握。

雷耀载着司雨回了家，两个人都闷声不响。雷耀一回家就进了房间，司雨则茫然地在门口徘徊。对面的邻居爬上了天台，把自己养的鸽子都放跑了，然后就找了个斧子砸鸽子窝。他一直都喜欢养鸽子，但不知为什么不愿意继续养了。司雨感到很诧异，但并没有打算深究。历来能让人放弃一生的爱好的，只有痛彻心扉的痛苦。她这里的痛苦已经太多了，没有空间容纳别人的痛苦了。

以后的几个小时，司雨的心里都沉甸甸的。脑中总是反复出现邻居砸鸽子窝和放鸽子的画面。她一开始不知道为什么，后来却明白了。鸽子和巢之间的关系，不就是子女和父母之间的关系吗？现在邻居在她的面前赶鸽子毁巢，难道是老天在给她启示，雷耀和雷朔的关系已经无可挽回了？司雨感到胸中难以言喻的气闷，忍不住想再看看鸽子巢现在的样子。

啊！司雨走到门外就呆住了。邻居的天台和周围的房顶上全是一片羽毛耀眼。鸽子全都回来了！带着光辉，围在主人身旁。它们的主人无比痛悔和自惭形秽，满眼流泪地看着它们，身体剧烈地抽搐。司雨就好像醍醐灌顶，知道该怎么对雷耀说了！

她跑到雷耀的房间，把雷耀拉出来。听了司雨讲的来龙去脉，再看鸽子们的时候，雷耀也颇为震动，呆呆地看着它们，若有所悟。司雨知道是时候了，小心翼翼地说："我知道这也许有些抽象。不过，你看这巢和鸽子，不就像父母和子女吗？不管巢变成什么样，甚至被毁了，鸽子依然会回来，我想不管父母和子女之间闹成了什么样子，子女依然会像鸽子归巢一样回到父母的怀抱。"

雷耀茫然地站着，似乎没什么反应。司雨却能感觉到他心里的冰在融化，她似乎可以听见他心中的寒冰破碎的声音。他在原地呆呆地站了一会儿，转头便去了父亲的书房，在那里等到父亲回来，和他谈一整夜。

俗话说，打断骨头连着筋。历来只要愿意和解，亲人之间很少有无法和解的。雷耀和雷朔之间很快就冰释前嫌，感情和以前一样——不，应该说是犹胜从前。雷耀这才想起，父亲还曾是自己的偶像，回想自己之前和父亲的敌对，简直像是一场梦。这件事对他的影响很大，他的脸很快就变得布满笑意，神情也变得前所未有的阳光。司雨欣慰地看着，笑得有些凄楚。她知道她自己的事情也该解决了，虽然有些痛苦，有些凄凉，但她应该走了。

第三十二章　纠缠

她准备对雷耀说这件事的时候，雷耀正在把玩着一副器具。这是明末的古物，棋盘是用檀香木做的，棋子是用墨玉和白玉做的。他一直不了解司雨的喜好，现在也是凭猜测给司雨选礼物。她喜欢下棋，也应该喜欢棋具吧！从她在设计上的偏好来看，她应该喜欢古风，送这个给她应该很适合……

雷耀无意间一抬头，正巧看到司雨站在身边，赶紧笑着招呼她坐下："你来得正好，看看这副棋，喜不喜欢？"

司雨木然地笑了一下，接过棋具放到一边，从口袋里抽出一张纸来。

雷耀的表情立即凝固了。

是一张离婚申请书。

"你要跟我离婚吗？"雷耀一副不敢相信自己的眼睛的样子。

"是的。"司雨微笑着说，略带稚气的脸上波澜不惊，"我们好合好散，我也不要求分割财产，我也不带走什么东西，我们今天去办离婚手续，下午我就可以离开了。"其实她早就决定和雷耀离婚了，只是那时雷耀无比消沉，她不放心离开。现在雷耀的生活重回正轨了，她应该破茧飞翔，去寻找属于自己的天空。

雷耀依然不敢相信这是事实，愣了一阵之后，忽然把离婚申请书撕了。

"你撕了我还会再打的。"司雨依旧是微笑着，脸上是难以言喻的成熟、宁静。

"你这是做什么？"雷耀说，一副快要吐血的表情，"你不是一直都对我……现在不一切都好了吗？你为什么还要离开我呢？"

司雨淡淡地笑了笑："是的。不过我想明白了。"

"你想明白了什么？"雷耀的脸色迅速灰了，声音颤抖，就像他的心中有什么东西在龟裂破碎，"我觉得你一点儿都不明白，你是以为我不喜欢你，是不是？不，我已经开始喜欢你了……"说到这里他的喉咙哽咽了。其实仔细想来，他并不是刚刚开始喜欢她，也许他早就对司雨有意思，只是下意识地压制着，不知道而已，否则在他准备喜欢她的时候，这感情不会如此到位。

"不，我早就想明白了。"司雨淡淡地笑着，眼里有一股隐晦但非常深刻的苦涩和释然在慢慢蔓延，"你现在对我的喜欢，可能只是在感情空虚时的心理需要……"

"不，我是真的喜欢你！"雷耀赶紧打断她。

"那是怎样的喜欢呢？"司雨依旧淡然地笑着，却不知不觉中带了一丝幽怨，"是学生时代对同学的那种喜欢？或者是青春刚开始时随便找个女伴的那种喜欢？"

雷耀知道司雨的意思，他盯着司雨的眼睛，斩钉截铁地说："都不是，我对你，就是对妻子的爱，我希望你能和我相守终身。这是真的！"

"不会的。"司雨不以为然地摇摇头，一股凄然在她的脸上悄悄蔓延，

"首先，我们之间的差距实在太大了，我已经想过，有时候，人的地位会决定人的行为。也许你现在觉得你可以和我相守终身，但遇到比我更好的人，一定又会觉得你和我不再适合了。而且，依你的身份，一定可以遇到更好的，到那时，为了和你的身份相配，你一定会选择更好的。"

"不会的，我不会变心的……"雷耀越来越紧张，因为他发现，此时的司雨表面上谦和温柔，心里却像一座冰山，他可能一点儿都无法感动她。

"这不是变不变心的事儿。"司雨凄然地摇摇头，"婚姻不是只有感情就可以维系的，它还需要很多方面的合拍。我们很多方面都不合拍，我们的差距始终太大了。此外，除了地位和物质上的差距，我们的性格和处事方式也不大合拍。你的占有欲和操控欲都很强，大男子主义也很重……我早就感觉到了。一开始我觉得可能是因为我不是你喜欢的人，你才那样对我，后来才发现你对心爱的人也是一样的。"

雷耀呆住了，虽然他对司雨的话并没有完全明了，但有一个意思听明白了，那就是不管怎样他和她都没戏了，他不愿接受这个事实，站了半晌后咆哮起来："我爱你啊！"

司雨心头一颤，几乎要流下泪来，赶紧低下头去："对不起。我们好合好散吧！"说着便又去打了一张离婚申请书，然后走进花园，找个角落坐了下来。她虽然认为自己该淡定，在雷耀的面前也表现得较为淡定，但实际上她心里还是没有办法淡定。

她就在花园里藏了几个小时，觉得雷耀该冷静下来了，便重新回到房里。雷耀是一副笑嘻嘻的样子，似乎已经无所谓了。司雨心里一松，却也剧烈地一酸，又不免有些自怨自艾，看来他的确不在乎啊！然后便去找那张应该已经填好的离婚申请书，以及她的行李。

然而她没有发现那张离婚申请书，自己的行李也不见了。她愣了几秒，转头问雷耀："离婚申请书呢？"

"我把它用碎纸机粉碎了。"雷耀一脸无所谓地说。

司雨愕然，恨恨地瞪了雷耀一眼，又去找电脑里的文件。

"文件我也已经删除了哦！"雷耀坏坏地笑，"打印机我也搬走了。"
司雨又朝桌子上看去。

"纸和笔我也通通收起来了。"雷耀笑得更坏，"现在在雷家你别想再找到一张纸和一支笔。哦，对了，你大概不知道，离婚登记还需要结婚证的，我已经把结婚证藏到你永远找不到地方。还有，你的行李我也帮你保管了哦！"

"你……"司雨又好气又好笑，板起脸来说，"你以为这样就能留住我吗？"

"当然留不住你。"雷耀很干脆地说，"我只是想通过这种方式，表示我很想留住你而已。"说到最后魅惑地一笑。

司雨下意识地低下了头。那个充满邪魅的雷耀……每当"他"出现的时候，她总会心跳加速……

然而她很快就冷静了下来，她毕竟已经做了决定了，对着雷耀冷冷一笑："好的，你的心意我领了，但是很对不起，我不能留下来。你还是乖乖地把结婚证交出来，和我去登记离婚吧！目前我还是愿意好合好散。如果你不给我结婚证，那也没关系。我有朋友是律师，有的是办法……如果你不愿和我好合好散，我也只有到法院起诉了。你家可是有头有脸的人家，如果闹开了，恐怕不好看吧！"说到最后已经是威胁的口吻了，对此她很感到无奈和遗憾。她不想威胁雷耀，一直想好合好散，但是她知道她现在必须得快刀斩乱麻。

"没关系，去闹就是了。"雷耀不以为然，"不过即使你去起诉，恐怕也不能如愿哦。婚并不是你想离就能离的。离婚，据我所知需要一些条件，比如一方虐待另一方，或是一方出轨……哈哈，严格来说我是有'出轨'的行为，但是对不起，你没有找到证据，所以也等于没有，反正要证明夫妻感情确实破裂，哈哈，在现有的情况下，你恐怕没什么证据证明我们夫妻感情确实破裂了吧？"

是啊，她没有证据。因为乱乱是律师，她也了解到一些打官司的规则，就是即使是众人皆知的事情，如果找不到能被法庭认可的证据，仍然不会被法庭采信，她到底该怎么取证……

她的心头忽然闪过一丝亮光，这个方法有点儿狠，但是她不能再犹豫下去了，如果她再犹豫，说不定还要陷进去！

"婚后一直没有性生活，这个足够了吧？"她咬着牙说，脸上已经没了血色，"这个绝对可以证明我们不是正常的夫妻关系，绝对可以促成我们离婚！"说这话的时候她直直地盯着雷耀，自以为目光里满是狠心和决心，殊不知她的狠心和决心倒没有表示出多少，"色厉内荏"倒表现出了个十足，其实她根本不想这么做。

雷耀的脸微微一红，现在他才真正有些慌张。这的确是致命武器，它可以促成离婚，而且如果它在法庭上被曝光了，对他的影响也是致命的。公众肯定会怀疑他是性无能，而男人最怕的不就是别人说他性无能吗？

然而他却不动声色，继续笑得不以为然："可是你同样不好取证，又没有人天天晚上听墙根，谁能证明我们没做过？"

"我还是处女！"司雨感到自己受了侮辱，咬着牙说，"我只要去医院做个证明就完全可以了！"

雷耀一惊，他当初听司雨说自己没有恋爱经验时根本就没信。没想到竟然真是如此，他露出了震撼的神情，同时眼中也掠过一丝难言的热度。他茫然失措地低下头，揉了揉鼻子，抬起头注视着司雨。此时他已经不敢继续不以为然了，一脸的遗憾、忧伤和不舍："你就这么想离开我吗？真的下决心了吗？"他可怜兮兮地看着司雨，就像一只即将被抛弃的乳狗。

司雨咬着嘴唇点了点头，把目光转向别处。不可否认，他的目光是很有魔力的，她如果再看一眼，恐怕就要心软。

"好吧。"雷耀咬了咬牙，想了片刻后吞吞吐吐地说，"有些难以启齿呢，你说愿和我好合好散，你在走之前，可以再帮我一个忙吗？"

"当然可以。"司雨尽量让自己笑得淡然。这样看来，雷耀已经答允离婚了，她应该高兴和轻松才是。不知为何，她是感觉轻松了，高兴却未必。她只是感觉心一下子空了，自然不会再觉得心里有什么。

"我在和一个人谈一笔生意。"雷耀踌躇着说，"那笔生意比较特别，在签合同的时候需要夫妻两个人共同签字，你可以等到我把生意谈成之后再走吗？"

"好。"司雨干脆地答应，想要对他笑一个，嘴角却扬不起来。原来，他只是请她帮忙搞定生意上的事情。一想到这里司雨不禁又有些幽怨，赶紧忍住了。

司雨暂时在雷家留下来，她现在公开和雷耀分居了，收拾行李住在客房。经过一场大闹，雷朔和李不言都清楚了雷耀做的破事儿，觉得司雨和雷耀可能会离婚。之后虽然觉得他们感情有所回暖，看到司雨和雷耀分居也很伤感，但仍觉得在意料之中，所以没有多说什么。但是，显然他们是很惋惜的——李不言的态度也许不算明朗，但雷朔的惋惜可是一看便知：简直像雷耀丢掉了举世稀有的珍宝。但是即便如此他也不能说什么，谁让雷耀做了那种事呢？

司雨搬进客房的第一天就下大雨了，到了晚上更是电闪雷鸣，暴雨如注。不知是心里空虚还是怎么，司雨听到打雷和看到电光就心慌。她笑骂自己是胆小鬼，正想戴上耳罩睡觉，不承想身边忽然漆黑一片。

停电？！这里也会停电？

陷入黑暗的司雨感觉就像掉进了冷水，一时间手足无措。

"我的天哪，真吓人。这个小区应该有独立的供电系统的，竟然也停电，估计是雷把供电系统劈了。"雷耀捧着个蜡烛进来了，异常关切地问："你还好吧？"

"我当然还好。"司雨撇嘴一笑，"我又不是小孩子，怕停电吗？"说着便留神打量他手里的蜡烛。

那不是普通的蜡烛，而是掺入玫瑰香精，做成花烛状的蜡烛，放在百合花形的玻璃盏里，散发着粉红色的光和沁人心脾的香气。

司雨心头一热，却也微微一酸，喃喃地说："你常备着这个吗？"俗话说，窥一斑可见全豹。从这一点就可以看出，雷耀以前一定经常备着这种东西，准备随时讨好女孩子……司雨忽然想到现在她已不该再纠结这种东西，赶紧截断了思绪。

"不。"雷耀苦笑了一下，"这是我特意买来，准备讨好你的，没想到还没用上你就要和我离婚，还以为用不上了呢！"

"哦。"司雨的心里舒服了一些，脸色也好看了些。

雷耀把蜡烛放在桌上，寻思着该如何进行下一步。就在这时，窗外忽然闷雷炸响，司雨吓得一哆嗦。

"我可以在这里坐一会儿吗？"雷耀赶紧抓住机会，"现在走廊里黑咕隆咚的，我不想再捧着蜡烛到处走了。"

"好吧。"司雨明知他就是想赖在这里，却不想大惊小怪。因为这样等同于表示她对他依然很在乎。

雷耀赶紧坐到她身边，司雨下意识地朝一边挪动了一下。雷耀假装没有看见，凝视着蜡烛微笑着说："你还记得我们刚见面的时候吗？"

司雨的睫毛颤动了一下，当然记得，那可是梦的开始。

"我说实话你别生气，当时你的样子很可怜。"雷耀笑得有些怅惘，"暗淡的衣着，发黄的脸色，就像一朵见不到阳光的……野花。"

"是杂草吧？"司雨苦笑着说。

"哈哈。"雷耀笑得有些尴尬，佯作无事地继续往下说，"说来也奇怪，当初我一看到你，就觉得你可以帮我。"

"是觉得我可以利用吧？"司雨依然丝毫不给他留情面。

雷耀又是尴尬地笑笑，他的面子已经被削得够厉害了，但仍然硬装不知道，也很快把话题转到了另一部分，"其实你替我挡酒的时候我对你就有好感了，之后看着你诚惶诚恐地对我……哈哈，你别以为我没感觉，我心里一直都有数的……其实我当时是有愧疚感的，也对你更加有好感……但当时我的心已经被填满了，所以就……"

司雨越听越别扭，虽然已是往事，雷耀和兰玲已经结束了，但她还是很心酸和嫉妒。她需要结束这个话题，因为再继续下去，她肯定又要出差错——人一动念就不免有些小动作，她下意识地用鞋底碰了一下地面。

这个声音很轻，雷耀却已经察觉到了她的意图，赶紧转变口风："不，其实也不算……其实你一直都在慢慢地进入我的心……肯定是那样，否则我不会为你挡刀。"

司雨心头一颤，朝雷耀的手腕看去。

雷耀见她露出了温柔、歉疚和悲伤的表情，就知道他已经触到了她的心门，赶紧趁热打铁："后来我又发现你有很多优点，很多很多……都像珍宝一样宝贵……哈哈，我不一一列举了，否则倒像是在特意煽情似的……"他的语气中有歉疚、遗憾和自嘲，更有一种难言的心痛，说是不煽情，却已经煽情到极致。司雨也清楚他是在煽情，却也无可奈何地心软了。

"这能怪谁呢？只能怪我自己……但是即使你不相信，我也想说……"雷耀苦笑了一下，声音就像从心头渗出的苦血，说着转头凝视着司雨，一字一顿地，像要把心掏出来一样对她说，"我是真的爱上你了。到最后的时候，如果错过你，我绝对会遗憾一辈子。"

司雨感到心头一阵沸热一阵翻涌，知道不好了，赶紧把目光移向地面。雷耀就像被人抽了一鞭子，咬了咬嘴唇，似乎有很多话要说，最终却什么都没有说。

"看来是必须结束了。"他幽幽地说，似乎伤心沮丧到了极点，"那……

我们就好合好散……我还有一个要求……我们来个告别议式，至少，让我们的感情有一个结局……可以不拒绝我吗？"说着便目不转睛地盯着她，眼中充满了祈求和惶恐。

司雨本想狠心斩断一切，却不由自主地说了声："好。"他的眼神似乎有魔力，让人不忍心再让他受伤。再说，只是接一个吻而已，也不是大事——她认为告别式仅仅是接吻。然而就在她考虑是自己主动去吻还是等雷耀来吻她的时候，雷耀已经搂住了她的腰，伸手便去解她的衣扣。她立即明白了"告别式"的真正含义。

她慌忙去推他的手，心里却涌过一阵迷乱，就在这时，窗外忽然掠过一道闪电，把整间屋子都照得雪亮。在电光的映照下，司雨清楚地看到了雷耀的眼睛。在一瞬间，她忽然有了种被刺到的感觉，拼死地挣扎。

雷耀没想到她会使出这么大的力气，猝不及防地松了手。

"你出去！"司雨缩到墙角，沙哑着声音朝雷耀大吼，"你立即出去！"

因为她看见雷耀的眼中，不仅有刺目的狂喜和灼人的欲望，还有一丝计谋得逞的得意和窃喜。雷耀哪是仅仅想和她告别啊，他是想借此破坏她最有力的武器——做过之后她就不能再说他们之间没有性生活，更不能证明他们的感情确实破裂，他好狡猾，也好阴险，竟然用这种方式给她下套！

雷耀明白她已经看破了他的意图，悻悻地退了出去。他咬着牙走进黑暗，拳头捏得"咯咯"直响。他一走司雨就把门锁上，把蜡烛也吹灭了，藏在黑暗中颤抖。她不知道自己是生气还是害怕，也许两者都有。她无暇去细品自己的心情，而是咬着牙把这些感觉统统挤出大脑。

只有完全淡定，才能表示她已经对他彻底死心。

第三十三章　撕破脸的时候

雷耀倒也识相，自那以后就没有再骚扰她，也不再提合约签字的事情。看来他说要她帮忙签字只是个幌子，目的只是想拖延时间。对此司雨只有惘然笑叹，准备和他谈谈。然而就在她思忖该怎么对他说的时候，雷耀出现了。

"明天跟我一起出去玩吧！"他微笑着对她说，略带了些忐忑。

司雨心想现在还是说这话的时候吗，正要拒绝，他却猜到了司雨的想法，伸出手指轻轻地点住她的嘴唇。

"千万别拒绝我，我是想在你离开我之前，给你庆祝一下生日，你忘了明天是你的生日吗？你我好歹夫妻一场，我却连生日都没给你庆祝过，以后肯定会非常遗憾。不要拒绝我，好吗？"说着又露出即将被抛弃的小动物的祈求神情。

司雨心软了，心想只是一起出去玩而已，应该没什么关系。不管他做什么，她只管做一座冰山就好。只是没想到他还记得她的生日。因为心烦意乱，她都不记得自己的生日了，想到这里她又感到了一阵迷乱，赶紧深呼吸"摒除一切杂念"。

第二天一大早雷耀就带司雨到了 B 公园。这是本市最大的公园，也是最高级的公园。里面甚至有仿欧洲风格的园林，还有仿欧式建筑的城堡，每到节假日就挤满了人。今天正好是星期日，公园里空荡荡的，司雨忍不住对雷耀露出了质询的目光。

"这个公园的负责人是我朋友，我向他租来了。"雷耀深情款款地看着司雨，"今天一天专门为你开放。"

司雨撇着嘴笑了笑："利用裙带关系擅用公共资源啊！"

"别这么说嘛，我可是付足了租金的。"雷耀苦笑着摸了摸头发，感到司雨还有抵触情绪，只好讪笑着祈求她，"别这样，高兴起来嘛，今天好歹是你的生日，不要给自己的生日添阴影，也好歹给我点儿面子。"说到这里又带上了几分哀伤："这是我们最后一次相聚了，就允许我最后为你做点事儿，好吗？"

其实司雨并不是因为厌恶，她只是下意识地想随时打消他的妄想。听他这样说彻底硬不起心肠了，暗暗决定今天一定尽量配合他。

雷耀知道她答应了，非常高兴，拉着她的手，径直把她带到了那座欧式园林旁边。园林的入口处赫然放着一辆马车，这马车和一般的马车不一样——做工考究、木质高级自不必说，奇怪的是它的板壁是弧形的，向外鼓出，整个车厢……就像一个南瓜？！

"南瓜马车。"雷耀微笑着说，"我好不容易才找到的哦！"说着变戏法般拿出了一个银光闪闪的皇冠发饰，给司雨戴在头上，"体验一下灰姑娘的感觉吧，当然是变成公主之后的。"

司雨看到皇冠后差点儿笑出来，本想说自己已经不是十七岁，但看到他忐忑和祈求的目光，便欣然接受了，并微笑着露出高兴的神情，她真的高兴起来了。

雷耀让司雨坐上马车，自己跳上驾驶座当车夫。他的动作有些生疏，但是相当到位。也许是刚学的，但学得很仔细。司雨感觉自己的心渐渐温润起来，止不住地开始融化。她的理性告诉她应该制止，她却根本无法管住自己。任何女人遇到幸福的时候都会陶醉的，即使这是靠不住的幸福。

马车慢慢地在园林里行进，司雨看着绿树红花在身边闪过，隐约有种童话般的感觉。忍不住幻想自己就是那穿上了水晶鞋、坐上南瓜马车的灰姑娘，将进入宿命的城堡，和自己的王子永结连理……就在这时，司雨的心头忽然猛地一痛，所有的幻想忽然烟消云散。童话就是童话，是不可能在现实中兑现的。这个问题她老早就用自己的错误论证过了，难道现在还要重蹈覆辙吗？

马车在城堡前停住了，雷耀跳下车来，微笑着去牵司雨的手，意外地发现她依然是淡定地微笑着。雷耀微微有些失措，在他的预想里，她应该已经幸福得有些发晕才对，没想到她竟然沉得住气。不过没关系。他还有好几招呢！

雷耀带着司雨观赏那座城堡，用柔情的声音问她："怎么样？找到公主的感觉了吗？"然后在城堡的入口处，毫无征兆地单膝跪了下来。

司雨大惊，身体也跟着一颤，却站稳了没有动。

雷耀从口袋里掏出了一枚戒指，深情款款而又毕恭毕敬地给司雨戴上。那是一枚钻戒，上面用粉钻和白钻拼成水晶鞋的样子。雷耀给司雨戴上戒指之后，又在她的手背上深深一吻，然后深情而又充满期待和祈求地凝望着她。

司雨的目光融化了，微笑着闭上眼睛，似乎已经彻底迷醉了。雷耀以为火候到了，带着成功的微笑，缓缓地站了起来。

然而司雨再度睁开眼的时候眼中依然是一片清明，她微笑着看了看手上的水晶鞋，然后慢慢地把它摘下来。

雷耀如遭雷击，脸色迅速地晦暗下去，却依然强笑着。

"水晶鞋还给你。"司雨把戒指递还给他。

"为什么？"雷耀强笑着没有接，"那就是属于你的。"

"不，午夜的魔法钟声响了，我该回我的灰堆了。"司雨笑得很是超脱释然，却也带了几分凄楚。

"你一定要回去吗？我都给你跪下了。"雷耀的眼珠转了转，用撒娇的语气说。这并不代表他不以为然，相反他现在心里非常慌乱。但是，即使慌乱也不能表示出来，更不能冲动大吼。如果一不小心造成了司雨的敌对情绪，一切都完了。

"哈哈，也许你今天给我跪下，心里却想着以后叫我在你面前趴着。"司雨揶揄地说，之后表情却沉重下来。因为她感到这完全可能发生的。

雷耀尴尬地笑笑，眼珠还在迅速地转动，似乎还在思考如何挽回。

司雨知道自己现在应该快下决断，努力忍住眼中的眼泪，幸福地微笑着："我该走了，无论如何，还是谢谢你，给了我一天美好的回忆。真的，非常谢谢你……"

说完她就转过头，眼中热泪滚滚而下。其实她知道自己还是不舍的，但是绝不会因此犹豫。一天的浪漫不代表什么，她真正需要的是一辈子的坚守和尊重。他会为她坚守一辈子，尊重她一辈子吗？

雷耀还为她准备了其他节目，她却不再赏脸，而是立即开始收集证据和资料，准备离婚。她同样找到乱乱帮忙，同样请她在尘埃落定之前，什么都不要问。乱乱依然答应了，并竭尽全力帮她的忙。她没有对乱乱说雷耀的荒唐事，更没有说她婚后这么久还是处女的事情。只是跟乱乱说她和雷耀结婚时没有考虑清楚，感情基础不够，婚后的生活比较疏离。她之所以不对乱乱说实话，不是因为不信任她。而是因为有时越是面对好友，越是无法揭开自己的伤疤。此外，她可以预料，如果她告诉乱乱事实的真相，出于律师的立场，乱乱肯定会要求她去做妇科检查，以此来搞定官司。她不想这样做，这样做肯定会让雷耀受到致命的误解。她天真地以为自己不要财产，离婚应该是件很容易的事，然而事情却不是这样。

司雨这种情况，没有任何离婚的硬性条件。乱乱要想促成他们离婚，必须证明他们的感情确实破裂。然而感情破裂是个弹性的概念，没有什么硬性的标准。难道她真要出示那种能导致鱼死网破的证据吗？司雨很是迷惘。然而就在这个时候，老天送来了一个证人。

这个证人就是阿梅嫂，她攒了点儿小钱，不打算继续当保姆了，近日已离开了雷家。司雨赶紧找到她，问她知道多少。

她知道得很多，她不仅几次耳闻目睹司雨和雷耀的争吵，有一次还在无意之间发现了她和雷耀其实是同房不同床。司雨很是高兴，赶紧给了她点儿好处，求她出庭做证，但并不叫她做伪证。

其实，要说目睹她和雷耀"感情破裂"的，张茉莉也应该算一个。她也积极地要为司雨出庭做证，但司雨已经不忍心再麻烦她了。她上次为她挡住陈妈，被陈妈抓伤了脸。之后见司雨主动回雷家，枉费了她的一番苦心，也没有生气埋怨。面对这样的人，司雨怎么忍心再麻烦她呢？

开庭那天，阿梅嫂出庭说出了自己看到的事，形势似乎已经一边倒。历来打"感情破裂"的官司，证据都少得可怜，能有这么明确的证据已经很难得了。面对这样的证据，雷耀那边没什么明显的反应，就在大家以为司雨赢定了的时候，雷耀的代理律师忽然要求法庭播放一段 VCR。

司雨僵住了，VCR 里竟然是雷耀为她庆祝生日时的景象！他没跟她说有拍摄的安排啊！她也没见到摄影师……难道他是找人偷拍的？

大家看到录像里的司雨面带笑容，一脸幸福的样子，顿时一阵骚动。司雨如遭重击，感到眼前一片漆黑，整个身体都在往下沉。雷耀当天说过的话、做过的事，全在她的耳边和眼前一一闪过，像刀子一般割痛她的心。原来那天他都是安排好的……他一番精心设计，只是想骗她的笑容而已，哪怕只是虚假的笑容……过分！太过分了！

司雨本来还残存了一点儿希望，希望这个 VCR 的拍摄也是他为她庆祝生日的桥段之一，然而当镜头对准一些可以表示时间的景物的时候，司雨的幻想彻底破灭了。摄像机的系统是可以标明时间的，但雷耀怕法庭怀疑他伪造，所以特意拍了一些能够证明时间的景物，如果不是 VCR 特意拍来当证据的，他犯得着拍这些东西吗？

VCR 在司雨甜蜜、幸福地闭上眼睛后终止了。大家全都向司雨投来了怀疑和质询的目光。就在这时，雷耀说话了。

"非常抱歉，浪费了大家的时间……"他"不好意思"地揉了揉鼻子，"司雨只是一时任性，想和我离婚，结果我没有处理好，浪费了大家的时间，非常不好意思。"

他尴尬和无辜的样子装得好像啊，司雨怒发如狂，想要跳起来和他抗辩，却被乱乱无声地按住了。

雷耀继续说："其实，司雨一直都喜欢跟我耍小脾气，喜欢因为鸡毛蒜皮的事情跟我吵架，甚至随便就跟我分床睡……"

什么？司雨又是眼前一黑，他竟然想把那些都说成是她的责任！他这是颠倒黑白啊！然而围观的人呢，似乎任由他颠倒黑白，因为他们更相信他的话！

"这次也是因为一点儿小事就要和我闹离婚，其实前几天她还高高兴兴地跟我庆祝生日来着，所以我很困惑，后来我明白了。"雷耀微笑着看着大家，一副充满爱和宽容的样子，"那是因为我对她关心不够，让她一直没有安全感，她很痛苦，所有要和我离婚。我以后一定会更加关爱她，一定不会再让她做这种事情。"

庭上的一些观众又开始骚动，雷耀知道他们肯定是在质疑司雨都对他这样了，他还爱她吗？便赶紧"解惑"："我知道她还是很爱我的，她之所以这样做，恰恰是因为太爱我了。因为爱我她才无法忍受我对她的忽视，以至于要和我离婚，虽然大惊小怪了一些……但这恰恰是深爱我的表现。我们的感情没有破裂，只是有了点儿小误会。我希望法庭不要判我们离婚……否则我们两个人都会遗憾一辈子的。"

司雨知道现在大家一定都用鄙夷和愤恨的目光看向她，事实也的确如此。此刻在大家眼中，她一定是个自私、任性、矫情的脑残，这么好、这么有钱的丈夫不知道珍惜，而且因为一点儿小事就随随便便闹离婚。

司雨颓丧地闭上眼睛，虚脱一般地出着冷汗。一切都晚了，就算她再去做处女证明，恐怕也没有用了。雷耀照样可以说"是因为她有怪癖，才不愿和他同房"，大家一定会信他，因为他们已经站到他那边去了。

法庭当庭裁决，不判司雨和雷耀离婚。这是司雨预料之中的事情，闭庭后她做的第一件事就是冲向爸爸和妈妈。糟了，爸妈看她的目光也是充满了伤心和责怪……他们也被雷耀骗了？司雨脑中顿时一片空白，又下意识地朝乱乱看去。乱乱站得远远的，脸上的表情无比晦涩……糟了！难道她也在怪她？

在一片鄙夷和怪罪的目光中，雷耀微笑着来了，伸手便要拉她。司雨一见他就怒火中烧，忍不住狠狠地给了他一个耳光。雷耀的脸红了，表情晦涩地坦然以受。所有的人当中就他自己知道这个耳光是他应得的，旁人则露出了义愤填膺的神情，恨不得跳出来斥责她。

司雨知道在这种情况下和他争执没有好结果，赶紧拉着妈妈往外面走。没想到妈妈绷着脸甩开了她的手，接着把她往雷耀那边一推。

司雨呆住了，雷耀趁机抓住她的肩膀，把她拉进了自己的车里。

第三十四章　迷乱

在外人面前，雷耀的动作都是很收敛的。一进到车里就不一样了，他紧紧地挨着她，摆出保护她的姿态，其实却是用身体把她挤靠在座位靠垫上，同时借身体的掩护抓住她的两只手。他把嘴唇贴在司雨的耳朵上，偷偷地窃笑："别绷着脸嘛，我一开始也没想这么做。我本来还是想通过柔情蜜意劝你回头，没想到你就是油盐不进，迫不得已才出此下策……别生气嘛，你那样很吓人的，一点儿都不美了。"

他笑得相当得意，这样会引起司雨的反感，他也清楚。但故意装成沉痛和遗憾的样子显然更是欠揍，他便干脆吐露真实想法。

司雨梗着脖子，就是不理他，心里却充满了悲愤、绝望和怯懦。他不仅仅让她丧失了和他离婚的机会，还成功地让她被全世界孤立。他真卑鄙、真狠毒，也很厉害……难道她真的再也逃不出他的手掌心了吗？

雷耀一进门就把她挟持进房，反手把门关上。司雨惊恐地往屋里缩去，雷耀邪气地看着她笑，嬉皮笑脸中带了一分自嘲和懊恼。他已经豁出去了，既然用言语不能说服她，干脆用行动让她了解。

他饿虎扑羊一般扑向她，把她压在身下，吻住她的嘴唇。司雨拼命地推拒，却根本推动不他分毫。嘴唇也像被他的嘴唇焊住一样挪不开。司雨的身体痉挛了一下，无奈而又绝望地瘫软下去。

然而雷耀吻了她后并没有再说什么，哈哈一笑放开了她。之后也只是腻在她身边，并没有做什么出格的举动。然而即便如此，她仍然心里不安，想找机会逃跑，至少不再跟他住一屋。然而她在雷家转了一圈之后，才发现自己哪儿都去不了，只有跟雷耀住在一屋。不明真相的雷家佣仆全都帮着雷耀，连邻居都自发地帮忙监视她。雷朔父母虽然知道真相，也对司雨感到愧疚，但还是选择帮着儿子。现在对她来说，整个外部世界都变成了一个铁桶，圈住她一个人。

司雨无奈地回到婚房，呆呆地坐着。她现在已经无暇顾及别人的想法了。她只在意乱乱的想法，因为她本来不该也没必要向她说谎。她确信，只要对她坦诚以待，她一定会信任、帮助她到最后。她却偏偏没有对她说实话，说不定会就此产生无可消除的隔阂，想到这里她就恨得要死。

然而就在这个时候乱乱来了。司雨感到一阵狂喜，想对她一诉衷肠，却发现自己什么都说不出来。她现在才明白，她和乱乱之间的隔阂早就形成了。她也不知道隔阂是怎么形成的，什么时候形成的，但分明感觉它就在那里。虽然有满心的话要跟她说，但就是不知道该怎么开口。乱乱那边似乎也是一样的。两个人就这么相对无言地坐着，许久许久。

"天晚了，我先回去。"乱乱无奈地叹了口气，起身离开。雷耀适时出现，送乱乱回去，极尽地主之谊。回来后心怀叵测地对司雨说："你朋友真是个好姑娘啊，人长得漂亮，又知进退……之前我们还跟她吃过一顿饭呢，当时我就觉得她是个很灵的姑娘。"

听他这样说司雨顿时心头无名火起："你到底想说什么？"

"没什么。"雷耀眉毛一挑，"我只是觉得这个姑娘不错，准备给她介绍一个男朋友而已。"

司雨的脸一红，露出异常为难的神情。说真的，她也希望乱乱能找到一个金龟婿，但如果她也找了个心怀叵测的，岂不是又害了一个？

雷耀嘻嘻一笑，伸手摸了摸她的下巴："你瞧瞧你，这一脸的嫉妒，你是不是以为我要对你的朋友伸手啊？放心，我不会的。哎呀，你既然这么在乎我，为什么不坦诚一点儿呢？"

司雨气得要吐血，狠狠地白了他一眼，转身就走。

睡觉的时间，司雨哪里也不敢待，只敢蜷缩在沙发上。雷耀嘿嘿一笑，大摇大摆地躺在那张双人大床上，还特意把另一边的被子揭开一点儿，对她说："我会一直为你留位置的。"

司雨没有理他，自己去找了条毛毯，蜷缩在沙发上睡了。第二天一醒就检查自己的衣服，没有被脱去或弄乱的痕迹。身上倒多了一床被子，是雷耀半夜来给她盖上的？司雨捏住被子，不由得又茫然了。

　　一连几天雷耀都没有再侵犯她，然而司雨并没有掉以轻心。有天晚上见雷耀醉醺醺地回来，立即躲到了一边。今天好像只是普通的商务会而已，雷耀却喝得极醉，心情还似乎不好，陈妈刚服侍他喝完解酒茶就被他打发走了。司雨本想不去过问的，但听他躺在床上，哼哼唧唧，心里实在不安，犹豫着走到他身边说："你要不要紧啊？怎么喝这么多的酒？"

　　雷耀长长地叹了口气，苦笑着说："还不是因为你啊？"

　　司雨哑然，她看了看雷耀涨红的脸，心乱如麻地叹了口气，给他倒水递毛巾，尽力照顾他。雷耀注视着天花板，看似无意地把手搭在她的肩上。司雨今天穿的是敞领的衣服，雷耀的手直接放在她的皮肤上，放的位置也很暧昧，肩顶朝下的位置。

　　司雨的身体微微一震，但没有推开他的手。雷耀嘴边掠过一丝侵略性的笑容，坐起来就把司雨抱在了怀里。他才没有醉得那么厉害，他是装的。用强只会激起女人的敌对情绪，要想探知女人的真实想法，必须先示弱。

　　司雨猝不及防，拼命地挣扎，雷耀不以为然地镇压她的反抗。刚才他已经通过那个动作探明了司雨的内心，她心里其实是愿意的。既然她心里愿意，他就不必在意小节了。他几下就把司雨扒光了，然后疯狂地行使他作为丈夫的权力。司雨拗不过，只好屈从他。她竭力地压抑自己的呻吟，在受到激烈对待的时候仍忍不住叫出声来。陈妈从门口经过，听到司雨的尖叫声，摇摇头不屑地说："都老夫老妻了，还浪成这样做什么？"

　　等第一次结束的时候，已经是半夜了。司雨把头深深地埋在枕头里，不看他也不理他。

　　"你还在生气吗？拜托，别这样好不好？我们都是成年人了。"雷耀靠在她身边，伸手抚摩着她的脊背。她把被子紧紧地裹在身上，他只能隔着被子抚摩她。老实说，他对自己是有些懊恼的，他知道第一次应该慢慢来，但是一碰到她的身体就失控。他对她的欲望远比自己想象中的强烈。今天虽然有些冲动，但也算是真情流露。遗留下来的问题就需要他慢慢地补救了。

　　"你为什么不愿意放过我？"司雨冷冷地说，语气中竟含着难以言喻的伤痛和屈辱。

　　雷耀一惊，知道现在不能再嬉皮笑脸了。他本想郑重地表达自己的心意，却不知道该如何表达，最终只有苦涩地一笑："你为什么就不能相信我是真心喜欢你呢？"

司雨没有应声。

雷耀又长叹一声："我知道其实你是没有信心，怕我不是真的喜欢你，可是我是真的喜欢你，喜欢你的优秀品质，还有你的美丽。其实你是很美的，只是我之前不会欣赏……"说着，他的眼中溢出了别样的热度，抚摩她的动作也慢了下来，"我之前以为你和其他女人一样，是个见到英俊多金的男人就找不着北的女人，后来……说来也讽刺，在你坚决要和我离婚的时候，我才发现，你真是个'富贵不能淫'又不会被外貌迷惑的珍稀女人……这样的女人，我是坚决不会放手的。"

司雨依旧没有说话，心里却暗自懊恼和惭愧。她现在是这样了，当时却不是这样，否则她就不会惹上他了。

雷耀见她没有说话，越发觉得开口艰难，叹了口气后又试探着说："当然，我也知道，我有很多地方不够好，但是我会为了你改正的，请相信我……"

司雨仍然不作声，雷耀见她油盐不进，失望地叹了口气，又开始打"用行动说服她"的主意。他拉开裹在司雨身上的被子，把手探进去，蛇一般地在她身上游走。司雨一言不发地抓住他的手，使劲往外推。雷耀叹了口气，一把扯开被子，再次强行压在她的身上，被拒绝后他的欲望再度高涨，但是这次他记住了要慢慢来。

之后雷耀每天都准时下班，吃过晚饭就把司雨拉回房间，向她求欢。司雨不愿意，他就来硬的。不过他会顾及她的感受，更不会伤害她的身体，反正他知道她心里是愿意的。对此司雨很是羞惭，因为她也知道，她心里也不是完全不情愿。第一次时就是这样，而现在更是……不知道是不是身体被占有之后心也会被束缚，她感觉自己正在渐渐沉沦，理性的因子也在泯灭。

在这种情况下，要保持理性的判断也很困难的。司雨很清楚，所以她觉得自己必须离开。但是依现在的情况，她想离开，绝对难于登天。所以她决定先佯装顺服，以此蒙蔽雷耀，进而蒙蔽所有人。

她开始装作对雷耀很顺服、很亲密。雷耀很高兴，拼命地送她礼物。

那天司雨正坐在桌前看书，其实是以看书来掩盖沉思，雷耀悄悄地靠了过来，以迅雷不及掩耳之势在她手腕上套了一个东西。司雨吓了一跳，朝手腕上看去，顿时觉得晶光耀眼。

那是一个硕大的钻石手镯，上面密密麻麻不知道镶了多少颗钻。

"这是一套情侣配饰哦！"雷耀从手镯的缝隙里拔出一个钥匙，这个钥匙做得相当美观，上面嵌了好几颗钻，尾部还连了一串白金链子。

雷耀把链子挂到脖子上，握紧司雨的手，看着她的眼睛说："你知道吗？手镯是由手铐转变来的，男人给女人戴上手镯，其实就是想永远拴住心爱的女人。"说着又握得紧了些，"我这可是给你戴上'镣铐'了，我要一辈子拴住你。"

听了他的告白后，司雨的心中掠过一阵灼热和迷乱，但很快又冷静下来。他对她，还是想用"拴"的啊！

雷耀已经对她丧失了警惕，周围的人差不多也是一样。司雨便抽空逃了出来，她这次没有带多余的东西，只带了些钱财。至于那价值不菲的钻石手镯，她本来想留下的，却因为需要用钥匙开启，她没有办法除下它。

司雨摸了摸手镯，心头忽然一阵麻麻的痛：这就算是雷耀给她留的纪念吧！

因为怕被人撞见或抓住，司雨总是钻小巷。就在她穿过一条僻静至极的小巷，天已经黑了，她心头有些恐惧。然而就在这时，她似乎感到有人在跟着她。难道是雷耀跟过来了吗？司雨的心头顿时涌过一阵烦热，但很快就彻骨冰寒。

不是雷耀。

司雨全身的汗毛都竖了起来，正准备开跑，忽然被一块浸满了氯仿的手帕捂住了口鼻。她徒劳地挣扎了几下，很快就不动了。

司雨再度醒来的时候，发现眼前是梅若庭咧着嘴傻笑的脸。司雨惊得猛然坐起，赫然发现自己正坐在一个低矮的平房里。

"哎呀，你终于醒了……我可担心嘞！"梅若庭给司雨端来一碗热腾腾的炖鸡蛋。

司雨不敢不吃，再加上是真的饿了，便接过来小口小口地抿了起来。

梅若庭笑呵呵地看着她吃，十分高兴的样子："哎呀，是不是终于受不了雷耀了？其实我一听说你要跟他离婚，就知道一定是他对不起你。本来想冲到雷家把你救出来的，但就是找不到机会，我一有空就在他家附近转。哈哈，今天正好碰上你了！"

司雨苦笑了一下，没想到信任她的竟是这个偏执狂。要是之前她遇到这样的事情，她肯定会满心恐惧和恶心。她之前被表象所迷，在她眼里梅若庭简直如苍蝇一般存在。然而她现在已经懂得去看别人的心，对梅若庭已别有一番看法。不管怎么说，他都是对她痴爱若狂的人，她不应该侮辱他。

一想到"痴爱若狂"这个词，司雨一懔，接着便清醒了。梅若庭应该不是想"救"她吧，他随身带着氯仿，显然一开始就准备把她掳走。此外，在屋角还堆有一捆绳子，显然他是打算将她捆起来长期禁锢。怎么越看越像变态电影啊！

司雨的心头忽然如冰雪，如此说来，梅若庭的眼神似乎不正常。啊！梅若庭本来就心胸狭窄，被雷耀毁掉半生的成功之后一定会钻牛角尖儿。说不定他已经半疯了，想到这里后司雨顿时惊慌得难以自制，但理性告诉她现在必须冷静下来。

先冷静下来，然后用语言迷惑他，等待时机逃走，电影里的人都是这样做的，她只有试着做一下了！

"我吃完了，真好吃。"司雨微笑着放下碗。

"真的吗？我的手艺还不错吧？"梅若庭托着腮笑着，就像一个被夸奖的小孩子。

"当然很不错，真是吓了我一跳呢！"司雨捋了捋头发，对他媚笑起来，"吃饱后就想家了，你送我回家吧，我向我妈妈介绍你。"

"介绍我？为什么？"梅若庭眉开眼笑。

司雨本想说让她看看她的新女婿，但想到那样诓骗的迹象太过明显，只好改口说："让她看看我的好朋友。"虽然说得隐晦，但言下之意仍是相当明显。

梅若庭一听这话顿时乐翻了，同时眼中也有深深的怀疑。这些天来他的精神状况的确不容乐观，一直处于分裂的状态。听到司雨打离婚未遂的消息后思绪更是肆意膨胀、不可自制。一方面他幻想司雨已经认清了雷耀的真面目，会高高兴兴地跟他走；另一方面却又觉得这根本不可能。听到司雨的花言巧语后也是这样，一方面觉得真是天降美事，但又不免怀疑这只是假话。

司雨看着他呆呆地盯着自己，脸上的表情诡异地变换，不由得有些发怵，目光下意识地往一边撇。然而就凭这一撇，梅若庭竟然窥知了她的真实意图——有时候疯子是最敏锐的。

"你骗我！你竟敢骗我！"梅若庭的脸涨得吓人，疯狼般咆哮起来，"你还记着雷耀呢？他有什么好？你真是浑蛋！太浑蛋了！"说着就拿来绳索把司雨捆上，司雨拼命地挣扎，没想到他发狂后劲更大，司雨几乎没有抵抗的余力，很快就被他捆结实了。

正在这时，竟然有人敲门。梅若庭一愣，还没想好接下来怎么办，门就被撞开了。

啊！是雷耀！雷耀怎么来了！

第三十五章　回心转意之后

雷耀进来的时候一脸兴师问罪的神情，见到司雨被捆后倒是一愕。

司雨看到他后心情复杂激荡，也不知道是喜是忧，只觉得胸中气血翻涌，难以自制，用颤抖的声音问出一句话："你怎么来了？"

雷耀紧张而又愕然地看着梅若庭，无暇回答司雨的话，只是下意识地朝司雨腕上的手镯一瞥。司雨顺着他的目光一看，顿时明白了，喉咙涌起一股辣味，剧烈地咳嗽了几下。他肯定是把跟踪器之类的东西装到手镯里了……她还是被他"拴"住了！

"你这个浑蛋！你还想把司雨掳走吗？我告诉你！有我在！不可能！"梅若庭对着他咆哮，雷耀轻蔑地看着他，一拳把他打倒在地，径直过来解司雨的绳索。梅若庭的样子实在太猥琐了，他很难不轻敌。

梅若庭抹了抹嘴边的血迹，忽然从怀里掏出一把寒光闪闪的刀子，朝雷耀扑了过来。

司雨赶紧尖叫示警。

雷耀赶紧回手一挡，刀刃偏了少许，但还是刺进了他的肋下。

司雨差点儿晕去。

梅若庭忽然大叫起来，似乎比司雨还害怕。他看着自己手上的鲜血，把刀子扔到地上，转身就跑。司雨赶紧挣脱雷耀帮她解了一半的绳索，送雷耀去医院。还好雷耀的车就在附近，医院离这儿也不远。

幸亏当初雷耀用手挡了一下，刀刃只刺入了肌肉里，刺得也不深。只要缝几针，拿点儿药就可以回家了。然而即便如此，也是皮肉之伤，依旧非同小可。雷耀挨了这一刀后颇为沮丧，反复说自己退化了，竟然会被那种瘪三儿拿刀刺中。司雨一言不发地扶着他，心里异常混乱，与其说是混乱，倒不如说是在融化。有男人为自己挨刀，这种桥段虽然很过时，但依然可以融化她的坚持。再说他被梅若庭刺了后只是埋怨自己不好，并没有对她有任何恶语恶言，可见他是心甘情愿为自己挨刀的。她感觉自己的坚持正像烈阳下的冰雪一样消融，只剩下一点点，凭着理性苦苦地支撑。

雷耀目光复杂地凝视着她，忽然拿下脖子上的钥匙，打开司雨的手镯，把它扔得远远的。

"怎么？"司雨呆住了。

"对不起，我做错了。"雷耀泰然地凝视着她，不舍、不甘、恼恨和悲伤全都藏在眼底，"我总以为我能'拴'住你，现在发觉我错了，你自便吧，我不会阻拦你的。"从发现司雨失踪后他就开始思考，现在已经明白了很多。

"不过，"他忽然对着司雨灿烂一笑，"以后我还是会到你家去找你的，不追到你我誓不罢休，即使你把我打断腿扔出去，我依然会爬回来。"

司雨心头掠过一股难以言喻的热度，接着脑中便一阵眩晕，接着又出奇的清醒，走过去把手镯捡了回来。

雷耀顿时欣喜若狂。

然而司雨并没有把手镯戴在手上，而是放进了口袋里。雷耀顿时明白过来，笑容僵硬了片刻，但很快又笑得很欢畅，不想被"拴"也可以啊！

司雨和雷耀终于体会到了"新婚宴尔"的甜蜜，腻在一起，分也分不开。司雨决定回到雷耀身边的时候还有些疑虑，此时却感到无比平安喜乐，以前痛苦的经历似乎没有发生过。然而就在他们如胶似漆的时候，一个不速之客出现了。

兰玲，她决定和雷耀分手的时候是何等地意气风发，何等地泰然，此时却神色萎靡，脸色晦暗，简直像丧家之犬。她到雷家的时候，雷耀和司雨还没起床。见她来访，陈妈知道非同小可，赶紧报给司雨。司雨赶紧套了件衣服，狼狈地下了楼。

兰玲微笑着向她打了个招呼，然后凝神打量她，越看脸色越是晦暗。司雨的头发虽然有梳理过的痕迹，但被枕头挤出的痕迹还在，脸色憔悴，眼睛边挂着黑眼圈，脖子上还有吻痕。俨然一副"春宵如意朝慵起"的样子。兰玲呆呆地看着她，眼神慢慢变得锋利起来。

司雨被她看得浑身不舒坦，只好跟她寒暄。就在这时，雷耀下来了，穿着一件睡衣，一言不发地坐在司雨和兰玲之间。司雨倒没觉得怎么样，兰玲却如遭重击，眼中溢出一层泪膜。胜负已经分明，她已经完全没有希望了。之前她听说雷耀的离婚风波，还以为是雷耀主动提出的，她以为他无法让除了她之外的人做他的妻子，才和司雨离婚。后来没有离成，她也以为是司雨苦苦哀求、死缠的结果。来了之后却发现事情完全不是她想的那样，雷耀虽然只是坐在她们之间而已，但已经清楚地表明了自己的态度。他坐在那里，完全是保护者的角度和姿态，同时警惕地盯着她，生怕她会伤害司雨，这些都不是特意做出来的，更像是无意识的行为。仅这一点就可以证明，他已经把司雨当成了"内人"，而把她当成了"外人"。一切都已经尘埃落定，她在这里多待一刻，就是多给自己讨一份羞辱……

兰玲告辞了，咬着牙走了出去。终于找到一个寂静的地方，她表情漠然地环顾了一圈，忽然号啕大哭起来，接着双膝便砸到了草地上。

虽然自己已经在无意间和兰玲做了一场终极对决，但司雨依旧懵懵懂懂，甚至不知道到底发生了什么事。只是依稀记得兰玲刚来的时候她非常惶恐，现在却觉得平静安详。她仔细想了想，这是因为意识到雷耀真的已经完全属于她了。她朝雷耀感激地笑了笑，上去洗澡了。雷耀微笑着尾随她回房，忽然发现司雨的手机震动起来。

是短信，雷耀本来不想过问，只是随意地朝显示屏一瞥，不料却定在那里。愣了几十秒才回过神来，警惕地朝司雨那边看了看。

司雨还在洗澡。

他赶紧把手机抓过来，本想删除那条短信，想了想却把它揣进了怀里。

司雨讶异地发现自己的手机丢了，雷耀立即给她买了个新的。冰蓝的外壳，镶着钻石，要多耀眼有多耀眼。司雨拿了新手机后，只给经常联系的几个人发了新号码，发现自己的社交范围已经很窄了，又起了找工作的心思。

雷耀对她的决定没有反对，但也没有表示支持。只是用撒娇的语气说他们才在一起没多久，叫她多留点儿时间陪陪他，对此司雨也找不到反对的理由。为了安抚司雨，雷耀还给她找了个师父，这个人叫齐钰，称得上是本省设计界的泰斗，之前司雨根本不敢奢望自己能见到他。然而就是这个齐钰，现在为了给雷家面子，竟然愿意屈尊给司雨做师父。对此司雨自然是欣喜若狂、受宠若惊，对雷耀也感激到了极点。但是大师的时间总是很紧的，司雨只能不定时地到她家去接受指导。对此司雨并没有感到失望，甚至还有些窃喜，这样就不会影响她陪雷耀的时间了。

在一个阳光明媚的早上，司雨出发去了齐钰家。齐钰已经五十多岁了，一张清秀的瓜子脸，穿得很朴素。司雨在齐钰家坐了两个小时，学到了很多有用的东西。她跟老师告辞后，竟在楼梯拐角处遇到了凌思杭。

凌思杭的表情变得异常复杂，司雨也感到嘴角僵硬，对他勉强一笑，之后转身就走。凌思杭却追上来，挡在她的身前。

司雨尴尬地倒退了一步。

"不，你别误会。"凌思杭笑得异常僵硬和苦涩，"我只是想问候一下你。"

"哦。"司雨依旧抛洒着目光寻找着退路。

凌思杭凝视着她："你都知道了吗？"还没等司雨回答便自嘲地一笑，"当然都知道了，听说你还把兰玲打败了。"他说这话时满脸的失望，似乎一直希望并认定司雨在得知真相后会有所动作一样。

司雨在心里叹了口气，匆忙告别，转身就走。

凌思杭又挡在她身前，定定地盯着她的眼睛说："你是不是埋怨我？对不起，我不该一藏就不见影儿。是因为雷耀他威胁我！他说如果我再接近你，就要破坏我家的生意。"虽然他不愿承认，但雷家的确能对他家的生意产生非同小可的影响。

"另外还要跟我妈说我勾引他老婆，我妈身体不好，看重面子，待他又像对待亲生儿子一样，如果她知道了这件事，说不定会气出大病……"凌思杭说到这里忽然黯然神伤，"不过这些都不是最重要的，最重要的是你当时对雷耀那么死心塌地，一副受骗也甘愿的样子，我怎么好意思再来找你呢？我也是男人，也有自尊。"

司雨咬住下唇，半晌没有说话。她想找句妥当的话来结束这件事，搜肠刮肚还是不知道说什么好。

"总而言之，一切都结束了。"她轻轻地却又斩钉截铁地说："我现在过得很好，谢谢你的关心。请把一切都恢复到我出现之前的样子，好吗？"

凌思杭的脸色更是晦暗，笑得相当凄楚。司雨苦笑了一下，转身离去走得却很轻快。

走了不远之后，司雨的手机忽然响了，是短信铃声。司雨本来以为是凌思杭发来的，并不想看，但还是忍不住看看他会说什么。

然而发短信的是一个陌生号码，司雨狐疑着打开短信，顿时惊呆了。

"你丈夫不久后就会把你宰掉。"

司雨想到了婚礼那天收到的奇怪的纸条，忍不住攥紧了手机。当时她只以为是个嫉妒她和雷耀结婚的人发来的短信，现在也想这样认为，仔细想想，却觉得没那么简单。可是如果不是这样，又会是怎样呢？司雨决定先找到发短信的人再说，她这个手机是新换的，知道号码的人没几个，而那几个又是可以信得过的朋友，然后……

难道是凌思杭？肯定是他，他可以从齐钰那里问到她的手机号，又是最不希望她和雷耀在一起的人之一。

司雨全身的血液都涌上了头顶，立即照这个号码打过去，对方却不接。司雨彻底火了，没怎么细想就返回去，看见凌思杭还站在原地发呆，见司雨回来了，顿时露出惊喜和迷惑交错的神情。

"你为什么要这样做？"司雨质问他。

"什么？"凌思杭竟是丈二和尚摸不着头脑。

司雨差点儿气晕过去，把手机送到他的面前。

凌思杭朝短信一看，顿时脸色大变。

司雨一凛，背后出了一层冷汗，迅速冷静了下来，凌思杭的表情不对啊，不像是做坏事后被发现的神情，倒像是发现了什么恐怖的事情……啊！难道有什么隐情？

"你知道什么，对吗？"司雨盯着凌思杭的眼睛，恨不得把目光探进他的心里，说到后来声音竟不由自主地颤抖了起来，"到底知道什么?！说啊！"

凌思杭眉头深锁，脸黑得就像暴风雨来临前的天空，带着一种莫测的恐怖。

"你小心点儿，我查明后再跟你说。"凌思杭落下这句话，然而飞一般地走了，司雨呆呆地站在原地，只觉得一阵眩晕，又有什么事吗？她才幸福没多久……不，甚至不能算是幸福，只能说刚刚沾上幸福的边儿。

司雨失魂落魄地回到家里，一直发呆。雷耀一回家就和她腻在一起。司雨敷衍着他，不时地用心偷看他。不知为什么，她又觉得雷耀很陌生，她前不久刚把他当成了贴心人。没办法，即使算上婚后的时间，她和雷耀相恋的时间也太短了，而且很长一段时间还在互相猜疑着。她对他以前的生活一无所知……

再往下想等于是自己结网缠自己，经过上次的事情，司雨已经成熟坚强了不少。她决定先把这个短信的来源搞清楚。她思虑再三之后，决定还是主动出击。

第三十六章　难以言喻的黑暗

等雷耀睡着后，司雨找了个角落，给那个号码回短信。

"对不起，我不相信你的话。我的丈夫对我很好。"

然后就静静等着回应。

"真可悲，那你就等着倒霉吧……真是可杀不可救！"

"你是要救我吗？哈哈，恕我直言，你真是个不合格的救援者。如果你想要救我和提醒我，至少该拿出点儿证据让我相信你的话。"

五分钟后对方才有回应："要证据吗？只要你按我指引的路线去查，相信你自己查到的东西比任何东西都更能让你信服吧！你先去查雷耀大学时做的那些事。现在和他同班的人有几个在校执教。你去查查他和一个叫筑梦的女孩之间的事。查过之后如果还不明白，再联系我！"

司雨默默地放下手机。没想到又是有关女人的事，嫉妒和愤懑就像毒蛇一样吞噬着她的心，原以为经过那件事后她已经很淡定了，没想到一点儿都不淡定。

第二天司雨就去了她和雷耀曾经就读的 A 大学，顺利地找到了雷耀当年的同班同学——在校执教的辛严。

"你问筑梦的事情？"听司雨说明来意后辛严相当紧张，"你是她什么人？"

"哦……"司雨不知道该怎么回答，下意识地用目光乱扫着屋内，忽然发现书架上放了一本《筑梦诗集》，赶紧说，"啊，我是筑梦的粉丝，我读过她的诗，想了解一下她……"

辛严稍稍放心了些，感伤地推了推眼镜："正好，过几天我们打算给筑梦做周年，你也一块去吧。我们会一边祭奠筑梦，一边回顾她的生平……"

"什么？"司雨打了个冷战，"她死了？"

"你不知道吗？"辛严又露出了惊讶的神情，"已经死了五年了啊！"

她死了？那神秘人叫司雨来查什么？难道她的死和雷耀有关？

辛严见她满脸惊骇，以为她只是为筑梦的死讯而震惊，苦笑着宽慰她："你不知道她的死讯也难怪，她的诗集是生前出版的，她又没出名到'一朝逝世天下知'的程度。她是个好姑娘啊，死得很可惜，祭奠那天我会跟你好好聊聊的。"说着把祭奠的时间和地点告诉了司雨，司雨道了声谢走出来，高一脚低一脚地往回走，感觉就像踩在棉花上。前方恐怕远比她想象的黑暗，她一定要撑下去！

祭奠那天，司雨准时去了墓地。辛严和几个文人模样的人聚在其中一个墓碑前，出神地看着墓碑。

司雨悄无声息地凑了过去，那就是筑梦的墓碑。上面有一张黑白照片，筑梦在里面笑靥如花，看起来颇有风姿。眉宇中还有一种书卷的清气，宛如民国时代的名媛。司雨感到嫉妒，下意识地把头偏向一边。

这些人都是筑梦生前的追求者，他们围在筑梦的墓碑前唱歌、回述往事、念诗歌，祭奠的方式倒挺风雅，但司雨就觉得他们行为和言谈全部酸腐逼人，那感觉就像够不着葡萄架的狐狸在缅怀已经化为尘土的葡萄。她努力地从他们煽情和夸张的言语中拼凑筑梦生平的痕迹，确认她应该家境富裕、小有才华、长相颇美，在二十二岁的妙龄凄然而逝。然而最关键的部分，就是她到底和雷耀是什么关系以及她的死因，却鲜有人提及。祭奠就要结束了，司雨也快要没耐心了，盘算着是否要冒险一试，直接向他们探问这个问题。就在这个时候，辛严忽然对着墓碑一口灌下了半罐啤酒，眼镜被夕阳染上了一层血色，他说："筑梦是个美丽的天使，离开我们后一定会上天堂，我只是无法接受，这么美好的一个女子，离开的时候怎么会这么惨？而那个害她离开的人却一直逍遥自在，并且丝毫没有后悔自责，前阵子还风风光光地大婚！"

就像油锅里泼进了冷水，大家立即炸开了，七嘴八舌地大骂，然而不管他们怎么骂，却不提那个人的名字。

司雨猜他们骂的就是雷耀，不由分说先气个半死，不管雷耀是否做过坏事，她就是听不得别人骂他。然而，理智告诉她还是先确认为佳。之后这些人倒也没做出什么戏码，只是乱骂了一阵后就离开了。司雨找了个借口，一直尾随辛严回A大学，辛严住在A大学的宿舍里，回来后先回办公室休息。辛严见她跟来微微有些讶异和厌烦，但在文人脾气的作用下没有赶她，只是耐着性子陪她说话，司雨估摸火候到了，小心翼翼地问："对不起，本来想就这样回去的，但是我实在想知道到底是谁对筑梦的死负有责任，否则我即使回去了，晚上恐怕也睡不着觉。"

辛严的脸色舒缓下来，语气中含着哀伤："难得你对她如此在意。"接着眼中冒出了火星："我这就给你看看，那个无耻的坏人，多一个人骂他也好，千夫所指，不病就死！"

司雨强忍着没有吭声。

辛严打开了电脑，开始搜索，找到雷耀的博客，指着博主的照片，咬牙切齿地说："这就是那个无耻的浑蛋……"

司雨赶紧思考她该如何附和，辛严忽然发现雷耀的博客有更新，"咦"一声点开了。

司雨心头一凉，接着哭笑不得。雷耀这篇博文的主题是"晒晒爱妻"。里面放的是司雨满脸笑意的生活照。

辛严一下子从椅子上弹起来，看看她，又看看照片，瞬间面如土色。他因为对雷耀深恶痛绝，根本没去——当然也没资格去雷耀的婚礼，所以根本不知道司雨长什么样。发现司雨的身份后，顿时吓得魂飞魄散。

司雨原以为他会很愤怒，没想到竟是害怕，这让她意识到了一些东西，决定用强硬的态度对待他。

"是的，我是雷耀的老婆。"司雨抬起下巴，目露寒光冷笑着说，"我今天就是来调查的，因为这个。"说着就把那条短信找出来，递到辛严的面前。

辛严呆住了。

"好吧，乖乖地告诉我。"司雨居高临下地逼视着他，"筑梦到底是怎么死的？和我丈夫到底有什么关系？"

辛严惊恐地看着她，就像嘴里被塞了个嚼子。

"怎么？不愿说吗？"司雨轻蔑地说，"你不是想让雷耀得到惩罚吗？我就是要亲自验明真相，再决定怎么对待他。你不是看不得他逍遥自在吗？现在告诉我正好啊！"

辛严依旧不说话。

司雨火了，她想她该来点儿猛的，便咬着牙低吼："好啊，你这是心虚的表现吗？要不要我告诉雷耀，让他来查问你？"

她感觉到辛严似乎很怕雷耀，如果以"让雷耀修理他"相威胁，肯定能奏效。

此招果然奏效，辛严露用颤抖的声音和近乎哀求的语气说："我没有编造谎话诽谤雷耀，关于他的事我也几乎没跟什么人说过。"

司雨不耐烦地翻了翻白眼。

辛严会意，赶紧说："筑梦和雷耀交往过一阵子，那个时候雷耀正和他的女友兰玲闹别扭，也许是感情空虚需要补缺，就又找上了筑梦，后来他和兰玲复合了，便把筑梦给扔了。可怜的筑梦被玩弄想不开，最后一次找雷耀约会，一起去当驴友爬山，结果不知道发生了什么事，她死在了山里，雷耀自己回来了。据他说是遇到了意外，但我们怀疑筑梦的死没这么简单……"

司雨听后脸色铁青，胸口不断地起伏着。辛严更加恐惧，赶紧改口："当然了，筑梦也可能真的是死于意外，但是即便如此，也是雷耀带她去的，对她的死依然要负上责任……"

辛严知道的就这些，司雨深吸了一口气，努力地把胸口翻涌的气血硬压下去。她咬着牙，准备离开，无意间又朝辛严瞥了一眼。看见他的样子怯懦卑微，不禁起了难以言喻的鄙夷和气恼之意，冷笑着说："哈哈，如果没见到你，我也许会觉得筑梦爱我丈夫是爱错了。但是见到你之后，我却觉得她没有错！"

她的意思是筑梦如果爱上辛严，还不如横死山中呢！听这话辛严的脸已经变得灰白，想要叫骂，却又不敢。

见他如此司雨这才觉得自己的话说重了。她微微有些歉疚，正想说些什么，忽然发现自己并不仅仅是"话说重了而已"。她怎么还在维护雷耀？从现况来看，他似乎就是该受谴责的一方，她为什么还要……司雨忽然感到一种难以言喻的自我嫌恶感和凄楚感，一头撞出门去。

也许她现在该找个地方冷静下来，但是不行。天已经晚了，她要是再在外面逗留，雷耀会怀疑的。

司雨强作镇定地回了家。一进门雷耀就迎了上来，问她喜不喜欢温泉，想不想来个温泉旅游。

司雨强笑着说："你喜欢吗？你喜欢的话就去。"

"不是我们一起去。"雷耀笑着说，见司雨露出讶异的神情，赶紧解释，"是这样的，我一个朋友开了一个温泉度假胜地，想请我去，我实在忙，走不开，又不想拂他的面子，就希望你能代我去一趟。"说着揽住司雨的腰，用讨好般的语气说："对不起啊，让你代我去应酬……之后我会好好补偿你的。"

司雨僵硬地笑了一下，她现在真没有心思去旅游。但也知道现在自己不能让雷耀起任何疑心。而且，她也许真该找个地方好好冷静一下，把事情仔细想清楚。便答应了。

雷耀亲自送她去机场，还和她吻别。和他亲吻的时候司雨心中忽然涌起一种难以言喻的复杂的滋味，几乎要崩溃痛哭。

度假山庄倒是不错，司雨过得很是舒适，但正在满心纠结的时候，偶然巧遇以前的朋友孙卓。

孙卓和司雨之前的关系并不好，属于没有过节，但是暗暗对对方有竞争心态。她已经听说司雨嫁得很好，满脸的艳羡和谄媚。

面对这样的人司雨自然要大方一点儿，不仅和她亲热地交谈，还跟她互换了手机号码。孙卓把手机号告诉司雨，司雨打电话到孙卓的手机上，孙卓存下来，因为司雨没有记住自己的号码。

也许孙卓是刻意找机会拍她的马屁，看到她的手机号后，立即大惊小怪起来："哎哟，你的手机号尾数是'88'啊！好吉利啊！"

"呃？"司雨一愣，下意识地看了看手机。不对啊，虽然手机号是新换的，但她还是能清楚地记得号码的后四位，尾号绝对不是"88"！

司雨警觉起来，匆匆告别孙卓，回房研究手机，结果得出了一个骇人的结论：她的手机被人动了手脚。什么人把她的手机卡换掉了，并把旧的手机卡里所有的资料都转移进去？如果她不跟人用打手机的方式交换号码，她根本不会知道自己的手机卡被换了。这是什么人做的？显然是雷耀，他为什么要这样做？！难道是让任何人再也联系不上她？

司雨顿时狐疑起来，赶紧往回赶，走之前她多留了个心眼儿，跟领班说她有些不舒服，在后天早上之前不要让人到她的房间打扰她，然后趁人不注意时偷偷溜走。这个方法顶多只能给她争取一天半的时间。她想要多争取点儿时间，却没什么办法，如果雷耀是刻意支开她，肯定交代过朋友，让度假村的人格外注意她。如果手脚玩大了，说不定立即会露馅儿。

她坐飞机赶回了 A 市，离她想象中的露馅儿时间还有一天。她焦急之下不知道该如何调查，只是下意识地跑到雷耀工作的地方，想看看雷耀在干什么。

雷耀身边有个女人，司雨看清她的脸的时候感觉像五雷轰顶，久久不敢相信自己的眼睛。

这个女人，竟然是乱乱！

第三十七章　好友是什么

乱乱有说有笑地和雷耀走在一起，看样子就和他不清白。司雨藏在角落里，呆呆地看着他们从她眼前走过，深吸了一口气，似乎感到胸中的血管破裂，喉咙里也涌上了一股血腥味。

司雨真想要逃离世间，到深山野岭里过一辈子。但是既然到了这一步，干脆就把一切都查清吧，即使要伤，也伤得彻底。

雷耀带着乱乱开车朝城西驶去，司雨立即叫了辆出租车跟上。他们去了雷家在城西的别墅，这里比较僻静，雷家人很少来这里，但是陈设仍是一样俱全和舒适。司雨欲哭无泪，僻静郊外、独门别墅、孤男寡女……怎么看都是要偷情啊！

司雨实在不愿意看到最好的朋友和自己的丈夫鬼混，但不知为什么，简直像中了魔法一样，非要把一切都看清。她没有从门里进去，而是走了别墅的秘密通道。雷朔居安思危，在修建别墅的时候修建了一个类似密道的安全出口，如果遇到火灾或是被人封门，里面的人就可以从这里逃出来。

这个安全出口用暗锁锁着，司雨正好带着钥匙——因为那个钥匙做得比较美观，铜制的梅花做匙柄，中心还嵌了一块红琉璃，倒像一个美丽的环饰物，所以司雨一直带着它，没想到派上了用场。

司雨从安全通道溜进了别墅，安全通道的尽头就在主人的睡房，入口被一个装了机关的书架挡着。司雨溜到书架旁边，通过缝隙往屋里看。乱乱正和雷耀说话，她大摇大摆地坐在床上，一声接一声地跟雷耀打情骂俏。说她一见到雷耀就感觉很好，然后就对雷耀极尽肉麻地吹捧。不可否认，即使是捧人，她也比司雨高明很多。

雷耀一直微笑着听着，忽然问她："原来我在你心目中印象这么好啊……我记得一开始你还戏弄我，就以为你没怎么把我放在眼里，当时还郁闷了好久呢！"

乱乱脸上漫起了两朵红云，花痴一般笑着说："我当然把你放在眼里了，如果我不喜欢你，干吗要调戏你？"

雷耀笑了起来，似乎很开心："原来是调戏啊，我还真没有眼色呢！"

"是啊。"乱乱继续说，"当时你真的是让我眼前一亮，哈哈，看了你以后，我觉得我身边的男人全成了丑鬼，真的，眼睛鼻子都不一样了。"说到这里她顿了顿，眼中溢出了浓浓的嫉妒，"当时我就觉得司雨一点儿都不优秀，怎么能配得上你呢？"

司雨脑中一晕，几乎要晕倒在地。她无法再听他们的对话，更不能看他们亲热，转身逃向密道深处，可是不甘心，又折了回来。即使受伤也要伤到底，她不是早就决定了吗？

然而等她折回去的时候，雷耀已经不在了，大概是去找助兴的道具了吧！只留下乱乱一个人在房里，乱乱就坐在书架前，和司雨面对面，却看不见司雨。

司雨本已对她充满了仇恨，刚看到她的脸时恨不得冲过去撕碎。而再仔细看，却发现她的眼中满是不安，司雨一下子心软了。

不知怎么的，在看到乱乱幽怨的表情，司雨就不怎么恨她了。仔细想想，乱乱也很不容易。她拼命努力变成了如此优秀的女人，却没有遇上优秀的男人。她的确比自己更有资格遇上雷耀这样的男人……自己阴差阳错嫁给了雷耀这样的男人，本该知道她心里会不平衡，本该好好地安慰她、帮助她才对，却只顾着搞自己的事情。更令人发指的是，她还时不时不知回报地找她帮忙，甚至还不对她说实话……她恨她，要抢她的老公也不奇怪。

司雨幽怨而又羞惭地想着，不小心弄出了点儿声音。乱乱立即像警觉的猎犬一样抬起了头，朝书架扑了过来，还随手抓了一把水果刀当武器。司雨大骇，下意识地向后退去。

她本以为乱乱不知道这里有密道，所以退后只是下意识的。没想到乱乱抓住书架上的一本书一扭，书架竟然"吱"一声闪到了一边。乱乱见密道里的人是司雨，立即扑了上来。

司雨转身就逃，一方面是因为乱乱手中有刀，另一方面是不愿和乱乱直面这种事。两个人转眼间就走到了密道的中段。密道里光线不佳，司雨又心慌意乱，不小心踩滑了，一跤趄倒。她一倒地就下意识地翻过身来，用手护住头脸。然而乱乱并没有伤害她，而是把刀子扔了，扑过去紧紧地抱住她。

"太好了！小雨子！你还活着！太好了！"

司雨呆住了。

乱乱搂了她好久才放开，见她一脸的讶异和提防，顿时明白了，狠狠地打了她一下："小雨子！你太不够朋友了！你真以为我在勾引你老公哪？你怎么可以这样想我？！"

"那是怎么回事？"司雨脑子里已经成了一团糊涂账，用迷惑的眼神看着她。

乱乱一怔，竟露出了些许难以启齿的神色。

司雨顿时明白了，下意识地低声说："是不是因为筑梦的事情？"

"是啊。"乱乱松了一口气，看向司雨的目光却也充满了怜悯和担忧，"有个人发短信给我，说你老公可能做过坏事，她已经把这件事跟你说了，叫你去查了，但之后就联系不上你了。我立即慌了，打你的手机，没想到也没有回复，我就吓坏了，以为你已经被雷耀害死了，或者是关起来了，所以就……"

司雨这才回过神来，深深地吸了口气。虽然乱乱还没说完，但她已经知道乱乱想说什么了。乱乱肯定是为了查明她的下落，舍身去勾引雷耀寻找消息了。乱乱对她真的很好，而她却对乱乱胡乱猜疑……司雨警惕地朝乱乱偷瞄了一眼，她真希望事情就是如此，但理性告诉她，不能听信乱乱的一面之词。两种想法夹击下，她心乱如麻，尴尬地笑了笑："雷耀是动了点儿手脚，偷偷换了我的手机卡，把资料都移进去，不过他其实是把我支出去旅游而已。害死了？关起来？你怎么想得这么夸张啊？"

"夸张什么啊？"乱乱撇了撇嘴，"你觉得夸张是因为不知道这世界有多危险。类似的事情我见得多了！我一个同事办理刑事案，光这个月杀妻案就遇到三个！在我看来这些事是完全可能发生的！"

"哦。"司雨苦笑着不说话了。

乱乱喘了口气，神情又转为尴尬："我也去试探过雷耀，但是这家伙城府很深，我试探不出什么。我只好……只好使出人肉炸弹了。"说到这里她很尴尬，司雨也感到很难堪。

乱乱从眼角瞥着司雨，见她表情复杂，立刻红了脸："呸！你想到哪里去了？我可没真和你老公，我也不会以为我真能让他神魂颠倒……我需要的只是大意。"

"大意？"司雨讶异得睁大了眼睛。

因为话题已经有了微妙的转换，乱乱的尴尬程度稍微轻了些："是啊。我看过一些类似心理学的书籍，男人对倾慕自己的女人，总会有些心理优势，换言之，就会对她有些轻视。不管雷耀喜不喜欢我，只要他对我有所轻视，就一定会露出破绽，我也许就能透过破绽找到你。"

司雨用力地抿了抿嘴，觉得乱乱的话很有道理，虽然没有凭据，但已经不再对乱乱抱有怀疑。说她是轻信也罢，被以往的友情迷住了眼睛也罢，她就是相信乱乱。她听到乱乱为了救她如此殚精竭虑，对她感激到了极点，也羞愧到了极点。

因为光线昏暗，乱乱倒没有注意到她的羞惭之色，继续叙述来龙去脉："我怀疑他把你关在这别墅里，便求他带我来，我侦探小说看得多，进来后就下意识地找像机关一样的东西。刚才正好坐在书架旁，发现书架上有本书有点儿怪……我立即怀疑这是机关的把手，果然一扭暗道门就开了。"

司雨点了点头，听到这里，她心里的最后一个谜团都解开了。

"哎呀！"乱乱忽然想起了什么，"雷耀只是去地窖拿红酒了，如果回来看到密道门开着，我们赶紧回去！"

司雨一听这话也跳了起来，她们赶紧朝睡房跑去，发现密道的门已经关上了。这个门的机关必须从外面开启，她们愣了一下，又朝密道的另一头跑去，发现另一边的门也关上了。司雨赶紧掏出钥匙插进齿孔，锁舌跳动，锁应该被打开了，门却打不开，两个人齐心合力地用手推，用背顶，门却依然打不开。

"糟了。"乱乱朝后退了几步，直靠到密道的墙上，"雷耀肯定是要把我们关在这里，他想干什么？"

司雨咬紧了牙关，没有说话，她知道乱乱所指的是"杀人灭口"，固然也非常慌乱，心里却格外疼痛。她真的无法相信雷耀这么坏……但事实摆在那里。

两个人又试了好多办法，依旧无法出去，手机在密道里也没有信号。两个人颓然倒在地上，沉默不语。在一阵死寂之后，乱乱先开了口："司雨，你别怕，如果雷耀敢对你怎么样，我就跟他拼了。"

司雨眼中涌满了热泪，勉强笑着说："就怕你拼不过他。"心里却已经打定了主意，如果雷耀要对她们做什么，她先跟雷耀拼了，一定要留机会让乱乱逃。然而虽然这种形式很怕人，但司雨还是无法相信雷耀真会坏到对她们杀人灭口，心里不知所措……

密道的门忽然开了，司雨和乱乱立即跳起来。雷耀就站在密道的门口，面无表情地说："跟我出来吧！"

乱乱和司雨对望了一眼，齐齐地朝后退了一步。雷耀轻蔑地一笑，冷冷地说："你们不是想知道事情的真相吗？就让始作俑者自己跟你们说清楚吧！她现在就在别墅里，你们不想看看她吗？"说着把目光转向司雨，声音变得沉重："我只是想把你暂时支出去，在你回来之前搞定所有的事情，没想到引出这么大的误会，你先跟我来吧！"

司雨对他的话半信半疑，但不由自主地走出密道。见她如此，乱乱也只好跟了出来。雷耀不可名状地一笑，带着她们走到别墅的厅堂里。厅堂里坐着一个其貌不扬的女孩子，愁眉苦脸、并齐双腿坐着。

"这是戚金花。"雷耀朝戚金花一指，不自觉地带上了鄙夷的情绪。

"你好……"乱乱和司雨一时竟不知道该如何应对。

"说吧，你把你认定我对筑梦的死负有责任的凭据拿出来。"雷耀竭力克制着，却不由自主地带上了审问般的语气。

戚金花低着头，没有说话。

"哼。"雷耀从鼻子里冷笑了一声，"你不拿出你的凭据，我可就要拿出我的凭据了！"

司雨和乱乱一怔，讶异而又迷惑地对视了一眼。

雷耀冷笑着打开电脑，登录自己的 QQ，在信息管理器中把戚金花和他所有的通话记录都调了出来，然后轻蔑而又嘲讽地说："我几次想清除我的聊天记录，却每次都神使鬼差地住了手。现在想来大概是天意，就是让我之后有办法向别人揭露你啊！"

司雨和乱乱凑上去一看，又是惊讶又是气愤又是恼怒。原来这些记录都是戚金花对雷耀说的肉麻情话。看来戚金花曾经单恋雷耀，还不顾后果地倒追。不仅对他大肆吹捧讨好，还说了很多暗示性的言语。更让人哭笑不得的是，她甚至还给雷耀发过大尺度照片。而且，戚金花和雷家的花匠是老乡，似乎还有亲戚关系，怪不得她能随时掌握司雨最新的手机号。

第三十八章　难以逾越的问题

司雨很恼火，开始怀疑戚金花是不是在胡说八道。乱乱猜出了她的心思，赶紧用手肘碰了碰她。司雨不明白乱乱是什么意思，接着听乱乱说："好了，我们看完了。戚金花，你现在把你知道的事情说出来吧。我先提醒你，如果你在这件事上胡说八道，完全可以构成诽谤罪哦！"

戚金花冷笑着问乱乱："我倒是想说啊，问题是现在你们看了这些记录，还会相信我的话吗？"

乱乱嘿嘿一笑："老实说，看了这些记录我对你的确很鄙视，但多年律师的经验告诉我，即使是人渣的证言，也未必不可信。"

司雨迅速冷静了下来，原来刚刚乱乱是在提醒她在查清事实之前不要先入为主、妄下判断。的确应该这样……嗯？司雨忽然想到一个严重的问题：雷耀为什么要先给她看这种东西？难道就是想叫她先入为主？

"好吧。"戚金花嘴边掠过一丝狠笑，斜眼看了看雷耀，"我和筑梦是好朋友……"

雷耀的唇边划过一丝轻蔑的笑意。

戚金花一愕，大受刺激："是！是我主动去讨好筑梦的！因为我够不上你，所以就想通过接近你身边的女人，获得'离你更近'的感觉……但是筑梦还是把我当朋友看，对我说了很多！当时你把兰玲当宝，她一回心转意你就把筑梦甩了。筑梦不甘心，对我说她一定要挽回你的心。有一天她忽然找到我，说终于找到和你永远在一起的方法了，然后就约你一起去山里旅游……到最后她竟然死了！说，是不是你嫌她麻烦，就把她杀了！"

雷耀恼怒地笑了笑，目光复杂地朝司雨瞥了一眼。司雨正瞪着眼看着他，充满了怀疑。他咬了咬牙，苦涩而又冰冷地笑了笑："我本来不想说，是你逼我的。你和筑梦真的是好朋友吗？恐怕你听过之后就要后悔了。"

戚金花愕然，正要说什么，雷耀却继续说了下去："不错，她是找到了'和我永远在一起'的方法……不过不是活着在一起，而是死在一起！她是要跟我殉情！"

"啊！"乱乱和司雨齐声惊叫。

雷耀冷笑一声，表情满含悲伤，却也满含愤懑："她把我骗到山里，想找机会把我推下山去。然而我一开始就发觉她的表情不对，一直对她有所提防。当时正在悬崖边上，她正要推我，我瞬间闪开了，她的力气都用到了空处，便自己滚下山去了……"

司雨低低地惊叫了一声，看向雷耀的目光满含同情和理解。戚金花见状后赶紧叫嚷："你别信口雌黄！你有证据吗？"

"当然有。"雷耀斜睨着她，轻蔑地说，"当初警察也不怎么相信我的话，但经过现场勘察，认定就是如此……这在公安局可是进了档案的！"

戚金花眼睛瞪得圆圆的："为什么我不知道，大家都不知道呢？"

雷耀一脸委屈："我是想保全筑梦的名声，她好歹也是个校花，在大家心中一直温婉和通情达理……要是让人知道她临死前如此丧心病狂，美名都会被破坏掉的！所以我和筑梦的家人商议，恳求公安局保守秘密，对外只说是意外……"然后鄙夷地看着戚金花，"本来我是想把这个秘密带进坟墓的，你却逼我说出来，这件事传出去后，筑梦的名誉算是毁了。你不是筑梦的好朋友吗？好好自责去吧！"

戚金花悻悻地低下了头。

司雨没有再看她，怔怔地走向雷耀，目光中满是怜惜、同情，却也满含了迷惑、责怪和不明所以的气恼："既然事实是这样。你为什么不直接告诉我呢？"

雷耀苦涩地笑了笑，表情异常复杂："我是怕你听了不痛快……"

司雨这才发现自己的自私和冷酷！这件事就算雷耀在法理上没有错误，但情理上……如果他没有轻率地跟筑梦开始，如果可以在感情结束的时候把一切都处理好，等待筑梦的可能不会是这个结局，她刚才竟因为雷耀没有承担法律上的责任就觉得万事大吉，怎么会冷酷和自私到这个份儿上？连雷耀都觉得自己理亏，怕被她发现不痛快，所以才竭力掩盖。

戚金花不知道司雨内心的变化，还以为她已经对雷耀彻底谅解，连忙大声叫嚷起来："司雨你不要得意！他不是只有你一个女人！他之前有过十几个女朋友！你跟他长不了的！我保证！别以为自己很独特，跟其他女人不一样……兰玲怎么样？不照样被她甩了吗！？"

雷耀大怒，狠狠地瞪了戚金花一眼。戚金花吓得立即住口，乱乱赶紧把戚金花拉出去，抚慰、劝说和少许恐吓，让她之后再也不要挑事。

戚金花走后，司雨就转身上楼，雷耀一声不吭地跟在后面。司雨回头瞥了他一眼，嘴角微微地颤动了几下。她内心百感交集，迫切地想跟雷耀深谈，却不知道该如何开口，也怕自己一开口就会咆哮出来。

"你是怎么知道这件事的？"她终于找到了一个适当的闸门，开始小心翼翼地给自己的内心泄洪。

"是因为凌思杭啊！"雷耀苦笑了一下，看着桌上一个印第安勇士土偶出神，那正是小时候凌思杭送给他的，"他跑来质问我当初我和筑梦到底是怎么回事，还说你已经知道这事了……"凌思杭虽然曾和他闹得很僵，但一遇到事依旧是直接问他。看来他们的友谊是根植到血液里的，即使在理性里被扼杀了，在感性、甚至在潜意识里还是根深蒂固的。

"哦。"司雨低低地说，"然后，你就在我的手机里动了手脚。"

"不是。"雷耀轻轻地叹了口气，"是在你旅游的前夜。我换了手机卡，转移了资料，并把戚金花的号码悄悄地改了一位，变成空号。此外你也没有凌思杭的号码，只有他打电话找你，只要让他找不到你，你们就联系不上。我本来以为要防备的人只有这两个而已，即使你打电话跟其他人联系，别人也不会太在意号码的变动，再说最近你也不常跟家人之外的人打电话了。原以为可以撑到我把事情解决之后，没想到还是疏忽了。”

司雨从鼻子"哼"了一声："你为什么不把一切都告诉我呢？"

雷耀不语。

见他如此司雨更生气："你不要以为这是在保护我……其实就是瞧不起我！你觉得我没有能力应对这些事情，所以不愿意跟我说！"

"我不是怕你不痛快吗！？"雷耀也爆发了。

司雨呆住了，有惊恐，也有愤怒，更有一种难以言喻的不安。

雷耀以为她被自己吓住了，本想就此住口，但心里实在是郁愤难平："为什么要做这么多余的事情，乖乖地听我的安排不就好了吗？你以为你能办什么事？"

司雨的脸顿时没了血色，半晌后才冷笑着说："雷耀，这就是你真实的想法对不对？你还是瞧不起我！你一点儿都没变！还是那么大男子主义！"

"我没有！"雷耀又急又怒，大吼了出来。

"那你就把你之前的……之前的情史全都告诉我！"司雨喷出这句话，此时才发现自己真正在意的是这个。

雷耀全身一颤，接着脸色也变得灰白，冷笑着说："看你这样子，我就不能告诉你，你肯定会把那些事情都变成枷锁，一个个套在我的脖子上。你为什么要纠结之前的事情！我告诉你！以前的事情谁都找不回来！我曾经年少无知！曾经轻率花心！但那都已经是过去时了！我无法回到过去，把我之前的错事纠正过来给你看！你到底要我怎么办呢？！"

他吼得像炸雷一样响，把窗外的鸟儿都惊飞了。

司雨噤住了，呆呆地看着他，忽然泪如泉涌，接着瘫倒在地："我没有自信啊，我不知道我会不会也是这些女人中的一个。你对我是很好，但是我总怀疑你是不是对你所有的女朋友都是这样好，也不知道你会不会像对其他的女人一样，对我说翻脸就翻脸，说抛弃就抛弃……"

雷耀僵住了，脸色铁青。他重重地叹了口气，转身离开了。司雨抹去眼泪，一言不发地站了起来，却是朝他相反的方向走去。

雷耀和司雨开始了冷战，他们并不是出于对抗的意图而相互不理，而是各自丧气到了极点，相互开不了口。司雨觉得雷耀还是大男子主义严重，根本不尊重她，对雷耀和自己的爱没有信心，同时对雷耀的过去感到不可接受。

对此雷耀很清楚，但也无能为力。这些问题不是通过吵几架，谈几次就能解决的。而且，他努力到现在，依旧是这个结局，也感到很丧气。此外，他也害怕司雨会一直对他的过去耿耿于怀，天天拿过去说事。没有男人会喜欢被妻子抓住小辫子，想到这个，他就感觉没有期望。

日子一天天地过去，司雨和雷耀的关系依旧冰冷。司雨又想到了离婚，但就是下不了决心。谈不上不舍，也谈不上不甘。为了摆脱这种感觉，她觉得自己应该先找工作，忙活了一阵后却发现自己根本没法儿把心思放在这上面。她还是想知道雷耀之前的感情生活到底是怎样的，虽然可能会被伤到，虽然像个愚蠢的妒妇，但她还是想这样做。一个妻子，就该了解丈夫吧！

为了确保自己能找到真实的资料，司雨找到了雷耀参加文学社时的社长——苏云，她和雷耀的私交算不上好，也算不上坏。就是这种人才能站在公平的角度上评价一个人。司雨确定了目标，打算以"文学同好"为切入点，不露痕迹地接近她。

一切都进行得很顺利，司雨觉得自己可以询问她有关雷耀的事情了，苏云忽然不愿和她联系了。司雨感到很讶异，也不愿就此罢手，跑到了她家门外，准备等她出门的时候问个清楚。

苏云出来了，司雨深吸了一口气，准备冲上去，却被她胸前的一缕亮光晃了眼。她大大地吃了一惊，下意识地停住了脚步。

那是她设计的"花朵、云朵、月亮"系列中的主打项链，价钱比较贵。苏云家里并不富裕，似乎不大会买这种东西，她怎么会有这条项链的？

司雨立即跑到凌思杭的公司，凌思杭知道她的来意，僵硬而又苦涩地笑着请她坐下。

司雨并没有坐下，只是沉着脸看着他。她明白苏云的态度之所以忽然转变，一定是被凌思杭收买了。他为什么要帮雷耀隐瞒他的过去？他之前不是一直想把她从雷耀身边拽开吗？现在又做相反的事情，他到底想干什么？

凌思杭看着她愤怒的眼神，笑得更加苦涩，叹了口气后说："对不起，在你和雷耀之间，我还是选择雷耀了。其实，那次我把你收到戚金花短信的事情告诉他后，我和他打了一架，打得很凶，之后我才发现，我和他还是好朋友，一生的朋友。"说着，他看向司雨，眼睛亮晶晶的，含着不舍、痛苦，却也含着释然和祝福："所以，我打算当一次《双城记》里的卡尔顿，请你原谅我……"

司雨冷冷地看着他，上齿紧紧地咬着下唇。凌思杭不是一直都迷恋她吗？现在忽然表示放弃，还要把她推向雷耀身边，这个变化实在太大了，她真有些不适应。不过，这不是主要的。她盯着凌思杭，感到一股怒火从心里直涌而上："什么《双城记》？你以为你是谁？有什么资格要求我和谁在一起？你们把我当什么？东西吗？可以随便让来让去？"

司雨的吼声把隔壁办公室的人都惊动了，司雨斜眼瞥了一下从门边伸出的脑袋，感到异常愤懑和羞耻，咬着牙转身就走。

司雨回家后发现雷耀不在家，这些天他外出频繁。她盯着空房间看了一会儿，一头扎到床上。就在这时手机响了，发现是凌思杭发来的彩信。

那是一张手镯设计图的照片，是司雨在凌思杭的公司工作的时候随便画的。因为她对这张图不是很重视，从凌思杭公司离开的时候又很匆忙，就没有把它带走。本以为早被公司里的人扔了，没想到还在，竟然还是被凌思杭保存着。

"这个设计我觉得很好。"凌思杭在短信里说，"我已经帮你寄去参加全国设计大赛了。依我的经验，这个应该可以得特别奖。如果能得到特别奖，也算是在设计界崭露头角了。"

司雨一开始对这个短信是不以为然的，这只是她在工作空闲时随便画的。她想只要认真来画，画出来的都会比这个好，凌思杭只是想讨好或是安抚她而已。然而当司雨认真地实验了几次，却发现事情根本不是这样，她竭力画了好久，画出来的东西都不如那幅，原来灵光都是在一瞬间闪现的。司雨开始期待比赛的结果了，总会下意识地浏览比赛相关的网页——也算在一定程度上分散了司雨的注意力，不再把整个心都放在和雷耀的关系上了。而从她的作品展览页面的人气来看，即便她只得特别奖，甚至没有得奖，也能凭人气在设计界崭露头角。也许她的事业就有头绪了，司雨的心也比以前稍稍安定一些。无论怎样，总算有个可以支撑她的天空的柱子。

然而雷耀这阵子频繁外出也并不仅仅是躲避司雨而已，是因为兰玲频繁要见他。

第三十九章　最终的抉择

兰玲约雷耀出来只是说一些无聊的废话，雷耀心烦意乱，也知道自己应该避嫌，但不知为什么，就是不忍心不理她。也许他还对她余情未尽吧，当初是兰玲主动要求和他分手的，他没有主动了断过他们的情感。

这一天兰玲约他去灵泉公园。这里属于开发区，人烟稀少。雷耀不自觉地想起了之前筑梦骗他去殉情的事情，虽然他并不认为兰玲也会这么混账，但还是提高了警惕。

兰玲的态度的确令人生疑，她总是不和他四目相对，却总是偷看他，表情也很晦涩，就像有什么阴谋。雷耀终于忍不住了，想呵斥她，语气却硬不起来："你到底想做什么？"

兰玲终于和他四目对视，盯着他的脸看了良久，终于凄然地一笑，嘴角因紧张而剧烈地抽搐："我可以再回到你身边吗？"

雷耀低头看向地面："我已经结婚了。"

兰玲自嘲地笑了笑："是这样啊！"

雷耀深深地叹了口气，抬头看向天际，那里有一只瘦弱的鸽子迎风飞翔："你不是更喜欢'自由'吗？"

"那是以前了。"兰玲的脸涨得通红，又变得苍白，盯着他不可名状地一笑，忽然跪了下来。

"你这是干吗？"雷耀大惊，赶紧去拉她，她就是不起来。

"这下你气消了吧？"兰玲抬头看着他，带了几分傲然，却带了十分的祈求。

"你这是什么意思？"雷耀的目光纷乱地闪动着。

"我已经想明白了。"兰玲盯着他，眼泪像断了线的珠子落下来，"我以前太幼稚了，不懂事，现在才发现，没有你我活不下去。以前你捧着我，天天黏着我的时候我没感觉，可是当你忽然消失……我不要所谓的自由了，也不会骄矜……我愿意做你的奴仆……让我跟着你吧……"

雷耀呆住了，许久没有说话。

关注比赛并不能用掉司雨所有的时间，司雨闲时也会逛街。这天她无意识地乱逛，竟然在公园里遇到李纯。

"你怎么会在这里？"司雨惊讶地问，同时留神打量他的样子。

李纯憔悴了好多，精神也有些恍惚。但看到她后精神却出奇地集中起来，脸上也焕发出光彩。

"我在等你啊！"李纯怯怯地说，欣喜和苦涩并存，"我觉得你说不定会再来，所以便经常来……"

司雨这才记起这里是她和李纯"雨中重会"的地方，心里顿时有什么东西被深深地触动了。

"你和雷耀闹离婚了？是吗？"李纯端详着她，半晌才敢这样问。

"是啊。"司雨晦涩地一笑，"你怎么看这事的呢？"

"一定是他对不起你，我知道你的为人……"李纯低着头说。

司雨深深地叹了口气，苦笑着转身离开。

李纯忽然高声叫住了她。

"其实我当时就想去把你救出来，带着你逃走，但是怕我没有资格……"

司雨轻轻地垂下眼帘，凄然地笑了，转身快步离开。她拼命想把今天的偶遇忘掉，但李纯的那句话就是反复在她耳边回荡。

司雨和雷耀的关系依然宛如一潭死水，然而在这潭死水中，却有两个变故在慢慢孕育。它们相互影响，相互竞争，结果是司雨那边的变故先出鞘了。

这天晚上，雷耀依旧不在。司雨依旧坐在床前发怔，就在这时，她接到了一个电话，是李纯打来的。他在电话里兴奋地大叫："司雨！我们走吧！我可以带你走了！"

司雨蒙了。

"我中奖了！司雨！福利彩票！前两期轮空，我一共得了一千五百万！正好在这个时候！这是天意啊！天意！"

接着李纯也不问司雨是否愿意，就跟她说了接头的时间和地点，好像她一定会和他私奔一样。

司雨一言不发地挂了电话，看着窗外发呆，窗外黑幕般的天空中挂着一轮清冷的眉月，散发着宿命般的光彩。的确很凑巧，在这种时候，遇到这种事情，难道真的是宿命吗？

第二天，李纯很早就到约定的地点了，一弯眉月悄悄地爬上树梢，月光和黑暗交错，映出一种似乎美好却又残酷的氛围。

终于有人来了，李纯全身的血都涌上了头顶，正要冲过去，却发现来的人并不像他的印象中那般窈窕。

他待在原地，来人的五官和身姿一点点地在黑暗中凸显，竟是罗敏。

李纯的样子就像被人强迫吞了整个鸡蛋。

"我并没有跟她说你中奖了。"司雨慢慢地从黑暗的角落里走出，罗敏和李纯都骇然地看向她，罗敏更吃惊，面孔剧烈地抽搐着，几乎不敢相信这是真的。

"我跟她说的是，你染上了重病，需要百万元才能治，为了不拖累她，准备一个人逃走。"司雨微笑着朝李纯说，眼睛在黑暗中闪闪发光，"即便如此，她仍要和你在一起。"说着深深地叹了一口气，眼中隐约有泪光闪烁，"真正宝贵的伴侣，就是无论你富裕还是贫穷，健康还是生病，都对你不离不弃的人。面对这样的好女人，你还执迷不悟吗？"

罗敏"哇"地哭了出来，哭得很伤心，李纯大步走向她。

罗敏狠狠地给了他一个耳光，李纯不动不摇地挨了这一下，然后将她紧紧地抱住，接着眼泪也夺眶而出。两个人很快就哭成一团。

司雨欣慰地看着他们，凄然而又惘然地一笑，转身飘然而去。

司雨的思绪和黑夜一样无尽头，她漫无目的地走着，正在思考到哪里去，一个人却忽然闪到了她的面前。

是李不言，原来她还在注意她。

司雨本能地退后了一步。

"我都看到了。"李不言笑得很羞惭，却也包含了敬佩，"对不起，我一直以为你是……现在我才发现我错了。如此懂得生活和爱情的真谛、尊重婚姻和家庭的人，绝对不会道德败坏的。"

司雨感到一阵狂喜，却很快就平静了。她现在才发现自己原来一直渴望得到李不言的认同，现在终于得到了，但似乎已经没什么用了。

李不言猜到了她的想法，更加惭愧地说："我知道我儿子很对你不起，这都怪我，我以前光顾着自己烦恼了，没好好管教他，他的物质条件比别人优越了一些，难免……"

这听起来像是给雷耀辩解，司雨露出了不以为然的神色。

李不言顿住了，无可奈何地苦笑了一下，之后眼中竟似漫起了泪光："我知道也许现在我说什么都是多余，但是我只想把我的经验告诉你，其实婚姻，就是要花心思维持的。没有任何一对情侣可以从不吵架地白头到老，婚姻里经常会磕磕碰碰，甚至你伤害我，我伤害你。但是不可以轻易放弃，互相包容才能白头到老。以前我不知道这个道理，最近总算懂得了，但是大半辈子已经过来，我真的不希望你们重蹈覆辙……"

司雨用默然掩饰激动。

李不言深深地叹了口气，用近乎祈求的目光看着司雨："我觉得你们如果分开，会很可惜。《圣经》里说，一个邪恶的男人，娶了一个善良的女人，也可以变成一个善良的男人。更何况雷耀算不上多坏，你不愿意再努力一下吗？"

司雨眼中忽然涌起了热泪，一切都模糊了。

此时雷耀正往家里赶，他的脸上印着一个红肿的掌印，表情却是神采飞扬。他终于和兰玲彻底断了。现在他满脑子都是自己曾对司雨说过的话："我每天都会去找你，即使你打断我的腿，我也一样会爬回来……"